天津市重点出版扶持项目

津沽名家文库(第一辑)

唐诗丛考

王达津 著

南开大学出版社

天　津

图书在版编目(CIP)数据

唐诗丛考 / 王达津著. —天津：南开大学出版社，2019.7

（津沽名家文库. 第一辑）

ISBN 978-7-310-05778-8

Ⅰ.①唐… Ⅱ.①王… Ⅲ.①唐诗－诗歌研究 Ⅳ.①I207.227.42

中国版本图书馆 CIP 数据核字(2019)第 059579 号

版权所有　侵权必究

南开大学出版社出版发行

出版人：刘运峰

地址：天津市南开区卫津路 94 号　　邮政编码：300071

营销部电话：(022)23508339　23500755

营销部传真：(022)23508542　　邮购部电话：(022)23502200

*

天津丰富彩艺印刷有限公司

全国各地新华书店经销

*

2019 年 7 月第 1 版　　2019 年 7 月第 1 次印刷

210×148 毫米　32 开本　8.75 印张　6 插页　214 千字

定价：65.00 元

如遇图书印装质量问题，请与本社营销部联系调换，电话：(022)23507125

王达津先生（1916—1997）

论七律（续）　王达津

十一、起句结句谓不对时

一般七律起句、结句谓不对，更为自然。起多写景记事中寓情。起势比二、三联稍平，是入兴句，如杜牧《九日齐山登高》："江涵秋影雁初飞，有客携壶上翠微。"傍青云初展，含意未宣，下联才写旷达感慨之情，暗点九日登高，云："尘世难逢开口笑，菊花须插满头归。"许浑《登咸阳城楼》云："一上高楼万里愁，蒹葭杨柳似汀洲。"起实起"蒹葭杨柳似汀洲。"那样的怀乡之情。接联进一步写似汀洲的特殊微变，云："溪云初起日沉阁，山风欲来风满楼。"杜牧诗三联写自遣："但将酩酊酬佳节，不用登临恨落晖。"结联以感慨排遣作结云："古往今来只如此，牛山何必独沾衣。"以不需感慨写感慨，

王达津先生手迹

出版说明

津沽大地，物华天宝，人才辈出，人文称盛。

津沽有独特之历史，优良之学风。自近代以来，中西交流，古今融合，天津开风气之先，学术亦渐成规模。中华人民共和国成立后，高校院系调整，学科重组，南北学人汇聚天津，成一时之盛。诸多学人以学术为生命，孜孜矻矻，埋首著述，成果丰硕，蔚为大观。

为全面反映中华人民共和国成立以来天津学术发展的面貌及成果，我们决定编辑出版"津沽名家文库"。文库的作者均为某个领域具有代表性的人物，在学术界具有广泛的影响，所收录的著作或集大成，或开先河，或启新篇，至今仍葆有强大的生命力。尤其是随着时间的推移，这些论著的价值已经从单纯的学术层面生发出新的内涵，其中蕴含的创新思想、治学精神，比学术本身意义更为丰富，也更具普遍性，因而更值得研究与纪念。就学术本身而论，这些人文社科领域常研常新的题目，这些可以回答当今社会大众所关注话题的观点，又何尝不具有永恒的价值，为人类认识世界的道路点亮了一盏盏明灯。

这些著作首版主要集中在 20 世纪 50 年代至 90 年代，出版后在学界引起了强烈反响，然而由于多种原因，近几十年来多未曾再版，既为学林憾事，亦有薪火难传之虞。在当前坚定文化自信、倡导学术创新、建设学习强国的背景下，对经典学术著作的回顾与整理就显得尤为迫切。

本次出版的"津沽名家文库（第一辑）"包含哲学、语言学、文学、历史学、经济学五个学科的名家著作，既有鲜明的学科特征，又体现出学科之间的交叉互通，同时具有向社会大众传播的可读性。具体书目包括温公颐《中国古代逻辑史》、马汉麟《古代汉语读本》、刘叔新《词汇学和词典学问题研究》、顾随《顾随文集》、朱维之《中国文艺思潮史稿》、雷石榆《日本文学简史》、朱一玄《红楼梦人物谱》、王达津《唐诗丛考》、刘叶秋《古典小说笔记论丛》、雷海宗《西洋文化史纲要》、王玉哲《中国上古史纲》、杨志玖《马可·波罗在中国》、杨翼骧《秦汉史纲要》、漆侠《宋代经济史》、来新夏《古籍整理讲义》、刘泽华《先秦政治思想史》、季陶达《英国古典政治经济学》、石毓符《中国货币金融史略》、杨敬年《西方发展经济学概论》、王亘坚《经济杠杆论》等共二十种。

需要说明的是，随着时代的发展、知识的更新和学科的进步，某些领域已经有了新的发现和认识，对于著作中的部分观点还需在阅读中辩证看待。同时，由于出版年代的局限，原书在用词用语、标点使用、行文体例等方面有不符合当前规范要求的地方。本次影印出版本着尊重原著原貌、保存原版本完整性的原则，除对个别问题做了技术性处理外，一律遵从原文，未予更动；为优化版本价值，订正和弥补了原书中因排版印刷问题造成的错漏。

本次出版，我们特别约请了各相关领域的知名学者为每部著作撰写导读文章，介绍作者的生平、学术建树及著作的内容、特点和价值，以使读者了解背景、源流、思路、结构，从而更好地理解原作、获得启发。在此，我们对拨冗惠赐导读文章的各位学者致以最诚挚的感谢。

同时，我们铭感于作者家属对本丛书的大力支持，他们积极创造条件，帮助我们搜集资料、推荐导读作者，使本丛书得以顺利问世。

最后，感谢天津市重点出版扶持项目领导小组的关心支持。希望本丛书能不负所望，为彰显天津的学术文化地位、推动天津学术研究的深入发展做出贡献，为繁荣中国特色哲学社会科学做出贡献。

南开大学出版社

2019 年 4 月

《唐诗丛考》导读

陈允锋

一、王达津先生家世、生平述略[①]

王达津先生（1916—1997），笔名梁彦，北京通州人，著名的中国古典文学史论家，尤精于古典文论与唐诗研究，工诗，善属文；南开大学中国文学批评史学科奠基人、中文系教授、博士生导师。先生以教书育人为己任，滋兰树蕙，亹亹不倦，是杰出的中国古典文学教育家。教泽施及诸生，桃李遍于海内，登堂入室而成学界翘楚者，所在多有。先生曾任南开大学古籍整理研究所副所长、全国高等院校古籍整理委员会委员，长期担任中国古代文论学会、中国《文心雕龙》学会、唐代文学学会、中华诗词社等社会文化学术团体常务理事、顾问；是天津九三学社委员、天津市政协第四至第八届委员。

其祖王芝祥，字铁珊，光绪十一年（1885）举人，甲午战争后，历任河南光州知州、广西布政使；1911 年辛亥革命爆发，与黄兴、蔡锷等往来密切，与巡抚沈秉堃率先宣布广西独立，任副都督，援助武昌起义；次年移师南京，任南京临时政府陆军第三

---

① 此部分内容主要参考王开颖老师《关于父亲——纪念父亲诞辰九十周年》《永远的怀念》等文，又参考了达津先生《鸿踪诗草》及其他相关史料。谨此说明。

军军长，授上将军衔；1924年，应冯玉祥将军荐举，出任京兆尹。[①]旋即辞归，专力于慈善事业，曾任世界红卍字会中华总会会长。1930年病逝后，生前好友蔡元培致许寿裳函谓："王铁珊于民国元年赞助革命，在北京时亦时相过从，不可不有以表彰之……"[②]

其父王立承，字孝慈，别署鸣晦庐主人，生于光绪九年（1883），毕业于广西政法学堂，历任度支部主事、大总统府秘书、政事堂机要局佥事、国务院秘书厅佥事等职。平生好搜集版画、古籍，是著名藏书家，与郑振铎过从甚密，曾倾力相助，最终玉成郑振铎、鲁迅覆刻《十竹斋笺谱》之良愿，故郑氏曰："终假孝慈珍本覆印毕工，慰情胜无，每自感悦。"[③]王孝慈颇留心戏曲艺术，著有《仙丽余沈》《英秀集》《闻歌述忆》等，保存了不少重要而难得的戏剧史料。达津先生母林氏，福建侯官籍，常镇道海关监督林景贤次女，生于光绪七年（1881）。

达津先生生长于局势动荡之秋、国难当头之世。1916年元旦，袁世凯复辟帝制，王芝祥宅第遭焚，举家避难于天津。是年6月，先生诞生于天津，故名达津。其父王孝慈耽好古书收藏，平生积蓄，几尽于兹，后又患病，经济愈拮据。郑振铎曾为之一叹："唯孝慈家事极窘迫，不能不尽去所藏以谋葬事。"[④]然而，困窘之家境，并未稍减达津先生志学之嗜好；父辈丰富之藏书，恰成博览图籍之奥府。年在童少，已读毕数十箱家藏经史典籍，历览各朝名家别集或选本。稍长，更旁及各类书籍，乃至于外国文学。

---

① 励双杰：《鸣晦庐主人王孝慈家世考》，见《名人家谱摭谈》，广西师范大学出版社，2016年，第284页。
② 王开颖：《关于父亲——纪念父亲诞辰九十周年》，见《王达津文粹·附录》，南开大学出版社，2006年，第524页。
③ 郑振铎：《复镌十竹斋笺谱跋》，见《西谛书话》，生活·读书·新知三联书店，1998年，第389页。
④ 郑振铎：《十竹斋笺谱初集》，见《西谛书话》，生活·读书·新知三联书店，1998年，第304页。

先生性耽书卷，涉猎百家，而情之所钟，正在古典。就读通州潞河中学期间，曾撰《诗品研究》，发表于校刊《协和湖》。先生有言："总角学诗，颇有诗癖。"①可见其禀赋之另一面，性灵活泼，才情奎涌；形诸言辞，秀句琳琅，逸气俊爽。中年以后，老笔纵横，卓尔名家，良有以也。年晋八秩，先生仍凭兴作歌，《八十自嘲》有句云："不须愁老境，且去作儿嬉。"离世前数月，先生撰《南开大学校钟铭文》，古雅雄健；又赋诗书怀，作七律《南开大学校钟铸成志感》，末联云："滔滔不断长江水，自古前贤畏后生。"此等童心，此等意兴，此等襟怀，本乎天性，成于学养，何其温厚自然。

1936 年，先生中学毕业。负笈怀书，辞亲远游，就读于武汉大学中文系。是年冬，先生曾小住长沙，晚年有诗《追忆三六年冬小住长沙日》曰："少年听雨长沙日，黄叶萧萧落井除……老至重游多感慨，国安民定意方舒。"又有《忆湘中友人》七绝一首，感念"湘江水远楚天长，昔日曾经作故乡"。1937 年，日寇大举侵华，抗战事起，达津先生于 1938 年假期偕同学至湖北咸宁、沔阳等地，从事宣传工作，于街头饰演活报剧《放下你的鞭子》中之卖艺老人。时陶铸组织训练班，深入农村，以墙报形式，宣传抗日，先生亦尝预焉。

迫于危急情势，武汉大学西迁四川，师生分批溯江而上，经宜宾抵达乐山。达津先生《忆五十余年前舟次夔州》诗，大约就是写当年取道长江、由鄂入蜀之所见："舟泊夔州日，遥看白帝城。高低分井邑，深浅辨山层。峰峻罕人迹，江枯露石棱。峡中天自窄，何以慰群生？"达津先生《古典文学研究丛稿》后记有言："少年时代正值七七事变，漂泊流离，八年倒有五年在巴蜀度过。

① 王达津：《〈鸿踪诗草〉自序》，见《王达津文粹》，南开大学出版社，2006 年，第 520 页。

我曾负笈于郭老的故乡乐山武汉大学，受业于高亨、朱光潜、刘永济、冯沅君诸先生。"①达津先生的女儿王开颖老师对达津先生大学生活的记载更为详细："上大学后，父亲经常到武大的图书馆大量地阅读，广泛地涉猎，并有机会受业于诸多名师。他师从刘永济先生学习宋词和《文心雕龙》，从朱光潜先生学习诗论，从朱东润先生学习文学批评史，从冯沅君先生学习中国诗史……影响最大的当是师从高亨先生。"②在高亨先生指导下，达津先生完成了本科毕业论文《荀子笺证》，其《乐山琐忆》有言："最后要提到三八到三九年度来的高亨（晋生）先生，他和方壮猷、吴其昌、罗根泽都是清华研究院王国维、梁启超的学生。他教授《荀子》和《墨子》，我从他那里学到继承并发展清代朴学的治学方法，我的毕业论文《荀子笺证》就是由他指导的。"

达津先生大学毕业后，1940 年至 1941 年仍留蜀中，先后执教于自流井东北中学、重庆南开中学。先生有多首诗忆念蜀中青春岁月，如《忆四十余年前听巴山夜雨》曰："惯听巴山清夜雨，羁思暑气两消时。少年不识愁滋味，一任芭蕉谱作诗。"③对于武汉，先生亦满怀深情。1982 年 10 月重临故地，作《武昌参加文论会东湖怀旧》七律一首："万顷澄波映碧虚，露荷雨苇忆东湖。桃花林暖春眠稳，杨柳风柔夏愠舒。竟被战尘催短梦，还将驽马取长途。如今黄鹤归来日，欲画江山异画图。"④先生真乃深情之人，自幼及老，虽饱经磨难，历尽坎坷，而诗心常在，童心未改。

1941 年，达津先生赴昆明。1942 年至 1944 年就读于西南联合大学北京大学文科研究所，师从著名古文字学家、历史学家、

---

　① 王达津：《古典文学研究丛稿》，见《流过岁月的歌》，远方出版社，2004 年，第 204-205 页。

　② 王开颖：《永远的怀念》，见《随心漫步》，南开文艺编辑部，2002 年，第 218-219 页。

　③ 王达津：《鸿踪诗草》，见《王达津文粹》，南开大学出版社，2006 年，第 506 页。

　④ 同上书，第 490 页。

青铜器专家唐兰先生，副导师为著名哲学家汤用彤先生。唐兰先生 1923 年自无锡国学专修馆毕业后，曾直接受教于罗振玉、王国维，古文字学造诣精深，1934 年即手写石印《古文字学导论》，并随堂发给听课诸生。①达津先生在西南联大就读期间，致力于先秦文献研究，对金文、甲骨文、《尚书》用功尤深；又旁及先秦诸子与诗歌，如在副导师汤用彤先生指导下，整理、校订《老子王弼注》，随闻一多先生学《楚辞》，反复研读《天问讲稿》。达津先生的研究生毕业论文"是以金文、甲骨、《尚书》来论证古代人身代词的用法的"②。郑天挺先生时任西南联大教授兼总务长、北大文科研究所副所长、导师，也是达津先生毕业论文答辩考试委员之一。③达津先生求学西南联大期间，先后与季镇淮、殷焕先一同兼任清华大学中文系"半时助教"。1979 年，先生重来昆明，作《古典文论会在昆明温泉召开》一首，前四句曰："旧梦无踪鸿迹叹，重到昆明浑似客。来时还值雪如花，到日喜看花似雪。"

1944 年自西南联大北大文科研究所毕业后，达津先生再入巴蜀，直至 1946 年，一直任教于重庆柏溪中央大学中文系，讲授《尚书》等课程。达津先生的《八二年赴南京参加研究生考试赠管雄教授》诗中忆及往昔青壮年华："四十年前柏溪住，相逢讲席尽高朋。已惊鬓发同垂白，且喜文章老更成……"④

1946 年至 1950 年，达津先生任教于北京大学中文系，主讲《尚书》《诗经》《荀子》《墨子》等课程。1950 年后，先生北上执教于东北师范大学中文系一年，其《忆长春》诗曰："长春雪大迷行路，最喜披裘雪中步。晨起凌寒上讲堂，夜来古卷殷勤

---

① 唐兰：《古文字学导论·出版附记》，齐鲁书社，1981 年增订本，第 449 页。
② 王达津：《"吾将上下而求索"——学习一多先生治学精神》，见《古典文学研究论丛》，巴蜀书社，1987 年，第 206 页。
③ 郑天挺：《郑天挺西南联大日记》下册，中华书局，2018 年，第 957 页。
④ 王达津：《鸿踪诗草》，见《王达津文粹》，南开大学出版社，2006 年，第 489 页。

读。"①1951 年至 1952 年再度回北京大学中文系任教。

1952 年全国高等院校大调整，达津先生奉调来到南开大学。从此以后，先生一直执教于南开大学中文系，先后主讲中国古代散文史、汉魏六朝文学史等课程；1960 年起，先生率先开设中国古代文学批评史、《文心雕龙》研究等课程，并任中国文学批评史、唐代文学专业方向的硕士研究生导师；1985 年起，担任南开大学中国文学批评史专业方向博士生导师。1997 年 6 月，先生完成了最后一届博士研究生的指导工作，8 月底却因意外跌跤，邃归道山，令人扼腕。先生设帐授徒，数十年如一日，栽培人才，奖掖后学，厥功甚著。宁宗一先生说："至于达老在中国文学批评史上的建树，学界是有定评的。而从南开中文系的学科建设来说，中国文学批评史的奠基人是达老……南开大学中文系文学批评史学科的实绩在几大名牌大学中文系中，也属一方重镇，而其源头应来自达老的贡献。他曾用毕生心血浇灌过这片土地。"②

二、王达津先生学术建树述略

达津先生学富五车，以教书育人为天职，辛勤耕耘于学术领域，厚积薄发，自有老成之风，俨然大家气象。惜乎世人或仅知其为古代文论研究专家，而未必知先生治学，出经入史，究心于集部诗文评，特其一端耳。职此之故，2016 年南开大学于纪念先生百年诞辰之际，专门编发《〈汤誓〉和〈盘庚〉里的"众"和"有众"》一文，并加"整理说明"云："本文系王达津先生旧作……文章融训诂、考证、甲骨金文之学于一体，颇见功底之扎实、视

---

① 王达津：《鸿踪诗草》，见《王达津文粹》，南开大学出版社，2006 年，第 502 页。
② 宁宗一：《智者达老——跟随王达津先生 45 年》，见《王达津文粹·代序》，南开大学出版社，2006 年，第 10 页。

野之开阔。新中国建立后，王达津先生将主要精力投注于文学批评史研究，且以此享誉学界，其早期研究成果与学术风格少为人知。故而，本刊整理重发此文，一则纪念王达津先生百年诞辰，二来亦希冀推动对先生之学术经历与思想的全面认知。"①诚哉斯言！

达津先生学术堂庑之大，重要表现之一，乃在于广涉四部，经史功深。他早年随高亨先生完成本科毕业论文《荀子笺证》，考入西南联大北大文科研究所后，又师从唐兰先生，专力于《尚书》经典研究；迄于晚年，则着手选编《文史探源辨异录》。南京大学卞孝萱先生于1994年春节为此待刊稿撰序，以古代学术传统为视角，高度评价达津先生长期以来所取得的学术业绩，"考据辨证之书，从魏晋之明清，代有作者，各具所长……清顾炎武之《日知录》、赵翼之《陔余丛考》、钱大昕之《十驾斋养新录》、王鸣盛之《蛾术编》等，号称名著。近见南开大学教授王达津先生之《文史探源辨异录》，既弘扬优秀传统，又具有时代精神，其主要特色为：在考究经传、订正名物、解释词语、辨析史事的同时，指示治学方法；针对当前文艺界的某些现象，提出合理化建议。"②依卞先生之评断，达津先生立论重证据、讲方法，有成定论者，有神来之笔，多发覆之功、精辟之见。此一源自传统之学，文史相参、才性志趣固然重要，采铜于山、煮海为盐之功夫与定力，亦不可或缺。世人对于达津先生早年治学经历与成果既少了解，《文史探源辨异录》又未刊印面世，先生学术之根柢与全貌，自然难为后学所知。2006年达津先生九十诞辰之际，经王开颖老师整理、编辑，南开大学出版社刊行《王达津文粹》，收录了部分《文史探

---

① 王达津《〈汤誓〉和〈盘庚〉里的"众"与"有众"》，《文学与文化》，2016年第3期。

② 卞孝萱：《〈文史挥源辨异录〉序》，见《王达津文粹·附录》，南开大学出版社，2006年，第510页。

源辨异录》文稿，洵足以泽及后学、嘉惠学林。

达津先生学术气象之大，又体现在贯通文学发展历史，诗文兼治，雅俗并重。1987 年巴蜀书社出版了达津先生《古典文学研究丛稿》，总字数未足十万，而论题所涉，上起先秦《楚辞》、诸子，下迄明代《金瓶梅》；举凡诗、词、文、笔记及章回小说等文体，皆为重要研讨对象。由此可见其文学史研究视野之宽广、格局之阔大。尤为难能可贵处，在于涉猎虽广，篇幅不长，却绝非泛泛之谈；每撰一文，必深入探讨，解决相关学术疑难问题。据该书编后记，可知先生编定该论文集时，凡分三类：一类是以研究某些作家或作品特点为主，一类是研究包括古乐府在内的古诗，还有一类则是考辨之文。

三类文稿大部分写于 20 世纪 80 年代，小部分写于 20 世纪 50 年代，个别篇章写于 60 年代初或 70 年代末。几十年过去了，读来依然饶富新意，深受启发。比如，他紧扣《离骚》"用第一人称叙述"，"写作对象"是楚王、楚宗室以及楚国人民这一特点，从虚实相生、文势之必然、联想与想象等方面，阐明屈原如何继承、发展《诗经》比兴传统。又如，他谈建安文学特色，由通脱进一步揭示其诙谐嘲戏之幽默，由气扬采飞进一步讨论跌宕捭阖、铺陈夸张之战国纵横家遗风。再如，他讲陶渊明诗境之不可及处，先明其人生理想在于"有限度的自由"，而"嵇康、阮籍都做不到这一点"[1]，"有限度的"这一认识，又贯穿于陶诗境界评析中，以为陶渊明诗"豪放也让人不觉得其豪放，悲哀也不令人感到过分，清美也非来自造作，一切统一于平淡的境界中"[2]。至于《王达津文粹》外编所收《读〈金瓶梅〉札记十二篇》，则涉及节日、灾异、建筑风格、娃娃亲、婚礼、官吏形象、西门庆生卒年代

---

[1] 王达津：《古典文学研究丛稿》，巴蜀书社，1987 年，第 46 页。
[2] 同上书，第 50 页。

之奥妙等，篇幅短小，行文通脱，据实而论，见微知著，尤能体现老一辈学者枕葄经史、挥洒自如之治学风范，其学术价值自不待言。

类似上列文章，可以管中窥豹，说明达津先生学术视野之宏阔、分析角度之新颖、眼力识见之独到。由此联想到著名史学家严耕望先生说的一段话："能有机会运用新的史料，自然能得出新的结论，创造新的成绩，这是人人所能做得到的，不是本事，不算高明。真正高明的研究者，是要能从人人能看得到、人人已阅读过的旧的普通史料中研究出新的成果，这就不是人人所能做得到了。"①窃以为达津先生的古典文学研究，是臻于此一境界了。卞孝萱先生评《文史探源辨异录》所收文章，以为其价值之一，就在于"从人们所习见而不经心的事，发掘下去"②，得出合理的结论。从这个意义上说，达津先生确乎发扬光大了古典传统之学。古有通儒之称，先生当之，亦无愧也。

达津先生在中国古代文论方面的学术建树，历来享誉学界。他与陈洪先生合著的《中国古典文论选》，出版于1989年，字词注释、理论说明，不落窠臼，自出机杼，确有不同凡俗之处。仅以选录篇目论，节录班固《汉书·地理志》，以为其中所涉及"地理环境及所形成的风俗在文学上的反映，在文学批评史上具有很高的理论意义"③；又选录东晋王羲之《兰亭集序》，以为此文"总结了古代文学创作生命与死亡的永恒主题，并描叙了作者的创作心理特征。这些方面是有文学理论价值的"④。众所周知，非断代文论选注本，一般不选此类篇章，而达津先生慧眼识珠，足见其

---

① 严耕望：《治史三书》，上海人民出版社，2011年，第21页。

② 卞孝萱：《〈文史挥源辨异录〉序》，见《王达津文粹·附录》，南开大学出版社，2006年，第512页。

③ 王达津、陈洪选注：《中国古典文论选》，辽宁教育出版社，1989年，第13页。

④ 同上书，第41页。

理论胸襟与卓识。放眼当下学界，文学地理学几成显学，有关古代作家创作心理之研究亦蔚然成风，而早在三十年前，达津先生即已高度关注古代文论史相关文献。

达津先生又出版有《古代文学理论研究论文集》，因篇幅所限，具体观点难以枚举，其于古代文论研究之重要贡献，无妨略举一二。譬如《古代文论中有关形象思维的一些概念》一文，共论及风骨、气韵、气象、气格、意境、体性、体势、兴趣、意兴及形似与神似等十余个重要文论术语，总字数约四万字，原文分别刊发于 1979 年、1981 年的《古代文学理论研究丛刊》。他说，这些概念虽然"比较抽象，往往难以很明确地说明它的含义……但研究清楚它们是有助于建立中国自己的民族化的文学理论的……本文就是企图对这些概念的解释，初步提出一些探索意见，以便引起同志们的兴趣，共同去解决这方面的问题"①。1984 年 12 月，论文集即将付梓，达津先生作编后记曰："《古代文论中有关形象思维的一些概念》一文，力求追源溯流，探求古代文论的概念实际含义及其发展变化，有利于探索中国文论的民族特点和古为今用，似不失为一种创举，今后仍将续写。"②可见此一研究课题，乃达津先生早已拟定且付诸实践之学术计划。回顾中国古代文论范畴研究史，诚不宜忽略达津先生导夫先路之功。作为先行者，如此大规模地讨论一系列古文论术语，其学术贡献，不言自明。

又譬如，达津先生对于南朝两大文论家刘勰、钟嵘生平之考辨，刘大杰、周振甫等名家深相推许，③学界亦颇重视。先生所撰《钟嵘生卒年代考》，发表于 20 世纪 50 年代，论证充分，结论可靠，钟嵘诗学研究名家曹旭教授撰《诗品集注》，即采纳其

---

① 王达津：《古代文学理论研究论文集》，南开大学出版社，1985 年，第 1 页。
② 同上书，第 284-285 页。编后记中"形象思维"作"思惟"，兹据论文集正文标题改；"一文"作"二文"，显系误植，当改。
③ 同上书，第 284-285 页。

说。^①达津先生关于刘勰卒年之研究，亦具重要学术价值，杨明照先生主编《文心雕龙学综览》"刘勰生平、身世、著作"之"生卒年"部分，专门介绍了达津先生《刘勰的卒年试测》一文的观点。^②张少康先生主持编撰的《文心雕龙研究史》将达津先生的《古代文学理论研究文集》一书视为与黄海章《中国文学批评论文集》、杨明照《学不已斋杂著》、李庆甲《文心识偶集》并列的四部重要论著之一，认为"王著收入论文十二篇，涉及范围较广，对刘勰的卒年、《文心雕龙》的体例及其文体论、构思论、鉴赏论、风骨论、美学观等问题，进行了扎实的考辨和较为深入的分析"^③。

三、《唐诗丛考》述略

就当今通行之专业方向而论，达津先生显然属于唐代文学研究名家之列：所著《古典文学研究丛稿》收录四篇唐代文学研究论文；所编《王维孟浩然选集》出版于 20 世纪 90 年代初；《唐诗丛考》则被视为达津先生的代表性论著。卞孝萱先生在《唐诗丛考》序中指出，《唐诗丛考》积作者几十年研究心得，收录十九篇文章，约可分为三类，即作家作品评论类、作家生平考订及作品系年类、杂考类，"是一本评论与考订相结合的唐诗论文集"；"篇篇都言之有物，没有空话，篇篇都提出独到的见解，不是人云亦云，难能可贵，正在于此"；其重要学术价值与特色，则有四端：一曰"包罗广泛"，二曰"首创精神"，三曰"填补空白"，四曰"破旧立新"。^④此序评述允当，足资参考。

---

① 钟嵘著、曹旭集注：《诗品集注·前言》，上海古籍出版社，2011 年，第 53 页。
② 杨明照主编、《文心雕龙学综览》编委会编：《文心雕龙学综览》，上海书店出版社，1995 年，第 69-70 页。
③ 张少康等著：《文心雕龙研究史》，北京大学出版社，2001 年，第 440-441 页。
④ 卞孝萱：《〈唐诗丛考〉序》，见《唐诗丛考》，上海古籍出版社，1986 年，第 1-7 页。

《唐诗丛考》初版于 1986 年，各篇的具体写作年代自然更早。几十年来，唐代文学研究旧貌换新颜，别是一番天地：学术领域不断拓展，各类论著琳琅满架，老中青名家辈出，电子古籍数据库、网络技术手段提供种种便利。然而，一如诸多学术经典，《唐诗丛考》自有恒久价值，未因年光流转、时风变幻而失却光辉。究其缘由，姑且一言以蔽之，曰"通"。兹就达津先生学术精神及治学方法特点，依《唐诗丛考》之实际，粗陈鄙见，以明"通"之要义。

其一，通晓训诂，务明大义。

达津先生少习经史，以清人注疏为津梁；年甫弱冠，即求学于著名学府，先后从高亨、唐兰等名家宿儒游，为《荀子》作笺证，以甲骨、金文证《尚书》，自然娴于乾嘉精严考据之学。故达津先生治中国古典文学与文论，考据、赏析两不偏废，力倡言内义之诂训与言外义之阐发相结合。《古典文学研究丛稿》最能体现这一优长，《唐诗丛考》亦不乏其例。如论李商隐《寿安公主出降》诗末联"四郊多垒在，此礼恐无时"曰："这一联如解释不确，对全诗理解便有影响……按'此礼恐无时'语本《礼记·檀弓》……无其时，即无时，就是指时代情况不适当，不允许……李商隐诗的结句用《檀弓》的话，很是得体，但何焯不知。而《李商隐诗选》解'无时'为无时停止，自不确切，揆之实际，也不大能讲得通。李商隐诗善于用典，我们应该追本索源，才可以避免有误。"①此一训释，切当无间，堪称定谳，已为学界所采纳。②此一典型个案，又包含着方法论意味：研究诗人作品，不宜忽略诗句基本含义，而应力求"讲得通"。唯其如此，方可探骊得珠，进一步理解

---

① 王达津：《唐诗丛考》，上海古籍出版社，1986 年，第 234-235 页。
② 见刘学锴、徐恕诚：《李商隐诗歌集解》（增订重排本）第一册，中华书局，1988 年，2004 年，第 215-216 页。《寿安公主出降》篇集释人采用了王达津先生的的观点。

作者之匠心与诗心。

　　纵观《唐诗丛考》，可知谈诗论艺贵"通"字句，乃达津先生一贯之追求。如论李商隐《一片》诗，以为何焯曲说，未得其旨，乃引《列子·说符篇》"宋人有为其君以玉为楮叶者，三年而成"云云，指出李商隐诗本此而发，"则'楮叶'实为贬义"，并以为"《一片》诗是李商隐自述创作观点"，"表明他的创作道路绝不是三年刻一楮叶"。如此解说，全诗意脉豁然贯通，刘学锴、余恕诚著的《李商隐诗歌集解》将其采入"笺评"，①足以说明其学术价值。此外，如引《说文》"绪，端绪也"，解决李商隐《子初全溪作》《子初郊墅》诗题"子初"之义，以及早年李商隐与令狐楚之关系问题，亦属卓见，为学者所推重。②

　　达津先生重字句诂训之"通"，又有超越传统注疏之处，即不斤斤于局部字词之释义，而是以此为基础，向上一路，格外关注与诗家个性、艺术匠心直接相关之句法。《文心雕龙·知音》篇曰："缀文者情动而辞发，观文者披文以入情。"又曰："见异唯知音耳。"纵观《唐诗丛考》，可知达津先生颇善于"披文入情"，务求"见异"，抉发诗心之阃奥，洵为诗心鉴赏、分析之行家里手。

　　譬如宋之问《灵隐寺》诗，因重见于《骆宾王集》，或以为非宋氏所作。达津先生以为"这是不正确的"，除就宋、骆生平经历论证外，复就"宋之问诗从来气不衰竭"而独具飒爽风格立论，列举诗证，从宋之问诗作之词法、句法乃至好用"落"字等角度，说明《灵隐寺》诗应属宋作。③又如论孟浩然诗，以为孟诗"曾被一些人简单化地归属于王维山水田园一派"，甚至"把他放在王下，

<hr/>

　　① 见刘学锴、徐恕诚：《李商隐诗歌集解》（增订重排本）第五册，2004年，第2214页。《一片》（一片琼英）篇的笺评引用了王达津先生的观点。
　　② 同上书，第2105-2106页。《子初全溪作》注释引用了王达津先生的观点，并加按语："王说甚是。"又，除文中所列数例，《李商隐诗歌集解》尚有多处采录达津先生意见。
　　③ 王达津：《唐诗丛考》，上海古籍出版社，1986年，第75-77页。

当作一个支流，这也是很不妥当的"①。重要理由之一，在于孟浩然对盛唐诗境之形成，自有不可忽略之作用——"句法也自有其特殊的风格，像'我来如昨日，庭树忽鸣蝉'……这些显而易见的句法，也能表现作者率性任真豪放的风度。这种艺术特点对李杜也有影响"②。再如，论李白《蜀道难》，以为"就是李白送友人入川的作品，无可怀疑"。理据之一，就是"诗中'问君西游几时还'句正是送别友人语，考李白送别诗习惯于用这种句法……"③

以上数例，不难看出达津先生如何从语言文字入手，剖析精微，慧眼独具。清人考据传统经达津先生发扬光大，已然别具新意，确乎臻于游刃有余、骎然中音之佳境，自成一等大家气象。细读《唐诗丛考》，又可知字词释义、句法特点，看似细枝末节，实则文气之妙、秘响枢机，往往寓于其间；作诗者既需字斟句酌，说诗者若不善咬文嚼字，艺术妙谛似也难以悟出。至于如何以通训诂为前提、以明大义为胜境，《唐诗丛考》也为后人提供了行之有效的方法。

其二，贯通文史，纵横相参。

通读《唐诗丛考》，隐隐然有闻一多先生学术影响在。1933年，闻一多先生拟订八项学术研究计划，六项与唐诗相关，包括《全唐诗小传补订》《全唐诗人生卒年考》等，此前撰有《少陵先生年谱会笺》，后有《岑嘉州系年考证》。④《唐诗丛考》之学术志趣与路径，显然与此同调：全书共收十九篇论文，其中十三篇涉及十二位诗人生平考证或作品系年，可见达津先生对唐诗研究的

① 王达津：《唐诗丛考》，上海古籍出版社，1986年，第109页。
② 同上书，第107页。
③ 同上书，第1页。
④ 傅璇琮：《〈唐诗杂论〉导读》，见闻一多：《唐诗杂论》，上海古籍出版社，1998年，第9-10页。

着力点之所在。其中《诗人高适年谱》乃国内学界之首创，而《戎昱生平系诗》《卢纶生平系诗》《姚合的诗及其生平》《郑谷生平系诗》等，对中晚唐诗家的研究已初具规模。卞孝萱先生许之以"填补空白"，非过誉也。达津先生的唐诗研究极注重诗史互证、知人论世，与闻一多先生治唐诗旨趣相通，而研究领域则拓展至中晚唐非一流诗家。

从师承关系看，达津先生确实自觉继承发扬了一多先生之学术精神。据达津先生《闻一多先生与〈楚辞〉》《"吾将上下而求索"——学习一多先生的治学精神》可知，早在求学武汉大学期间，他就曾拜望闻一多；[①]先生考入西南联大北大文科研究所后，听闻一多讲《楚辞》，同时潜心研读《天问讲稿》；研究生毕业时，闻一多是答辩考试委员之一，用楷书写详细评语于论文卷面，并加朱印。达津先生说："当时我是以金文、甲骨、《尚书》来论证古代人身代词的用法的，而闻先生却严勉以应进一步研究典章制度。这一指示，就使我终身难忘。"[②]达津先生对闻一多先生的唐诗研究评价颇高，尤注重其"历史观点""结合作品""时代背景""探索规律"等治学思想，以及"广泛深刻的典章制度即历史的知识""把书读得精通"之"考据功夫"。明乎此，也就不难理解《唐诗丛考》为何如此注重诗人生平、作品系年，自然也有助于我们更深入地认识达津先生如何沿着前贤开辟的学术道路，进一步深化、推进唐诗研究。

《唐诗丛考》之注重"典章制度"与"考据功夫"，特出之处在于：分析诗家思想、探讨诗篇意蕴，往往以唐代政治文化、时代风尚以及诗人经历为参照，贯通文史，抉奥阐幽，快人心目。

---

① 王达津：《闻一多先生与〈楚辞〉》，《社会科学战线》1980年第1期；又见王达津：《古典文学研究丛稿》，巴蜀书社，1987年，第203-204页。

② 王达津：《"吾将上下而求索"——学习一多先生治学精神》，见《古典文学研究丛稿》巴蜀书社，1987年，第206页。

比如讲杜甫的《奉赠韦左丞丈》中"致君尧舜上，再使风俗淳"一句之含义，明确指出，"其实这种理想只有盛唐诗人才有，'致君尧、舜'这一观念远本于应璩，应璩《与弟书》说：'思致君于唐虞'；近本于唐太宗和魏徵等人，唐太宗讲过：'朕所好者，唯尧、舜、周、孔之道'……又王珪答唐太宗问说：'耻君不及尧、舜，以谏诤为己任，臣不如魏徵。'则'致君尧、舜上'就是指进谏与纳谏……就是指唐太宗、魏徵等一套政治主张，特别是指人君虚己以听、群臣敢进直言而言，上下坦白相待，风俗自然淳厚，并非什么仰慕上古的迂阔言论。"①又说："杜甫与王珪有亲属关系，在《送重表侄王砅使南海》诗中赞美了王珪妻子……王珪对杜甫自然会有一定影响。"②如此阐释杜甫一生崇高政治理想，何等形象、切实，有据可依，合情合理。又如关于李商隐《锦瑟》一诗之分析："我认为这是他自叙生平的诗篇，句句都似虚实实，是完全可以理解的，并不是什么寄托。"③他引李商隐"年华无一事，只是自伤春"等诗句为例，说明"李商隐是很喜欢在诗中反映他某一段消逝了的年华的"，《锦瑟》首联"是他用锦瑟五十弦起兴，联想到自己已五十岁了"④；而"'庄生晓梦迷蝴蝶'，这句概括他少年即早期依令狐楚的一段生活。令狐楚在敬宗长庆四年起任过宣武节度使，后来任天平节度使，李商隐都跟随他做巡官……宣武辖区是在河南开封一带，正是李商隐的家乡。李商隐是河内即河南沁阳人，庄周则是河南蒙人，所以他喜欢用庄周梦蝴蝶来比自己暂时化蝶、虚无缥缈、仍归空幻的早年冷漠生涯。他有《秋日晚思》一诗就写道：'枕寒庄蝶去，窗冷胤萤销……平生有游旧，一一在烟霄。'……这些都可证'庄生晓梦迷蝴蝶'是比喻依靠令

---

① 王达津：《唐诗丛考》，上海古籍出版社，1986年，第13-14页。
② 同上书，第15页。
③ 同上书，第199页。
④ 同上。

狐楚时所过的冷漠十年"①。如此解诗，虽非定论，而诗、史相映，理据俱佳，意脉通畅，别具妙趣。

达津先生论白居易《琵琶行》一文，尤为精彩。他说：白居易相隔十年先后创作《长恨歌》《琵琶行》两篇叙事诗，"树立了文人叙事诗的一个里程碑"②，而《琵琶行》与白居易"明白表达的'讽谕诗'是不同的"，"以音乐为代表的文化艺术的繁荣和衰落，同政治上的上升与衰败完全一致，而音乐国手的沦落，又同有意改革弊政的有积极进取心的朝士的被贬，命运相同"。③他又说："元和十一年作者写的《琵琶行》，所反映的就不仅是诗人和女琵琶手两人之间的相互同情，而是有意识地反映时代由盛入衰的历史变化过程。"④白居易确实常常思考音乐与时政之关系，盛唐确实是包括音乐在内的艺术大繁荣时代，而礼乐之兴衰，又确实关乎文士命运。因此，达津先生论《琵琶行》而着眼于唐代音乐艺术之崇替，其眼光之独到、思力之深刻，唯有谙熟古代历史、唐代典章，且精通诗艺者，方能达此境界。至于分析《琵琶行》开篇"浔阳江头夜送客，枫叶荻花秋瑟瑟"和结尾"今夜闻君琵琶语，听闻仙乐耳暂明。莫辞更作弹一曲，为君翻作《琵琶行》"之妙，连带论及唐人小说、诗歌"写音乐独奏总是和月夜相连"，"仙乐正是唐诗人缅怀开元、天宝所创造的乐曲而起的名字"，⑤则笔触所至，神思曼妙，既示以知识，复启人心智。王献之有言："从山阴道上行，山川自相映发，使人应接不暇。"《唐诗丛考》中文史相映发之美，亦往往如是。

---

① 王达津：《唐诗丛考》，上海古籍出版社，1986年，第200页。
② 同上书，第64页。
③ 同上书，第64–66页。
④ 同上书，第66页。
⑤ 同上书，第70页。

其三，博古通今，观澜索源。

王充《论衡·超奇》篇曰："博览古今者为通人。"达津先生知识之渊博，固不待言；博而有识，贯通古今，则宜加参详。《唐诗丛考》属于断代文学史之专论，而探本索源、研阅穷照之宏通发展史观，却是其极为重要的特点之一。

达津先生擅长沟通古今作家的继承发展关系，具体论述过程，往往铺观列代，沿波讨源。譬如论孟浩然诗境，"浩然诗更接近现实些，比陶、阮以及陈子昂诗要更明朗化些（但思想内容写得不是很深刻的），这也是诗歌新的动向。同时他的诗风有继承有创造，率性任真处有的地方学陶，豪放处有左思的意味，同时对嵇康、鲍照、大小谢、陈子昂都是有所继承的，但已形成了唐人的同时也是自己的一种豪逸的风格，可以说已开启盛唐诗风。他也有得力于民歌的地方（襄阳本是六朝民歌繁盛之处），如《问舟子》：'向夕问舟子，前程复几多，湾头正堪泊，淮里足风波。'……"[1]又如论柳宗元诗境，"有些诗则是用比兴手法寄托政治感慨的，风格近于阮籍的《咏怀》，陶渊明的《饮酒》等诗，而忧深思远，又有自己的特点。"[2]"他学陶却没有陶渊明那样旷达，他的山水诗峭拔处倒似大谢。他也有金刚怒目式的诗篇，像乐府和一些叙事诗。他的《感遇》《咏史》一类忧深思远，也是兼有陶、阮《咏怀》《饮酒》诗那样的幽怀的。"[3]如此评析，可谓善观通变；前后比照，某种文学精神之传承，某位作家之创造，如数家珍，历历在目。

达津先生留心于唐代诗家与前人之关系，另有一样特色——善于从句法、诗体等层面立论。譬如论李白《蜀道难》，一则曰："《蜀道难》诗的艺术形式也与李白安史乱后在江南的作品不同，

---

[1] 王达津：《唐诗丛考》，上海古籍出版社，1986年，第107页。
[2] 同上书，第57页。
[3] 同上书，第61页。

18

句法参差变化，又多用散文句。有些句子很像古民歌谣谚……而'朝避猛虎，夕避长蛇，磨牙吮血，杀人如麻'，这些四字句是从《招魂》《大招》变化而来。"①二则曰："'连峰去天不盈尺……'这几句却是一幅绝妙的图画，又是《水经注》中描写手法的诗化。"②三则曰："'上有六龙回日之高标……'也是散文句，是《水经注》的笔法……这样的句法形成一种绝世独立的风格，也很近似于《九歌•山鬼》的意境和枚乘《七发》所写的'龙门之桐'。"③又如《温庭筠生平的若干问题》一文，第一部分论及"温的古诗、五七言律绝，多感慨悲凉……而他的乐府诗却极绮艳，很受民歌和徐陵、庾信诗的影响"④。紧接着又论及李商隐、卢献卿、皮日休，最后指出："可见温、李以及卢献卿都是吸取徐、庾的艺术特点，而加以变化的。"⑤先生以相关材料为依据，以敏锐艺术感知融通之，包含着广博之知识，渗透着才情之灵光，直给人"大珠小珠落玉盘"之美感。

总之，从这些看似随性轻松的行文里，固然可知达津先生学养之深厚。而更值得注意者，乃在于一种境界：谙熟古今文学发展历史，透彻领会名家名作神采气韵，加之思维活跃，逸兴遄飞，凝神下笔之际，胸罗万象，触类旁通，故左右逢源，挥洒自如。综观当今之世，依托网络平台，古籍类电子数据资源日益丰富完善、检索功能日益强大，学者所撰论著，援引材料愈益便利，欲作"博学状"，似非难事。然而，倚赖电子检索工具而得之"博学"，于材料品读是否通透，于作品精神气韵是否了悟，于各类材料、不同作家之间内在关联是否了然，似有待浅学如吾辈者面

---

① 王达津：《唐诗丛考》，上海古籍出版社，1986 年，第 5 页。
② 同上。
③ 同上书，第 5-6 页。
④ 同上书，第 167 页。
⑤ 同上书，第 168 页。

壁省思。

其四，凭情会通，博而能一。

钟嵘《诗品序》曰："气之动物，物之感人，故摇荡性情，形诸舞咏。"文学研究，尤其是诗歌研究，自然以抉发活泼泼性灵为贵。延伸开来，又无妨说，无论使用如何丰富之材料，从何种角度考察问题，最终皆宜以文学自身为目标。换言之，宜固守文学本位。达津先生《唐诗丛考》有作家身世考证，有作家作品系年，又时时注重文史参证，援征博赡，但始终不离"文学本位"——依照孟子说法，论其世也好，知其人也罢，目的乃在更好地读其书、颂其诗。达津先生阐释李白《蜀道难》诗旨，先总括前人旧解，以为"他们都不是从诗的分析中得出的结论，而是凭一些想象和推测"[①]。反过来说，坚持从诗歌作品自身出发，就是一种明确的文学本位论。他分析杜甫《喜雨》等诗篇，指出："有的文章说杜甫想镇压农民，不是本诗原意，是断章取义。"[②]又分析李商隐《梓州罢吟寄同舍》中"楚雨含情皆有托"的诗意，以为"这首诗表达了李商隐在当时朝政昏乱和党争的客观条件下，政治怀抱不得抒展的深沉不满……怎能把'楚雨含情皆有托'一句单独抽出来，主观随意地做解释呢？我觉得今后我们研究和编写文学史的人，应该改变寻章摘句、断章取义的作风"[③]。反对断章取义、寻章摘句，即强调文学鉴赏、研究应注重整体性、联系性，也就是强调作品自身有意脉、有声气，是有机整体，不宜截取局部而罔顾各部分之关系。这自然也是一种注重文学本位之自觉意识。

达津先生注重文学本位，很重要的一点是属意于诗家个性及

---

① 王达津：《唐诗丛考》，上海古籍出版社，1986年，第1页。
② 同上书，第20页。
③ 同上书，第205页。

其独特写作风格。罗宗强先生说："记得有一次，外面有一位客人，拿了一首诗来问先生诗的作者是谁……先生读了几遍，说出来了。我们都感到惊异。先生说，读得多了，就能辨别不同作者的不同味道，能猜个八九不离十……这都是长期积累的感性经验。在学术研究之中，这种感性经验积累是非常重要的。"①此所谓"味道"，理应包括作者性情、表达习惯在内的独特风格。《唐诗丛考》镜光不灭之处，有时就体现于准确揭示诗家个性特点。试看他论孟浩然诗："侠情豪气往往充溢诗中……推重仗义男儿这种突破儒家行动准则的游侠气概。"②"像《送辛大》……这种用世的侠情豪气实是孟浩然诗的一个重要表现。"③"他还并未忘记政治，想问世济世之情，随时流露，豪气侠情也常洋溢诗中。"④闻一多先生谈孟诗，着重"淡"之极境，以为"淡到看不见诗了，才是真正孟浩然的诗"⑤；达津先生则着力阐发孟诗"豪气侠情"，而"侠情"二字，尤具慧眼，突出了孟诗之殊美。淡与侠，看似不同，实则相映成趣，真得孟浩然其人、其诗之本色。诗歌研究臻乎此等境界，无疑是有个性的——既揭示了诗家独特个性，又彰显着说诗者独特眼光。刘勰说，文章鉴赏、批评，贵在"见异"，方得"知音"之称。达津先生善于"见异"，《唐诗丛考》无处不在告诉我们这一看似简单而践行实难的文学研究重要法则与根本理念。

文学本位也好，注重个性也罢，归根结底，就是要有"人"在。我们说达津先生的学术研究有个性，重要原因就在于像《唐诗丛考》这样的论著，字里行间常常洋溢着诗家独特之声气、飞扬之神采。还以论孟浩然为例，达津先生说："他描写山水景物，

① 罗宗强：《三二琐事忆津师》，见《天津日报》1997年11月3日。
② 王达津：《唐诗丛考》，上海古籍出版社，1986年，第102页。
③ 同上书，第103页。
④ 同上书，第104页。
⑤ 闻一多：《孟浩然》，见《唐诗杂论》，上海古籍出版社，1998年，第31页。

兴象宏阔、高远、清新、豪逸，也是风格一如其人的……这些诗的兴象都是相当宏阔的，也同时反映了作家意气沉雄。"①他又指出："宏阔处落墨，高远处设想，寂寞处低徊，飘洒豪放，虽说是写山水，这里也都处处映证他的为人。"②正因为始终设身处地揣摩、研味古人之心灵，所以《唐诗丛考》论作家作品，往往切中肯綮，以精微之笔，写诗家之韵度。如论柳宗元诗歌创作："他在永州，心情虽很沉痛，但也并未完全绝望，一颗赤诚的心还是时时刻刻想拿出来为社会所用的……所以他的诗格很高，那是和他这种不忘政治的襟怀分不开的。""他被放到柳州以后的诗，数量不多，风格却有了较大的变化……还朝之心是逐渐绝望了，诗风却变得奔放起来。"③此类笔墨，不胜枚举，总其归途，皆在于以一己之性灵，遥会古人之心声；古今灵犀既相通，唐代诗家之生命律动，自然荡漾于研究者胸间，搦笔和墨，铺采摛文，自成一等学术气象。

以上四点，粗略勾勒了《唐诗丛考》的宏通之境。宜加补充说明者，乃达津先生研究唐代文学，又往往有"我"在，性灵腾涌，个性鲜明。我们读达津先生的随笔类小品，如《王达津文粹》外编所收短小精悍之篇章，深觉大学问存焉；我们读达津先生长篇论文，又每每感到灵气飞动。此飞动之灵气，既是自然禀气、诗人才情之流露，又融合了渊博知识、精深学养长期酝酿而成之雅致、浑朴。王念孙有言："学问须有性灵，苦功而无性灵，是人役也。"④文学研究宜有"人"在，宜有个性，性灵不可须臾离也。

譬如，细致读罢《唐诗丛考》，我们不难感受到达津先生富有个性的审美趣味，以及此种趣味里蕴含的生命志趣，那就是乐观、

---

① 王达津：《唐诗丛考》，上海古籍出版社，1986 年，第 105 页。
② 同上书，第 106 页。
③ 同上书，第 60 页。
④ 见章学诚：《乙卯札记　丙辰札记　知非日札》，中华书局，1986 年，第 65 页。

积极，不衰颓。具体地说，重气象，讲冲旷，落实到艺术鉴赏、分析，往往体现为对作家作品中所蕴含的达观、意气、慷慨、风骨的抉发。可以说，这一点形成了《唐诗丛考》的一种审美倾向。无论谈李白、杜甫，还是宋之问、李商隐，乃至于总体艺术成就稍逊一筹的戎昱、卢纶等，先生也每每关注各家诗作中所蕴含的这一特点，时予表彰。

又譬如，我们读《唐诗丛考》，又往往感受到达津先生通达、放旷的人生态度。先生淡泊名利，自内而外，仙风道骨，神清气峻，而赋诗作文，气势从不衰竭。据王开颖老师回忆，达津先生年近八十，遇中秋阴天无月，曾作七律一首，其中第二联云："犹喜有荷听夜雨，不妨无月过中秋。舞翩跹处花惊眼，歌抑扬时酒泽喉。"[①]句法跌宕，胸襟洒脱，酒歌声里含豪迈，绝无颓唐衰飒之气。自20世纪50年代起，从南开园里、马蹄湖畔远播至学界，人们皆尊称达津先生为"达老"，确与他淡泊犹进取、治事乐观而襟怀虚静之人生观直接相关。他评王维诗歌艺术时说："诗风旷逸与豪迈也不是截然可分的东西。"[②]他又说："王维山水田园诗是很自然地去写那富有美感的动人景物，它把旺盛的精神寄托于山水田园中。"[③]因此，从王维富有禅意、物我合一的诗境里，达津先生抉发出这样的美来："诗行于所当行，而止于不得不止。心胸的广阔无所牵碍，和审美感的深厚，反映无余，确是写山水的典范作品。"[④]对于这种无生与生法负荷一切之禅学，达津先生颇有会心，他说，王维所接受的佛学思想，主要是"无生"观念，"以禅学为旷达，所以富萧散冲旷的意趣……这种旷达思想，'观于无生，而以生法负荷一切'，既达观，而又不抛弃人生，仍含有他对待生活

① 王开颖：《永远的怀念》，收入《流过岁月的歌》，远方出版社，2004年，第208页。
② 王达津：《唐诗丛考》，上海古籍出版社，1986年，第138页。
③ 同上书，第136页。
④ 同上。

的积极态度一面，于是他的山水田园诗，风格自然，气象阔大"①。讲王维的山水田园诗，不废其气象宏阔之美，似为一般论家所罕言。先生慧眼独具，特予表彰，卓识乃见。这固然得益于他对王维所接受的禅学"无生"含义的深刻领悟，其实也反映了先生对待作家、作品、风格善做辩证观察的思维特点。当然，这里也透露出先生天赋中固有的萧散、旷达之性情。他对"无生"观念的阐释，对王维自然气象、冲旷意趣的解说，未尝不可视作一种自况。

先生之洒脱，真是情本乎性，溢于言表。《唐诗丛考》里，有不少文字就是这样。如论柳宗元散文，其论析文字，实可视作优美散文，一唱三叹，与柳文美境，相得益彰。学术之辉光，源本于性灵；性灵外发，自成秀采，一如川渎之韫珠玉，内明而外润。姑举二例，以概其余。譬如评柳宗元："柳宗元的骚赋文，也是能够推陈出新的。他用来描叙自己的生活，寄托愤慨不平；用来写寓言；用来写现实生活中一些事情。这些文章感情是沉痛而激烈的，文采又极绚丽缤纷……另外一类托物起兴，以寄幽怀；有的也可以算是寓言，但比单纯的寓言文，感情表现得更为充沛……总起来说，这些文章都是哀深愤极，情不自胜，字里行间，却反映出那坚毅不拔的意志。"②又如，他评孟浩然："孟浩然的诗更近于自然，伫兴而发，不假雕琢，比之王维，仍有工整与不求工整的区别。他所写的五律运单行之气于偶对之中，如行云流水，行于所当行，止于不得止，就妙在于极自然。"③这等文字，简洁传神，吐纳声气，宫商自成。达津先生幼癖于诗，早习骈俪，④渐

---

① 王达津：《唐诗丛考》，上海古籍出版社，1986年，第132-133页。
② 同上书，第51-52页。
③ 同上书，第106页。
④ "津早岁颇习骈俪之词，弃之已久，今蒙林君厚意，嘱弁序于佳集之端，不觉逸兴遄飞，便聊复为四六之作。"见王达津：《序〈雪泥鸿迹小集〉》，收入《中国韵文学刊》，1994年第1期，第105页。

老渐熟乃造平淡；加以人生阅历丰富，诗书满腹气自华，因情生文而臻于此等佳境，亦自然耳。

行文至此，又想起宁宗一先生《智者达老》一文："达老教学的最大特色是时有思想火花的迸发……即他讲课体现出他的学术个性，包括他的审美趣味、思维方式、角色特征等。至今回想起达老的讲课风采，眼前浮现的仍是一位独立不羁、睿智聪颖、热情澎湃的诗化学者。"[①]宁先生师事达老四十余年，回忆文字，颇得神髓。因思达津先生自北大移砚南开，传道授业，历时近半个世纪；教泽广被，门庭多士，敷赞师风，正不乏良选也。余固浅陋，性复驽钝，虽忝列门下，问学三载，实未得先生学术菁华之万一。息喙韬笔，诚其宜也。所谓"藐予小子，何敢赞一言"，实获我心。岂奈戊戌初冬，夜寒气肃，电话声起，大师姐开颖女史遥降指令，嘱撰心得，用充弁语。惶恐之余，乃恭谨从命，黾勉事之，温习补课，以表感念先师之忱。至于札记所及，弗敢自是，唯祈博雅君子有以教之，则无任感荷云尔。

2018 年 10 月 30 日
于京西魏公村

---

① 宁宗一：《智者达老——跟随王达津先生 45 年》，见《王达津文粹》，南开大学出版社，2006 年，第 3-5 页。

唐诗丛考

王达津 著

上海古籍出版社

唐 诗 丛 考

王 达 津 著

上海古籍出版社出版

(上海瑞金二路272号)

新华书店上海发行所发行 江苏六合印刷厂印刷

开本 850×1156 1/32 印张 7.875 字数 183,000
1986 年 2 月第 1 版 1986 年 2 月第 1 次印刷
印数：1—6,500

统一书号：10186·579 定价：1.55元

目　　录

《唐诗丛考》序

卞 孝 萱

　　王达津教授和我都是九三学社社员,又都在《胡笳十八拍讨论集》、《文学遗产增刊》、《南开大学学报》上发表过文章,闻声相思已久,但直到一九八二年在西安召开的中国唐代文学学会成立大会上才认识。他将解放后所发表的有关唐代诗人和诗歌的十九篇文章,汇集为一书,名《唐诗丛考》,交上海古籍出版社出版。这些文章,我大都读过,愿将读后的一些感想,介绍给读者。

一

　　《唐诗丛考》中的十九篇文章,约可分为三类:第一类,作家和作品的评论,五篇;第二类,作家生平的考订、作品的系年等,十三篇;第三类,杂考,一篇。在第二、三两类中,也夹有评论。是一本评论与考订相结合的唐诗论文集。

　　《唐诗丛考》是王达津教授几十年的研究成果,具有如下特色:

　　(1)包罗广泛　　十九篇文章,涉及初唐的宋之问,盛唐的王维、孟浩然、高适、李白、杜甫,中唐的戎昱、卢纶、白居易、柳宗元、贾岛、姚合,晚唐的杜牧、李商隐、温庭筠、郑谷、韩偓,或评论其作品,或考证其生平,对我们研究唐代文学史,很有帮助。

　　(2)首创精神　　对于高适生平的某些问题,学术界意见分岐。进行"争鸣",是正常的现象。王达津教授所著《诗人高适生平系诗》发表于一九六一年,是国内几种高适年谱中最早的一种,表现了著者勇于探索的首创精神。

(3)填补空白　唐代的许多二、三流诗人,较少有人研究。王达津教授注意及此,写了《戎昱生平系诗》、《卢纶生平系诗》、《姚合的诗及其生平》、《郑谷生平系诗》等文。他象一个辛勤的园丁,披荆斩棘地开垦着唐代诗史上的处女地。

(4)破旧立新　唐代诗史上有许多问题需要 继 续 探 讨,如:《灵隐寺》诗的作者是骆宾王还是宋之问?孟浩然从长安放还,是不是赋诗触犯了唐玄宗?李白的《蜀道难》是一首什么诗?杜甫的世界观与创作方法有无巨大矛盾?白居易为什么写《琵琶行》?贾岛被贬,是不是顶撞了唐武宗或唐宣宗?温庭筠是不是轻薄浪子?……王达津教授否定旧说,重新探讨,提出自己的见解。他长期钻研李商隐的诗,对于前人注释所未及的和有疑义的问题,做了许多研究考证,可供我们参考。

二

《唐诗丛考》的主要内容,分五个方面介绍如下:

(1)对唐代一些重要作家的世界观与创作方法,一些重要作品的思想性与艺术性,王达津教授作了深入的研究。如:论证杜甫讲经术,意在讽谏;讲忠君,没有唯命是从;讲"致君尧舜上"与"窃比稷与契",指君臣契合,用贤纳谏,共同治好国家,表现出他的君臣关系;讲济苍生,表现出他的君民关系,他主张改革政治而不想镇压农民。杜甫世界观的核心是君臣、君民的关系问题,积极意义占主导方面。杜甫的世界观与创作方法虽有矛盾的一面,但基本一致。不应生搬恩格斯论巴尔扎克、列宁论托尔斯泰

・2・

的话硬套在杜甫身上。论证戎昱长期居住陇西,看到吐蕃奴隶主干扰,他继承了边塞诗的优良传统,写出当时唐军镇守碎叶的豪壮情景。论证柳镇写过不少有政治意义的古文和诗。柳宗元的一些议论文和诗,风貌很与他父亲的这些诗文相近;柳镇所交游的古文家,也给予柳宗元以不小的影响。柳宗元前期作品多议论文、传记文,指斥时弊,严整劲悍,凌厉风发。贬谪后,文体更多变化,表现力更加成熟;诗歌创作也达到成熟的境地。论证姚合等人生于唐代的衰落期,清贫自守,他们讲诗格,实际是标榜他们的品格,不是纯粹追求形式。姚合讲意境,是司空图的前驱。论证《一片》诗反映李商隐的创作观点,他要创作保持性灵的完美。论证郑谷是爱国诗人,而且继承了现实主义传统。他的诗,可称为僖、昭时代的诗史。论证韩偓写了一些与宦官、藩镇斗争,努力想挽救唐王朝灭亡的诗,不应认为他是反现实主义文学潮流的代表而一概否定。

(2)对唐代某些齐名合称的作家,王达津教授比较异同,评论优劣,对我们很有启发。如评论王孟:王维受佛老的影响极深,孟浩然受儒家的思想支配。王维所持的生活哲学是妥协的,孟浩然始终保持着济世的愿望、反抗权贵的清操和助人的侠情豪气。孟浩然的诗,具有一定的风骨,意境也比较宏阔高远豪放,上与左思、陶潜、陈子昂等相联系,下对盛唐诗风有所启发。但是,孟浩然被一些人简单化地归属于王维山水田园一派,放在王维之下,作为一个支流,很不妥当。评论韩柳:贞元十八、九年间(802、803)韩愈、柳宗元共同把古文运动推向高峰,但创作态度不尽相同,韩愈侧重于仁义教化的宣传,柳宗元侧重于批判现实。两人的政治态度也有进步与保守的不同,对人民的态度也有区别。"人谓唐时柳名重于韩"。评论元白:以元稹《琵琶歌》与白居易《琵琶行》为例,两人思想感情有共同之处,《琵琶歌》为

《琵琶行》打下了基础，《琵琶行》比《琵琶歌》有很大的提高。评论小李杜：李商隐以清词丽句为尚，杜牧以平易纵放为高。他们都对宦官专横、藩镇跋扈、皇室淫佚和朋党之争不满，对晚唐衰朽的趋势表示了深切的悲痛。评论温李：都吸取徐陵、庾信的艺术特点，加以变化。李商隐诗多反映文、武、宣年代的现实，温庭筠诗多反映懿、僖年代的现实。温庭筠的一大部分诗篇，差可与李商隐比肩。

(3)在中国文学史上，有许多唐代作家的生卒年，还难于确定，需要进行考证。王达津教授考定宋之问当生于显庆五年(660)，卒于景龙四年即景云元年(710)，年四十九。高适生于万岁通天元年(696)，卒于永泰元年(765)，年七十。王维约生于圣历二年(698)，卒于上元二年(761)，年六十三。戎昱当生于开元二十三年(735)，卒于贞元七年(790)，年五十五。卢纶生于开元二十六年(738)，卒于贞元十四年(798)，年六十一。贾岛生于大历十四年(779)，卒于会昌三年(843)，年六十五。姚合生于大历十四年(779)，卒于会昌六年(846)，年六十八。杜牧生于贞元十九年(803)，卒于大中十一年(857)，年五十五。李商隐生于元和六年(811)或七年(812)，卒于咸通四年(863)，年五十一或五十二。温庭筠生于长庆四年(824)，卒于中和二年(882)，年五十九。郑谷生于大中三年(849)，卒于后梁开平五年(911)，年六十三。韩偓生于会昌元年(841)，卒于后梁乾化四年(914)或五年(915)，年七十三或七十四。都可供参考。

(4)关于唐代某些诗人的生平，文献记载或有错误，或有缺漏，或有分歧，王达津教授能提出自己的看法。如：考出宋之问弟宋之逊从兖州逃还洛阳，匿于王同皎家，窃听其语，遣子告发；指出两《唐书·宋之问传》说宋之问从岭南逃归，告发王同皎，非实。据高适《别韦参军》等诗，考出高适到梁宋，"先以乞讨于友人为业，后躬耕自给"；《旧唐书·高适传》一味地说高适"不事生业"，不确。考出王维开元八年（720）中解头，时年二十二；《集异记》说"年未弱冠"，不确。开元九年中进士；《唐才子传》、《登科记考》说开元十九年，非是。又考出王维《被出济州》"执政方持法，明君无此心"的本事："执政"张说对史官刘知幾的直笔不满，开元九年因刘知幾之子太乐令刘贶"犯事"，将他"配流"，此年王维为太乐丞，同时被贬。据孟浩然许多诗篇，考出他是隐居待时，渴望出仕，于开元二十一年（733）到达长安，受李林甫之流排挤，愤慨离去；《新唐书·孟浩然传》采小说家言，说孟浩然从床下出来见唐玄宗，转喉触讳，是子虚乌有。考出戎昱未中进士；《全唐诗》说"登进士第"，不确。又据戎昱《上崔中丞》"千金未必能移性"，指出《唐才子传》改"性"为"姓"，说崔瓘叫戎昱改姓，便嫁女给他，实属荒唐。据李洞《赋得送贾岛谪长江》"敲驴吟雪月"及其他资料，考出贾岛"推敲"故事是可信的，惟京兆尹不是韩愈而是刘栖楚。又考出贾岛贬长江主簿的原因，不是象小说中所说的顶撞了唐武宗或唐宣宗，而是敢于上书，得罪了宦官。考出李商隐《戏题枢言草阁三十二韵》所咏，指太和二、三年（828、829）应柳公济聘的事；朱鹤龄以为在王茂元幕作，冯浩、张采田以为在卢弘正幕作，均误。考出温庭筠应家于鄠县，《感旧陈情献淮南李仆射》仍当以李蔚为是。为什么温庭筠大中十一年（857）贬隋县尉，而和他来往的"公卿家无赖子弟裴諴、令狐滈"却都进士及第？王达津教授列举事实，说明这是令狐绹为了洗刷其子令狐滈的名誉，把轻薄的声名，统统加到温庭筠身上。

（5）对于唐诗的某些名篇，王达津教授或考定作者，或重定写作年月，或考证时代背景，或论证诗的含意，均有新意。从宋之问与骆宾王的交游，格律诗的发展以及骆、宋诗的风格，判断《灵隐寺》是宋之问的代表作；《本事诗》说骆宾王在杭州为僧，宋之问至灵隐寺，骆为宋续诗，竟不相识，是说不通的。论证李白《蜀道难》是送友人（可能是王炎）入川的作品，写于天宝四至八年（745——749），是《剑阁赋》进一步的发挥和补充；前人异说纷纭，均误。论证卢纶生当用武的年代，没有可能展开怀抱，《冬日登城楼有怀》"如今万乘方用武，……岂在终年穷一经"表现出当时大历诗人的苦闷。论证白居易《琵琶行》所反映的不仅是诗人和女琵琶手之间的相互同情，而是一首对唐代由盛转衰历史的无可挽回的沉痛的悲歌。不要惶惑于序与诗所写的情节完全不同，也不必查问是否真有这一件事。论证杜牧《杜秋娘》诗作于大中二年（848），表面上是通过杜秋娘的一生，写人事兴衰，实际上反映了当时宦官专权，连皇帝也不能掌握自己命运的悲剧。

李商隐的某些诗篇，比较隐晦，不易解释，王达津教授详细论证《锦瑟》是李商隐自叙生平，写出他在政治上丝毫不能有所建树的痛苦的一生。《无题》有两种类型，一种是反映妓女与他同病相怜，另一种是说知音难遇，总之，都是对社会的讽刺。此外，如《韩翃舍人即事》是反映唐王朝的腐朽现实。《谢往桂林至彤庭窃咏》是反映唐宣宗即位后的政治变化。《张恶子庙》是借斥责张恶子这种神，表示对藩镇私相授受合法化的不满。《寿安公主出降》是讽刺唐皇帝屈服于藩镇的割据力量，甘心使公主下嫁。《哭遂州萧侍郎二十四韵》、《哭虔州杨侍郎》都是反对宦官。《街西池馆》是借凭吊池馆的荒置，哀伤唐王朝政治上动荡不安。《药转》是讽刺达官贵人服丹药，求长生以及骄奢淫佚，附庸风雅的生活。

三

细读《唐诗丛考》中的文章，还可看出王达津教授治学态度与方法上的许多优点。以《李商隐诗杂考》一文为例,对诗中的用典,他为了避免误解,不惮追本索源。反对曲说(如何焯对《一片》诗的解释),反对增字为训(如《李商隐诗选》对《寿安公主出降》"无时"的解释)。他主张论诗要论全诗,反对寻章摘句、断章取义的作风(如刘大杰把《梓州吟罢寄同舍》"楚雨含情皆有托"一句单独抽出来,解释为"自己的诗都是有政治寄托的")。对诗中的本事与时代背景,他除了引用正史、野史作证外,还以同时人类似的诗篇参证,力求得出较确切的解释(如论证李商隐与令狐楚的关系,即以刘禹锡的许多诗篇佐证)。这都是值得取法的。

从文字技巧来说,《唐诗丛考》所载的许多文章,写得准确、鲜明、简洁,不蔓不枝;还有一些文章,特别是《漫谈〈琵琶行〉》文学色彩浓厚,语言优美,引人入胜。读这样的文章,是一种学术与文艺的综合享受。

王达津教授对唐代文学的研究,付出了巨大的劳动,取得了可喜的成果,但他非常谦虚,他在《唐诗丛考》的许多篇文章中,一再说:虽曾经过多年思考,"但未必一定妥当,仅写出来供参考","不可能完全确切,遗留问题还有待于进一步研究"。这种态度,值得我们学习。我写这篇序言,列举《唐诗丛考》的四个特色、五个内容,说明此书的学术价值,也不是说书中的论点完全正确,不可移易,而是说篇篇都言之有物,没有空话,篇篇都提出独到的见解,不是人云亦云,难能可贵,正在于此。

"庾信文章老更成",王达津教授对唐代文学正在进行更加深入的研究,将有更多更好的文章陆续发表,汇集为《唐诗丛考》续编,以飨读者。

・ 7 ・

论李白的《蜀道难》

李白《蜀道难》的"兴寄"，前人多加探索，以至穿凿过深，异说纷纭，写作年代也难于确定。其实如果拨开无根无据的迷雾，《蜀道难》的兴寄、写作时间、写作特点等，都是可以阐明的。

总括前人旧解，大约有这样几种说法：范摅《雲溪友议》认为是为了严武镇蜀，想要危害房琯与杜甫而作；洪驹父《诗话》则以为李白自蜀至长安，曾将《蜀道难》诗赍见贺知章，又曾见李集一本，下注"讽章仇兼琼也"，因此是讽刺剑南节度使章仇兼琼的；肖士鋆注则认为是讽刺玄宗逃入蜀的失计的。但他们都不是从诗的分析中得出的结论，而是凭一些想象和猜测。特别是肖士鋆竟把诗中"问君西游几时还"的"君"字，解释为指唐玄宗，实在是一种不合情理的武断。

我们说严武镇蜀，想要危害房琯与杜甫，这是无中生有的推测，而当时李白流放夜郎，也很难写出这样的作品。又据范传正《李公新墓碑》，说贺知章所称道的是李白的《乌栖曲》，而不是《蜀道难》，则《本事诗》、《唐摭言》和洪驹父的说法，也未可信。肖士鋆所讲是讽玄宗入蜀非计，也与当时历史情况不合。

按《蜀道难》就是李白送友人入川的作品，无可怀疑。诗中"问君西游几时还"句正是送别友人语，考李白送别诗习惯于用这种句法，如：

往来纠二邑，此去何时还？（《送族弟凝摄宋城主簿》）
别君去兮何时还？（《庐山谣》）

这是预想还期的。又如：

> 劝君还嵩丘。（《送于十八落第还嵩山》）
>
> 君去西秦适东越，碧山清江几超忽。（《送祝八之江东》）

这都是送别称"君"的。而李白诗送人又最欢喜用问答体，如：

> 江上相逢借问君，语笑未了风吹断。（《寄韦南陵冰》）
>
> 请君试问东流水，别意与之谁短长。（《金陵酒肆留别》）
>
> 闻君向西迁，地即鼎湖邻。（《送鲁郡刘长史迁弘农长史》）
>
> 君到南中自称美。（《送别》）

这一类都是。还有：

> 读罢向空笑，疑君在我前。（《酬崔十五见招》）
>
> 闻君往年游锦城，章仇尚书倒屣迎。（《答杜秀才五松山见赠》）

句法与《蜀道难》很相似，风格的活泼爽朗也完全相同。李白诗称君王为"明主"、"君王"、"天子"，是决不称为"君"的，像"天子昔避狄，与君亦乘骢"（《至陵阳山酬韩侍御》），区分就很明显了。则这首《蜀道难》为送别诗无疑。

但这首诗写于何时，仍需要研究。唐人入蜀，如由长安一带，就走北路，即经兴州、青泥岭、剑阁、鹿头关去成都。如从下江吴越江夏走，那就由南路即三峡入蜀，这是历史事实。那么，第一，这首诗不是李白在川所写，因此不会是用做给贺知章的赞见诗的。考杨遂《李太白故宅记》说："先生拖屦剑阁，西入长安。"不是事实。王琦《年谱》，太白是开元十三年出游襄汉，才离开蜀地，天宝二年终才入长安。他少年只在绵州附近游历过，没有到过剑阁，也没有经由剑阁，则此诗决非天宝二年前所作。又《河岳英灵集》选诗自开元二年甲寅至天宝十二年癸巳，此诗已收录，自当写于天宝未乱之前，所谓讽玄宗不应入蜀与刺严武等说法，当然是不攻自破。那么，李白写《蜀道难》只能在天宝三年罢官后曾到邠、岐几年中。天宝三年，改邠州为新平郡，李白有《邠歌

· 2 ·

14

行上新平长史粲》、《登新平楼》、《赠新平少年》等诗，后游梁、宋，到齐鲁时间最长，则《蜀道难》当作于天宝四、五年间，晚至天宝七、八年间。并且"西当太白有鸟道"，太白山也正在凤翔。

此诗当写于李白所写的《剑阁赋》同时，那首赋原注云："送友人王炎入蜀。"王炎，宣城人，显然是到长安或邠岐找过李白，而从北道入蜀的。这首赋几乎写的像诗，全文 反而少于《蜀道难》。《剑阁赋》云：

> 咸阳之南，直望五千里。……前有剑阁横断，倚青天而中开。上则松风萧飒瑟飚，有巴猿兮相哀。旁则飞湍走壑，洒石喷阁，汹涌而惊雷。
>
> 送佳人兮此去，复何时兮归来。望夫君兮安极，我沉吟兮叹息。……若明月出于剑阁兮，与君两乡对酒而相忆。

这一赋中的句子和《蜀道难》中所写的"问君西游何时还"、"侧身西望长咨嗟"，句子很相似。只是《蜀道难》不纯是剑阁景色描写和与友人的相思，更多的是"兴寄"，说不定与此赋同是当时送给王炎的，是《剑阁赋》进一步的发挥和补充。李白还有一首《送友人入蜀》诗，也是从北路送人的，诗云："见说蚕丛路，崎岖路不平。山从人面起，云傍马头生。芳树笼秦栈，春流绕蜀城。升沉应已定，不必问君平。"结句表示希望友人不必勉强经营仕宦，似乎也是对蜀地的藩守不抱希望，与《蜀道难》意思略同。又从这首诗看，也说明李白自己没有走经剑阁过，所以有"见说蚕丛路"这样的口吻，那么也就无怪《蜀道难》写道："西当太白有鸟道，可以横绝峨嵋巅。"把太白山同峨嵋山连起来了。《蜀道难》中有"嗟尔远道之人胡为乎来哉！"也分明是送孤身入蜀求官的友人的句子。

那么这首诗肯定是在长安或邠岐送友人之作了。但其中"兴寄"很深，所云"狼"、"豺"究竟是指什么人呢？按诗歌所反映的内容本来具有典型意义，历史上在蜀割据的颇不乏人，玄宗天宝

· 3 ·

年间边将跋扈，乱象已有征兆，那末蜀地就同样有发生叛乱的可能。开元十五年，玄宗曾准备用各王子出镇四方，曾命寿王为益州大都督剑南节度使，但并未实行。开元二十六年，益州长史王昱率兵攻吐蕃，被吐蕃所败，已开边衅。开元二十七年冬，因原节度是文人便以原团练副使、益州司马章仇兼琼权剑南节度等使，就是一个把权给藩镇自相接替的作法。章仇次年做益州长史，屡次和吐蕃战争，以邀功宠。《太平广记》卷三百三十五说他为剑南节度时，有术士说他"若住蜀，有无涯之寿，若必入朝，不见其吉"。结果他没有入朝。又卷三百五十六说他"镇蜀日，佛寺设大会，百戏在庭"。从这些记载，也可见到他独霸一方的权势。据《通鉴·唐纪》天宝四年，章仇兼琼又用阆州豪强鲜于仲通做采访支使，通过鲜于仲通，又引用杨国忠（本名钊）作推官，杨回长安后，就和章仇相勾结。《旧唐书·玄宗纪》天宝五年，以文人户部侍郎郭虚已做剑南节度使，权自然仍在鲜于仲通手中。天宝九年，鲜于仲通做了益州长史、剑南节度使，发兵攻南诏大败，随后征兵击南诏，使唐王朝精锐士卒，损失几尽，造成给安禄山造反的可乘之机。所以李白《蜀道难》"所守或匪亲，化为狼与豺"。指章仇、鲜于辈，是没有问题的。但李白很深刻地了解蜀中形势，所指也不必说就是指章仇一个人。这首诗大约做于天宝三年之后，天宝九年出兵云南之前，因为诗中所反映的还不是鲜于仲通所发动的攻南诏的战争。李白诗所反映的很具有典型性，中唐刘辟，晚唐王建都先后据蜀叛乱或割据，因而从内容讲，也是深刻地反映了现实危机的名篇，其中"朝避猛虎，夕避长蛇，磨牙吮血，杀人如麻"，确是军阀专横形象，后来严武也很嗜杀。

李白到江南以后，再有送友人入蜀的作品，就是送从长江西上的了，如《送瀦昂谪巴中》："予若洞庭叶，随波送逐臣。"《送宋少府入三峡》："白鹭拳一足，月明秋江寒。人惊远飞去，直向使君滩。"《送袁明府任长江》："古道携琴去,深山见峡迎。"所以,《蜀道难》决非安史之乱李白南游后作。

《答杜秀才五松山见赠》一诗,却有"闻君昔年游锦城,章仇尚书倒屣迎"的句子,表面上看起来,似乎与《蜀道难》相反,但其时章仇早已死去,而且后面说"肮脏不能就珪组,至今空扬高蹈名",仍然是赞美他拒绝同军阀同流合污的。对他曾以《剑阁赋》相送的王炎之死,李白竟写有三首诗吊他。其中第一首说"楚国一老人,来嗟龚胜亡。有言不可道,雪涕泣兰芳",居然以和汉外戚王莽不妥协的龚胜相比,似乎正是反映他入蜀也不曾奉承章仇兼琼和杨钊、鲜于仲通。这些诗的思想情感是和《蜀道难》气息相通的,那么,《蜀道难》确有送给王炎的可能。

《蜀道难》诗的艺术形式也与李白安史乱后在江南的作品不同,句法参差变化,又多用散文句。有些句子很像古民歌谣谚,如"所守或匪亲,化为狼与豺","锦城虽云乐,不如早还家",句法有力,似乎是反映人们所周知的真理。而"朝避猛虎,夕避长蛇,磨牙吮血,杀人如麻",这些四字句是从《招魂》、《大招》变化而来,用以招生人还乡,更有强烈的现实性。

"连峰去天不盈尺,枯松倒挂倚绝壁。飞湍瀑流争喧豗,砯崖转石万壑雷。"这几句却是一幅绝妙的图画,又是《水经注》中描写手法的诗化。比《剑阁赋》中的"飞湍走壑"、"汹涌惊雷",更为雄奇。

"上有六龙回日之高标,下有冲波逆折之回川,黄鹤之飞尚不得过,猿猱欲度愁攀援……",也是散文句,是《水经注》的笔法,和他在长安写的《灞陵行送别》"上有无花之古树,下有伤心之春草",《剑阁赋》"前有剑阁横断,倚青天而中开。上则松风肖飒瑟飑,有巴猿兮相哀",句法一致。这样的句法形成一种绝世独立的风格,也很近似于《九歌·山鬼》的意境和枚乘《七发》所写的

• 5 •

"龙门之桐"。

"但见悲鸟号古木,雄飞雌从绕林间。又闻子规啼夜月,愁空山。""但见"、"又闻"句法也近于散文和赋体,而后两句"啼夜月"、"愁空山",读起来音节琅琅,正像高亢的琴声。

这首诗以"噫吁戏,危乎高哉,蜀道之难难于上青天"开头,一开始便描写了身临绝境的哀叹,很像易水送别的悲歌。前两段写行人所见,以"扪参历井仰胁息,以手抚膺坐长叹"为此境。随后便以"问君西游何时还"为启发,写蜀道中动人心弦的可悲情景,如悲鸟的号鸣、子规的啼于月夜空山。

随后又写高峰绝壁、湍瀑争喧、万壑转石的险难,而嗟叹"嗟尔远道之人胡为乎来哉!"深入反映了文人羁士不得已而入川,幻想寻找可依的主人的苦况,远远悲于王粲的《登楼赋》。但与一般送行诗不一样,不是鼓励而是告诉他此行是没有意义的,一边在送,一边已招他回来!

诗最后系点出问题的关键:"剑阁峥嵘而崔嵬,一夫当关,万夫莫开。所守或匪亲,化为狼与豺。""朝避猛虎,夕避长蛇,磨牙吮血,杀人如麻。锦城虽云乐,不如早还家。蜀道之难难于上青天,侧身西望长咨嗟。"反映出一旦蜀郡被军阀所据,就会反抗朝廷,去锦城,就落于嗜杀成性的军阀之手,使亲友为他永远地担忧。诗中写的狼豺虎豹,既与蜀道的艰险境界相联系,但一转便触及到社会生活的本质方面,意境是这样的自然而统一,确实不愧为千古名篇。

这一篇就其艺术形式讲,其散文句法既和《灞陵行》、《剑阁赋》相同,自当写于与《灞陵行》、《剑阁赋》相近的时间,也即李白才罢官及游邠岐之时,可以大致肯定当在天宝四、五年,最迟不会晚于天宝七、八年间。

关于杜甫世界观和创作方法问题

"四人帮"制造一顶"儒家"的帽子强加给杜甫，以便极力贬低杜甫，由于无法否定杜甫的优秀作品，便说杜甫之所以创作出现实主义作品来，是受到法家思想影响。这实际上是对作家世界观和创作方法关系的割裂。

在批判"四人帮"对思想理论方面的破坏时，有些研究杜甫的文章，指出"四人帮"所说的杜甫写出好的作品是受法家影响等说法毫无根据，杜甫的成就来源于杜甫的生活实践。这对研究杜甫自然是有贡献的，但还没有给杜甫摘掉所谓"儒家"的帽子；仍然没有解决杜甫的世界观和创作方法是否矛盾的问题；杜甫诗的思想境界仍然被人们看得很低。所以杜甫的世界观和创作方法问题，实在是我们应该解决的一个问题。究竟杜甫的世界观是什么？是不是儒家？他的世界观和创作关系是怎样的？如果这些问题能够解决，当会对评价古代作家有很大好处，本文只是提出一些粗浅的看法。供大家讨论。

———

儒家思想不是一个一成不变的概念，"儒家"也不是一项可任意戴的帽子。"四人帮"习惯用"儒家"的帽子，强加到政治家、思想家、文学家头上，不加分析，个个都成了保守、反动卖国的，这根本就是错误的。本文不准备分析奴隶主没落、新兴地主已逐

· 7 ·

步取得政权时期的孔丘思想。只说孔丘之后，儒家已经起了巨大的变化。《韩非子·显学篇》说："自孔子之死也，有子张之儒，有子思之儒，有颜氏之儒，有孟氏之儒，有漆雕氏之儒，有仲良氏之儒，有孙（荀）氏之儒，有乐正氏之儒。故孔、墨之后，儒分为八，墨离为三。"那么，八家中哪一家是真正的儒家呢？这些儒家大部分都进入战国，正是封建制度建立和巩固发展时期，战国中叶的孟轲、末叶的荀卿均在运用他们的儒道为新兴地主服务，而荀卿，又被认为是法家，那又怎能在封建社会中笼统地用"儒家"一顶帽子，扣在思想家、文学家头上，而不进行具体分析呢？《汉书·艺文志》也说："孔子没而微言绝，七十子丧而大义乖。"那末汉代已认为原来孔丘一套儒家道理已经失传了。汉代贾谊是儒家，但被认为是"明申商"，很多人认为贾谊为荀卿学派。晁错，受经学于伏生，桑弘羊认为他是儒生（见《盐铁论·刺晁篇》），而《艺文志》把《晁错》一书列入法家。

　　进入封建社会汉代以后，儒家确是逐渐成为处于支配地位的统治思想的，这主要是由于儒家强调维护君臣上下关系的原故。司马迁《史记》载太史公司马谈《论六家要旨》已列儒家在第二位（在阴阳家之后）说："儒者，博而寡要，劳而少功，是以其事难尽从。然其序君臣父子之礼，列夫妇长幼之别，不可易也。"司马迁在《太史公自序》中也宣扬了儒家正名观点，我们也不能用"儒家"这顶帽子给司马迁戴上。因为进入封建社会，儒家关于君臣父子上下关系这一方面，确是统治思想，地主阶级政治家、文人也往往在不同程度上是杂家，司马迁强调道家作用，韩愈还说：儒家要墨，墨也需要儒，柳宗元则较多法家的东西。根据上述情况，所以我们很难用"儒家"去笼统地加在什么政治家身上。更不用说文学家了。

　　而两汉的经学呢，主要是讲经术，亦即儒术。经术是以六经

· 8 ·

为理论根据，来为地主阶级服务的，但六经并不代表一套完整的儒家思想。章学诚说"六经皆史"，六经它有一套历史经验在内。如《诗大序》"上以风化下，下以风刺上"，《春秋》的褒贬原则，《檀弓》"苛政猛于虎"，还都具有积极意义。汉代经术一直是以批判封建王朝政治黑暗面为其主要表现的，但也有用阴阳五行等说教欺骗人民统治人民的一面。谈经术的人，各人表现也不尽同，如西汉政论家贡禹，其政论的积极面很突出，因而侯外庐同志在《中国思想通史》中称他的政论为社会批判。贾谊、晁错、刘向等许多有社会批判的政论家，都是当时讲经术的政论家。尽管这些人都必然有儒家思想，重视君臣关系，但不能戴上儒家即反动儒家的帽子。

《礼记·儒行篇》是我国秦汉间儒生的作品，它列举了十五种儒，加上圣人之儒为十六种儒，其中有刚毅之儒，有"虽有暴政，不更其所"的独立之儒，有"不忘百姓之病"的忧思之儒，有"上不臣天子，下不事诸侯"的独行之儒。称儒何尝便是保守反动的。这种"儒"，有有利于社会发展和人民利益的方面，还是可取的。从这一点看，我们也不能笼统地以一项儒家帽子强加给古代政治家、思想家和文学家。

我们可以这样说，先秦儒家或其它诸家，对后代来说，无非是做为前题的思想资料，并非原封不动的东西。所以杜甫的世界观，尽管接受儒家思想，也要考察他接受了那些。儒家本身变化就很大。杜甫接受儒家思想，但在新的历史条件下，在社会又发生转折变化的时刻，他头脑中必有变化发展。儒家或其他家如法家等对杜甫来说只是思想资料，而对他的世界观发生直接影响还是唐代政治、法律、道德的反映，和他自身生活的经历。

"人们的意识，随人们的生活条件、人们的社会关系、人们的社会存在的变化而改变。"（《共产党宣言》）所以我们要具体地分析

· 9 ·

杜甫的世界观，而不能唯心地认为有一套反动的儒家世界观。

"四人帮"说杜甫的世界观同创作方法又是受法家影响而来，把杜甫的世界观同创作方法割裂开来，实际上是生搬硬套恩格斯论巴尔扎克、列宁论托尔斯泰的部分观点的。这样杜甫的世界观就是反动的。那么，杜甫除了若干首诗篇外，其他诗篇就不能谈了，但伟大诗人的思想感情总是洋溢诗篇中的，又怎样能给他切割呢？事实上这是荒谬的。地主阶级在盛唐时期还是上升的，尽管经过安史之乱，唐代一蹶不振，但也未到衰亡阶段。那时上层建筑，封建盛时的儒术也不同于衰亡期的儒家，那些政治家、思想家的世界观也可以说是兼综其他家的，一时偏于儒与一时重在法的思想斗争是有的，但不代表两个阶级以至于也不代表两家。武则天时的思想家朱敬则曾对武则天说过，你用法治已经达到了目的，现在该转用德治的时候了。可见儒、法更迭使用，都由政治、经济各方需要而定。这和巴尔扎克、托尔斯泰时代很不相同。巴尔扎克时期，封建贵族阶级和新兴资产阶级尖锐对立，托尔斯泰时期，贵族地主阶级同革命农民尖锐对立。所以他们的世界观中有巨大的矛盾。而杜甫的世界观并不反映这样的对立。我们对杜甫的世界观和创作方法关系问题，不能从现成公式出发，应该就杜甫作品作具体研究，才能得出应有的结论。特别是诗歌，是感情的流露，每篇诗的意境，是一个浑然整体，从这一点说也不能生搬硬套恩格斯、列宁对小说的评论，把杜甫诗的成就，仅归结为有几首如《三吏》、《三别》等现实主义诗篇。

二

依据以上分析，首先我们说：杜甫的世界观是不能以"儒家"

· 10 ·

一词笼统概括的。杜甫诗所反映的世界观的实际内容究竟和创作方法有无巨大矛盾,可分六方面来讲:

(1)杜甫讲"经术""儒术"

我们已经指出过,"经术"、"儒术"就是两汉引经据典去谏诤,去从事政治活动的方法。杜甫提倡"经术",也不是宣扬什么儒家一套道德说教,而是目的在谏诤,即进行社会批判,这才是杜甫诗讲经术的根本方面。

如杜甫《赠韦左丞》:"相门韦氏在,经术汉臣须。"左丞就是个掌弹奏的官,《唐六典》左右丞掌管辖省事,纠察宪章。所以在这里,"经术"实指谏诤。《奉赠太常张卿垍》"相门清议众,儒术大名齐。"傅玄《士风论》:"教化隆于上,清议行于下。"儒术与清议相连,自然是希望在政治上顺从舆论,经常纳谏,使下情上达的意思。又如《别李义》诗中说:"先朝纳谏诤,直气横乾坤,子建文章壮,河间经术存。"说的就更清楚了。

他所推崇的讲经术的人物,大都是汉代敢于上书言事的人,如《奉赠鲜于京兆》诗云"不得同晁错,吁嗟后郗诜",诉说自己对策不中第,不及晁错。《奉赠韦左丞丈》诗云"窃效贡公喜,难甘原宪贫",则以贡禹自比。《秋兴八首》"刘向传经心事违",则以刘向多次言事志不得遂自比。《久客》诗中也说:"去国哀王粲,伤时哭贾生。"

由此可见杜甫的言经术,无非想学汉代政论家,经常谏诤,在政治上有所作为,这和他在朝廷时总想着规谏,以至于得罪,以及写了许多现实主义诗篇是完全一致的。

而提倡儒术,如上所讲的人物,并不一定就是儒家,《汉书·公孙弘传》:"上(武帝)察其行慎厚,辩论有余,习文法吏事缘饰以经术,上悦之。"杜甫《奉赠鲜于京兆》诗"有儒愁饿死,早晚报平津(公孙弘)"，正说明杜甫心目中，也正是"习文法吏事而缘饰以儒术"的汉唐人物。他在《同元使君春陵行》序中说"当天子分忧之地，同汉官良吏之目"，也表示他所谓"经术"即是汉官良吏的作为，良吏即汉宣帝以至唐太宗所经常说的"良二千石"。这种观点是不能戴上反动儒家的帽子的。

总之，从他讲经术而意在讽谏这一主要观点来说，他的世界观和创作方法基本上是一致的，他正是用诗歌来做社会批判。

（2）关于"忠君"问题

认为杜甫一味"忠君"是愚忠，所以称之为儒家，这也是不合杜甫实际的。说杜甫"忠君"，起于宋代，如黄彻《碧溪诗话》、张戒《岁寒堂诗话》等，这是由于宋人强调忠、孝等封建观念。而杜甫诗中经常提的是两个方面，一个方面是黎庶，一个方面是君王，这是和他的君明臣贤、百姓安居的政治理想分不开的。唐代朝政经历了李世民、李治等长期的治理，李隆基初期统治，政治上也搞的不错，所以虽遇杨、李擅权和安史之乱，人们还是对君主抱有幻想的。于是诗人在诗中常提到"明主"，而杜甫以诗作讽谏工具，自然更多。如"跃马二十年，恐孤明主恩"（《后出塞》）、"一病缘明主，三年独此心"（《赠王中允维》）、"请先偃甲兵，处处听明主"（《雷》）、"长怀报明主，卧病复高秋"（《摇落》），等等。中唐以后诗，就很少讲"明主"了，因为当时宦官、藩镇专权，君主已不能发挥很大作用。盛唐诗人都常常讲明主，这完全是时代使然。如陶翰《古意》"待诏奉明主，抽毫颂清风"、高适《送韦参军》"布衣不得干明主"、王维《寄崔郑二山人》"思逢明主恩"、孟浩然《岁暮归南山》"不才明主弃"等都是，而李白诗中也相当多，如《从驾温泉宫醉后赠杨山人》"待吾尽节报明主，然后相携卧白云"、《书情赠蔡舍人雄》"遭逢圣明主，敢进兴亡言"、《司马将军歌》"功成献凯

· 12 ·

24

见明主"等都是,那么只讲杜甫忠君,显然是不合适的.杜甫诗写到君主的地方,实际都是向朝廷表示自己的政治愿望的,如"吾闻聪明主,治国用轻刑"(《奉酬薛十二丈判官》)、"安得覆八溟,为君洗乾坤"(《客居》)、"主忧岂济时,身远弥旷职"(《客堂》)等。可见并没有什么唯君命是从的那样的"忠君".

最被宋以后人渲染的,是说他每食不忘君,其根据是《槐叶冷淘》一诗。诗里为他吃"冷淘",入口很爽凉,便想献给君王这一民间食品,说:"献芹则小小,荐藻明区区。……君王纳凉晚,此味亦时须."这首诗不过是采用比兴手法,表示希望君主采听民间意见,献芹、荐藻也都是献刍荛之议的意思,并不是什么一吃饭就想念君王,正如《蕃剑》诗中说"风尘若未息,持此奉君王"一样,都是意在政治,不在君主。否则杜甫集中多少为宴饮的诗,并不曾想到君王,就难以解释了。所以我们只应说杜甫是政治诗人,而不能说他是忠君诗人,那么,讲明主和他的现实主义诗篇,基本上也是一致的。

(3)"致君尧、舜上,再使风俗淳"

杜甫想"致君尧、舜上,再使风俗淳."(《奉赠韦左丞丈》),也曾被认为是儒家思想,是很迂阔的。

其实这种理想只有盛唐诗人才有,"致君尧、舜"这一观念远本于应琚,应琚《与弟书》说:"思致君于唐虞";近本于唐太宗和魏征等人,唐太宗讲过:"朕所好者,唯尧、舜、周、孔之道,以为如鸟有翼,如鱼有水,失之则死,不可暂无耳."(《通鉴》卷一九二)这是针对"梁武帝君臣惟谈苦空,侯景之乱,百官不能乘马"讲的,李世民所谓尧、舜、周、孔之道,是他所搞的一套政治道理。他又对侍臣批评隋炀帝亦知是尧、舜而非桀、纣,但行为恰恰相反,他还讲过:"君依于国,国依于民.刻民以奉君,犹割肉以充腹,腹饱而

· 13 ·

身毙，君富而国亡。"

又王珪答唐太宗问说："耻君不及尧、舜，以谏诤为己任，臣不如魏征。"（《通鉴》卷一九三）则"致君尧、舜上"就是指进谏与纳谏。珪又说："汉世尚儒术，宰相多用经术之士，故风俗淳厚。"这些思想，完完全全是杜甫所本，所以"致君尧、舜上，再使风俗淳"，就是指唐太宗、魏征等一套政治主张，特别是指人君虚己以听、群臣敢进直言而言，上下坦白相待，风俗自然淳厚，并非什么仰慕上古的迂阔言论。这也只是当盛唐贞观、开元政治离人们耳目不远，人们还不认为天宝之乱竟使唐代从此衰落、永无复兴之望的时候，一些人们所具有的思想。如果离开特定的历史条件如贞观以来政治思想影响等去看杜甫，自然就会认为他是腐儒和一味忠君了。这一具有积极意义的思想与他的创作精神更是一致的，是他创作的指导思想，那么哪里有什么儒法的分歧和世界观与创作方法不可调和的矛盾呢？

（4）自比"稷与契"

更受"四人帮"批评的是杜甫自比稷、契，其实，这也是贞观、开元时期的政治要求，稷、契也并不代表什么高不可攀的理想，或什么反动儒家思想。

杜甫说"许身一何愚，窃比稷与契"（《奉先咏怀》），叹息有志不成。这正是杜甫希望恢复贞观、开元之治的政治理想的突出表现，不是真去怀念上古。致君尧、舜与自比稷、契这种话语的具体含义就是君臣契合，用贤纳谏，共同治好国家。

比稷、契的首先是魏征，魏征对唐太宗说："昔舜戒群臣：'尔无面从，退有后言。'臣心知其非，而口应陛下，乃面从也，岂稷、契事舜之意也。"（《通鉴》卷一九四）魏征还讲过："臣闻君臣同体，宜相与尽诚。""愿使臣为良臣，勿为忠臣。""稷、契、皋陶，君臣协心，俱享尊荣，所谓良臣。龙逄、比干，面折廷争，身诛国亡，所谓忠臣。"（《通鉴》卷一九二）稷、契就是代表一种希望君臣同体，君王纳谏大臣进言的政治主张。

我们试举杜甫诗为例，看看他这一政治主张是否贯穿于诗篇中。如："语及君臣际，经书满腹中。"（《吾宗》）"古来君臣合，可以物理推。"（《述古》）"王室仍多故，苍生倚大臣。"（《奉送韦中丞之晋赴湖南》）"稍令社稷安，自契鱼水欢。"（《送蔡十四著作》）等，都是他自比稷、契思想的抒发，此外，他多次歌颂先主和诸葛亮，目的也都在歌颂他们"君臣一体"上，如《诸葛庙》"君臣当共济，贤圣亦同时"，就是一例。所以致君尧、舜与自比稷、契是君臣关系的两个方面，是杜甫的政治思想，是积极的，是指导他创作的东西，并不是反动保守的"儒家"世界观。

如果再具体些加以说明，也就是杜甫希望恢复武德、贞观、开元那时的有生气有希望的政治局面。试举诗句为证，如"武德、开元际，苍生岂重攀"（《有叹》）、"眇然贞观初，难与数子（魏、王珪、房、杜等）偕"（《夏日叹》）、"煌煌太宗业，树立甚宏达"（《行次昭陵》）等，都反映杜甫对盛唐兴盛年代的怀恋。而象写代宗即位诗"中兴似国初，继体如太宗，端拱纳谏诤，和风日冲融"（《往在》），以及《折槛行》"呜呼房魏不可见，……娄公不语宋公语，尚忆先王容直臣"，可以说明杜甫所谓"经术"、"致君尧、舜"、"比稷、契"核心的意思是一个，即希望恢复君主听谏如流，大臣直言敢谏的能使国家强盛的政治局面，这一世界观是不能简单地用儒家帽子去否定的。附带的说一下，杜甫与王珪有亲属关系，在《送重表姪王砅使南海》诗中赞美了王珪妻子，说她在隋末，能够劝王珪结交李世民。王珪对杜甫自然会有一定影响。

（5）济苍生

封建社会政治除了君臣关系外，最重要的就是君民关系。《贞观政要》记魏征引荀子语曰："君，舟也。民，水也。水所以载舟，亦所以覆舟。"唐太宗自己也教戒太子说："水能载舟，亦能覆舟。"又说："君依于国，国依于民。"杜甫的政治思想也就是从这里继承发展而来，因此，他首先要济苍生。如他说："再光中兴业，一洗苍生忧。"（《凤凰台》）"苍生未苏息，胡马半乾坤。"（《建都》）"苍生喘未苏。"（《行次昭陵》）"几时高议排金门，各使苍生有环堵。"（《寄柏学士林居》）于是他关心"疮痍"，如说："愿闻哀痛诏，端拱问疮痍。"（《有感》）"恐乖均赋敛，不似问疮痍。"（《夔府书怀》）"必若救疮痍，先应去蟊贼。"（《送韦讽上阆州录事参军》）他想济时、济世，如说："济时敢爱死，寂寞壮心惊。"（《岁暮》）"吾慕寇、邓勋，济时信良哉。"（《述古》）"欲陈济世策，已老尚书郎。"（《暮春题瀼西草堂》）但他自己是无法去济时、济世的，所以只好用诗笔来讽谏，来反映现实。杜甫颠沛流离，对人民的苦痛具有深厚同情，自然他对政治失望，对人民同情，随着生活实际是有发展的，但他的世界观与创作方法基本上一致，没有绝对对立的情况。

（6）杜甫是否迂阔

杜甫的世界观是一个整体，以上几点，虽在诗篇中分别写出，但在文章中，则曾系统的表白过，这篇文章是他乾元元年在华州写的《试进士策问》。他说："虽遭明主，必致之于尧、舜，降及元辅，必要之于稷、契，驱苍生于仁寿之域，反淳朴于羲皇之上。"这一段话，全面涉及到君臣、君民的关系。他的提法，不了解盛唐情况的人，会认为很脱离现实，进士们会无法回答。但贞观、开元离此时仍不远，《贞观政要》中太宗、魏征等言论，进士们必然熟习,对他的话是不难理解的。所以并不是真指尧、舜、稷、契,不过是以太宗、魏征、房、杜等为榜样,要求君臣契合,来济时、济世罢了。

而杜甫又特别重视具体措施,所以要求应试的人不要空论,说:"顷之问孝廉,……多忽经济之体。……今愚之粗征(征询),贯切时务而已。"所以他写的诗也多是反映时事和人民现实疾苦的诗篇。他的《为华州郭使君进灭残寇形势图状》、《试进士问》、《东西两川说》也都是密切联系当时实际的文章,并且他还详细讲述赋税问题。把他看做世界观保守反动是错误的;把他的世界观看成是迂阔空洞的,也还是太低了。但他的世界观涉及君臣民关系,必然同司马迁、柳宗元等人一样,都要维护君臣上下之义,必然有思想和阶级局限,但我们却不能单用"儒家"的帽子去概括、去否定这一伟大诗人的积极的世界观。

三

杜甫的世界观的实际内容,我们已在第二部分中详加论述。则杜甫运用社会批判于诗歌,他的现实主义是和他积极的有利于社会发展和人民的世界观完全一致的。

他的世界观对他的诗歌起着主导作用,他的思想渗透于每一诗篇中,因而他才被后人评为政治诗人,现实主义诗人,他的诗也被称为诗史,被评为沉郁顿挫和上薄风骚。

我们谈到他的现实主义,他关心安史之乱怎样去平定。他关心少数民族奴隶主干扰如何去对付,同时拥护民族团结。他反对安史乱后诸将跋扈,他反对宦官,这些问题都在他的诗中一一有反映,现在我们只举他诗中所反映的最重要的问题征戍与赋敛来论证他的与世界观一致的现实主义成就。

从安史之乱前夕起，他就忧虑统治者奢侈荒淫和肆意用兵所造成的征戍赋敛问题。《奉先咏怀》中描写了"君臣留欢娱，乐动殷胶葛"的荒淫情况，又讲到"彤庭所分帛，本自寒女出。鞭挞其夫家，聚敛贡城阙"，然后揭露贵妃和杨国忠等后戚的享乐，写下"朱门酒肉臭，路有冻死骨"的有名诗句。

由于安史之乱前，唐代政治已发生了历史性的转折，杜甫自己的孩子还饿死了，而统治者还在过荒淫奢侈生活，又在北方，信用某些出自少数民族的将领，穷兵黩武，所以他更清楚地看到了社会危机，因而这首诗里又说："生常免租税，名不隶征伐，抚迹就酸辛，平人（民）固骚屑。"最后写道："默思失业徒，因念远戍卒，忧端齐终南，澒洞不可掇。"表示忧虑无限。这首诗实际上相当于一篇贾谊的治安策。他反映了当时正在激化的阶级矛盾。

《兵车行》写天宝中征兵情况，指责唐玄宗"开边意未已"，致使"千村万落生荆杞"。《前出塞》的内容也约略与此相同。玄宗的用兵，使得中原疲敝，胡将跋扈，安禄山一起兵，就不可收拾了。《后出塞》就写到了渔阳主将的骄恣欲叛。

安史之乱发生，他的诗自然主要是反映当时的战事，但他也没有忘记反映由征役、租税而引起的阶级矛盾，希望唐王朝给以解决。《羌村》诗反映了"黍地无人耕"、"儿童尽东征"的悲惨情状。当初闻两京收复时，也写了《洗兵马》，反映布谷催春，田地待种，歌唱出"安得壮士挽天河，净洗甲兵长不用"的话，但是诸将争功掣肘，导致邺城之败。杜甫贬华州后，便连写了《三吏》、《三别》，反映征戍的疾苦。在《遣兴》中又写到征少数民族人民入援，却让他们白白牺牲，说"降虏东击胡，壮健尽不留"，"老弱哭道路，愿闻甲兵休"。凡此种种，都由于朝廷举措不当，草菅民命。《遣兴》诗中则谴责"邺中事反复，死人积如丘，诸将已茅土，载驱谁与谋"，认为封赏太过，大将不肯用力。《秦州杂诗》写了："东征

· 18 ·

30

健儿尽，羌笛暮吹哀。"《秋笛》也写了："他日伤心极，征人白骨归。"

入川后，侧重于写由军兴而发生的"重敛"。《枯楠》诗写"伤时苦军令，一物官尽取"，说朝廷征赋税有同于剥楠皮。代宗即位，这类诗写的更多，如《征夫》"十室几人在，千山空自多。路衢唯见哭，城市不闻歌"，反映川兵与吐蕃战败的情况。《送韦讽》写："国步犹艰难，兵车未衰息。万方哀嗷嗷，十载供军食。庶官务割剥，不暇忧反侧。"

他又曾寄希望于代宗，当战胜安史后，朝廷想销方镇兵权，使农民稍得力农。于是杜甫歌唱："一朝自罪己，万里车书通。锋镝供锄犁，征戍明所从。冗官多复业，土著还力农，君臣节俭足，朝野欢呼同。"（《往在》）又有诗说："朝廷衮职谁当补。天下军储不自供。稍喜临边王相国，肯销金甲事春农。"（《诸将》）杜甫这些诗并不意味着不要军队，他是希望恢复屯田、恢复府兵制的。当兵事一好转，他就大声疾呼，如《宿花石戍》中道："山东残逆气，吴楚守王度。谁能叩军门，下令减征赋。"

但代宗不能克制藩镇，也不行"俭德"，赋税繁重，于是杜甫以更多的诗篇悲呼。如："八荒十年防盗贼，征戍诛求寡妇哭，远客中宵泪沾臆。""用兵年数久，赋敛夜深归。""已诉征求贫到骨，更伤戎马泪沾襟。"（《又呈吴郎》）"乱世诛求急，黎民糠籺窄。……，富家厨肉臭，战地骸骨白。"（《驱竖子摘苍耳》）"贵人岂不仁，视汝如蓬蒿。索钱多门户，丧乱纷嗷嗷。奈何黠吏徒，渔夺成逋逃。"（《遣遇》）"况闻处处鬻男女，忍慈割爱还租庸。"（《岁晏行》）等，都是为民请命的呼声。

这正是前面所说的"君依于国，国依于民"、"水能载舟，亦能覆舟"的思想。这种"重民"思想，与杜甫的"济苍生"的思想是一致的。

因而，作为地主阶级的文人，他担心农民会起来反抗，导致唐王朝灭亡。像《奉先咏怀》中："默思失业徒，因念远戍卒。"就是怕失业农民远征士卒的"起义"。"远戍卒"是以陈胜揭竿为比，"失业徒"见《汉书·谷永传》，谷永说："百姓失业流散，……而有司奏请加赋，……逆于民心，布怨趋祸之道也。"也是指农民群起反抗的。安史乱后写的《送韦讽》："庶官务割剥，不暇忧反侧。""反侧"也指农民起义。《夔府书怀》则更明确地说："恐乖均赋敛，不似问疮痍。……绿林宁小患，云梦欲难追。即事须尝胆，苍生可察眉。"呼吁注意剥割太甚，农民骚动情绪已可觉察。

不过杜甫并不想镇压农民，而主张改革政治，所以上引《夔府书怀》说"贞观是元龟。"《有感》中说："不过行俭德，盗贼本王臣。"《书梦》中说："安得务农息战斗，普天无吏横索线。"他希望不要轻用甲兵，以全力注意生产。《洗兵马》："安得壮士挽天河，净洗甲兵全不用。"《雷》："请先偃甲兵，处分听明主（指藩镇）。万邦但各业，一物休尽取。"《客居》："安得覆八溟，为君洗乾坤。稷、契易为力，犬戎安足吞。"早在天宝年间，他在《晦日寻崔戢李封》诗中已说："思见农器陈，何当甲兵休。"而晚年《别蔡十四著作》中又讲："尚思未朽骨，复睹耕桑民。"这是他的自始至终一贯的思想。当他听到江浙袁晁刚起义的一些消息时，在《喜雨》诗中表示希望江浙也下大雨，解决旱灾，或许使农民能不反抗，先说："巴人困军须，痛哭厚土热（这一年天下大旱）。"巴地既喜雨了，于是杜甫希望雨云移到江浙，说："安得鞭雷公，滂沱洗吴越。"原诗仅注云："时江浙多盗贼。"杜甫一向是忧因旱灾农民无收会引起骚乱的，如《夏日叹》、《夏夜叹》等诗都是。所以这首诗也是希望能缓和矛盾，解决农民问题，并非杜甫想镇压农民。有的文章说杜甫想镇压农民，不是本诗原意，是断章取义。但总之，他是不希望农民起义的，在《送顾八分文学适洪州》诗中说："邦以民为本，鱼饥费香饵。请哀疮痍深，告诉皇华使。"其阶级立场和解决办法都是很清楚的。

杜甫《同元使君舂陵行》序中说："当天子分忧之地，效汉官良吏之目，今盗贼未息，知民疾苦，得结辈十数公，落落然参错天下，为邦伯，万物吐气，天下少安可待矣。不意复见比兴体制，微婉顿挫之词。"可见他赞成的是汉代缘饰儒术的良吏，同时也赞许以比兴体反映时事的诗篇，从他的现实主义诗篇看，也可见他的世界观、创作思想与他的创作实践不但没有什么巨大的分歧，而且是积极指导创作的。他正是以诗作进行社会批判的手段，从而使古典现实主义抒发光采。

但谈经术也必然有局限，如《夏日叹》云"上苍久无雷，无乃号令乖。雨降不濡物，良田起黄埃"，就是本于《后汉书》郎颢所引"当雷不雷，阳德弱也"，又说"雷主号令"这些话的。这是用阴阳五行一套迷信来谏净。但王安石、苏轼、叶适等人文章中也是没有摆脱用阴阳五行去解释政治现象的毛病的。

四

我们说杜甫的世界观与创作方法基本上一致。并不是说它们就没有矛盾。

在君臣修德和济苍生、薄赋敛、减征戍、复屯田等这些主要问题上，杜甫的政见基本上是正确的。代宗时独孤及上疏讲的内容与杜甫所忧虑的事也基本上是相同的。

但是他的世界观反映在他的作品中也有矛盾的一面。一、有时他的现实主义所反映的人民疾苦，已达到不能容忍的程度，但诗的结尾却做了让人民守礼法、要人民忍耐下去的说教。如《新安吏》写到征兵悲剧，达到"眼枯即见骨，天地终无情"的程度，到

・ 21 ・

最后他却写："掘壕不到水，牧马役亦轻．况乃王师顺，抚养甚分明．送行勿泣血，仆射如父兄．"这是极大的矛盾。《新婚别》也是哀征役，却借新妇口吻写："勿为新婚念，努力事戎行．妇人在军中，兵气恐不扬．"《甘林》先写"相携至豆田，秋花蔼靡靡，子实不能吃，货市送王畿．尽添军旅用，迫此公家威"，但最后却写"劝其死王命，慎莫远奋飞"，不愿他逃亡反抗，要他守死于此地而不外逃。杜甫反映征兵的不合理现象，对唐王朝有好处。唐兵长期不能得胜，与征役制度腐朽是极有关系的，而杜甫反而劝说劳动人民忍耐，却是个很大的阶级局限，不应借口安史之乱是主要矛盾而肯定这一点。这是维护封建秩序观念横于胸中，唯恐老百姓越轨，因此做了不合理的说教。这类说教就是糟粕。这有点类似托尔斯泰，但评价不能等同。

另外一类则是他对礼法观念也是时有所突破的，如《醉歌行》"儒术于我何有哉? 孔丘、盗跖俱尘埃"，就是说杜甫也认识到所谓儒术不能实行。又如《秦州杂诗》"唐尧真自圣，野老复何知"，用《伪尚书·周书》"仆臣谀，厥后自圣"语，讽刺皇帝自以为圣，排斥谏臣，表示对贬他为秦州司功参军的不满。又一类作品侧重于对劳动人民的同情，如"况闻处处鬻男女，忍慈割爱还租庸"，反映当时税敛之重，人民处于卖儿卖女的境地，而不再对劳动人民进行劝说。《三绝句》"殿前兵马虽骁雄，纵暴略与羌浑同"句，也直接指斥官军。《遣遇》："闻见事略同，刻剥及锥刃。贵人岂不仁，视汝如莠蒿……"倾向于人民方面，感情也较激烈。《客从》描写泉客之珠，化为碧血，说"开视化为血，而今征敛无"，写珠是采珠人的血，反映人民痛苦也很强烈。

所以杜甫的世界观与创作方法基本上一致，谈经术也不应笼统地以儒家去概括否定。我们不应生搬恩格斯论巴尔扎克、列宁论托尔斯泰的话硬套在杜甫身上。杜甫有关心国家安危、人

• 22 •

民疾苦,希望恢复贞观之治的政治理想,所以才能写出反映社会动乱、人民疾苦的伟大的现实主义诗篇.这种热情也贯穿在他诗篇中,因而才创造了沉郁顿挫的风格。

以上意见只是初步探索,仅提出来供同志们讨论。

杜甫创作思想试论

——纪念杜甫诞生一千二百五十周年

一、"何时一樽酒，重与细论文"

如果谈杜甫的创作思想，我想我们先应该知道他是最重视创作思想的指导作用，而且最喜欢谈创作思想的人。

"白也诗无敌，飘然思不群；清新庾开府，俊逸鲍参军。"《怀李白》我们知道这是他赞美李白诗篇的诗，对他的诗的思想高超，风格飘然，词句清新俊逸，十分钦佩。而且最后两句说："何时一樽酒，重与细论文。"想和他仔细谈谈文学思想，可见他是多么重视创作思想的指导作用。

他也常和高适、岑参等大诗人在一起谈论创作，晚年《寄高使君岑长史》一诗中还提到，"会待妖氛静，论文暂裹粮"，想等到时局平定，带了粮食，找他们谈谈文学。高适死后，他给高适姪儿高式颜一首诗，其中有哀悼高适的句子说："自失论文友，空知卖酒垆。"他也常和古文家贾至、苏源明论文；《怀旧》一诗是纪念苏源明的，也说："自从失词伯，不复更论文。"

我们从杜甫这样的生活中可以看出来他是多么重视唐代的诗文改革运动，多么重视对文学思想的探讨，因此他的创作思想是很值得我们研究的。晚年在《赠毕曜》的诗中说："同调嗟谁惜，论文笑自知。"却有着找不到同调的悲哀了。

二、"终古立忠义，感遇有遗篇"

陈子昂是唐代诗文改革运动的启蒙人物，杜甫对他是有着衷心感佩之忱的，这就是纪念他哀悼他的诗篇中的两句诗(见《陈拾遗故宅》)，这虽是概括陈子昂诗文特点的(陈子昂写有《感遇》诗)，实际上我们也可以把它看做是杜甫歌唱他自己创作的中心纲领吧！要自己要人们永久留下忠义之气，感于时感于事就歌唱，写出现实主义的诗篇。

什么是忠义？怎样感遇而作？他在《奉赠韦左丞》、《奉先咏怀》中讲得就更清楚，在这两诗中他明白地表露了自己的政治思想纲领和创作思想纲领。前一首诗说自己："读书破万卷，下笔如有神，赋料扬雄敌，诗看子建亲。……自谓颇挺出，立登要路津，致君尧舜上，再使风俗淳，此意竟萧条，行歌非隐沦。"他想做到的和歌唱的是什么呢？就是"致君尧舜上，再使风俗淳。"这两句话正是杜甫心目中的"忠义"，一方面他是想使国家强盛，政治搞得好，甚至达到尧舜时代的至治，让剥削减少到极小的程度，于是就希望皇帝能学尧舜，这就是"忠"；一方面他又希望没有相欺诈相压迫的事，人民安乐，君臣上下朋友兄弟关系好，和外民族也能和睦共处，这就是他的所谓"义"。固然不可避免的他还要忠君，还要维护本阶级的统治，可是他的思想中却存在深厚的同情人民的感情。在《奉先咏怀》中就说："许身一何愚，窃比稷与契，……穷年忧黎元，叹息肠内热，取笑同学翁，浩歌弥激烈。"《试进士策问》中也说："虽遭明主，必致之尧舜，降及元辅，必要之于稷契，驱苍生于仁寿之域，反淳朴于羲皇之上。"这些话都是"致君尧舜上，再使风俗淳"的具体解释。他念念不忘黎元、苍生，可见他创作的最根本的出发点是同情人民，他的感情是和人民的忧乐息息相通的，这就是诗人所以伟大的地方。因而他就要行歌而且浩歌一切不平的事，就以这种崇高思想做为审美理想的标准，以他的审美理想去反映生活中美的和丑的事物，随时随地地歌唱社会民生。这就是"感遇"，也就是白居易所总结的诗歌合为时而作(《与元九书》)的意思。这种伟大的世界观和人生观，表现于他的一切创作中；这样的创作思想与实践就决定了他的诗歌具有高度的思想性。这位古代最伟大的诗人，一方面是一位政治诗人，他以社会生活为主要题材，向那黑暗社会搏斗；一方面他同时又是一个爱国爱民、向往美好生活的诗人。因此他在揭露黑暗的同时，他就怀念像诸葛亮那样的古人，怀念像房琯、李白那样的今人；歌颂郭子仪、李光弼那样的爱国将领；游山水就歌唱祖国的辽阔广大，写鹰、马就表现了英雄豪杰的意志；见到莠草就要除草；写到花鸟生物就表现了安乐融融的理想人生！特别是关怀人民疾苦之情更是随感而发，立即歌唱；像《白帝》本是写白帝城风光的，但他却写的不只是风景画，而是离乱图："戎马不如归马逸，千家今有几家存，哀哀寡妇诛求尽，恸哭秋原何处村！"像《昼梦》，既写"二月饶睡昏昏然，不独夜短昼分眠，桃花气暖眼自醉，春渚日落梦相牵。"那样的闲适生活，可是立即又写出了："故乡门巷荆棘底，中原君臣豺虎边，安得务农息战斗，普天无吏横索钱！"写小小生物，如："帝户每宜通乳燕，儿童莫信打慈鸦，寡妻群盗非今日，天下车书正一家。"(《题桃树》)"暂止飞乌将数子，频来语燕定新巢。"(《堂成》)也都充满了希望人民安乐的思想和崇高的美的生活理想。

三、"诗尽人间兴"

诗和政治、道德、哲学有联系，但又有区别，诗人以艺术形象来反映世界，诗人是通过审美感、审美掌握和审美的理想来反映政治、道德、哲学观点的。在中国古代的文学理论中把这样的现象叫做"兴"。而杜甫的创作口号,恰恰就是"诗尽人间兴"(《西阁》)。

宋张戒说:"杜牧之诗只知有绮罗脂粉,李长吉只知有花草蜂蝶,而不知世间一切皆诗也,惟杜子美则不然,在山林则山林,在廊庙则廊庙,遇巧则巧,遇拙则拙,遇奇则奇,遇俗则俗,一切事一切意,无非诗者,故曰:'吟多意有余',又曰:'诗尽人间兴'。诚哉是言!"从这段评语中也就可以看到杜甫对生活有着崇高的美的理想,热爱生活,审美兴趣既是极其广泛丰富,审美感也是极其敏锐的,而且善于把握事物之美,通过他所描写的美或丑的事物无往而不能表达他审美理想与爱国爱人民的感情和积极的世界观。

诗人的集子中以"兴"为题的就有《秋兴》八首、《遣兴》等;题为《遣兴》的诗的,前后就有好多首,还有题为《即事》、《遣遇》的,总之是随物随事,即兴作诗。发"兴"的方面也不同,如《北征》中写:"青云动高兴,幽事亦可悦。"所兴的是路上的美好的风光,而所谓兴就含有崇高的理想在。《寄高使君岑长史》"老去才难兴,秋来兴更长",这是秋"兴"。《万丈潭》"造幽无人境,发兴自我辈",这是幽"兴"。不过,贯穿于杜甫一切"兴"中的却是他的"致君尧舜上,再使风俗淳"的思想,所以他才说:"感激时将晚,苍茫兴有神。"(《上韦左相》)又说:"道消诗发兴,心息酒为徒。"(《哭台州郑司户苏少监》)有时还说:"愁极本凭诗遣兴,诗成吟咏转凄凉。"(《至后》)想借事物之美来遣心中之愁,来反映自己的理想。

"兴"能表现作家反映美和评价美的能力,也表现作家崇高的美的理想,杜甫所强调的"兴"这一创作思想就是非常值得人重视的;诗人没有"兴",可以说不能称为诗人。从杜甫的诗中我们就可以看到杜甫对美的事物的爱是多广泛多深厚,看到他对生活美的评价反映能力又是多么强!以写人来说,像《丹青引》写曹霸："将军魏武之子孙,于今为庶为清门,英雄割据虽已矣,文彩风流今尚存!"这里就有深刻的美的反映和美的评价在。其中也寓有作者对英雄人物和建安文学的向往,读起来又有多少感慨!《登兖州城楼》"浮云连海岱,平野入青徐",《野望》"西山白雪三城戍,南浦清江万里桥,海内风尘诸弟隔,天涯涕泪一身遥",《房兵曹胡马》"竹批双耳峻,风入四蹄轻,所向无空阔,真堪托死生。"……从这些诗例看来,杜甫是将生活中所有的美都写入诗中,从而也就反映了他崇高的审美理想。

四、"吟成意有余"

感兴是指作家通过审美感和审美理想捕捉生活中的美的事物或批判丑的事物,可是如何使这些事物活生生地体现于诗篇,而作家的思想感情又能借此巧妙的表达呢?在这方面,杜甫则常提到诗"意"问题。"以意为主"也是古代创作理论的重要问题。

但"意"有二,一是作者之意,一是存在于事物中的意。杜甫说"诗成立意新",这是偏重于指如何巧妙地表现事物的意态,用以说明问题的;又说"吟成意有余",那就是怎样表达作家的深远的思想的问题了。

作家深远的"意"当然是最根本的"意",像"兵戈与关塞,此日意无穷"(《九日登梓州城楼》),"从来多古意,回首独踟蹰"(《登兖州城楼》),以及题为《遣意》诗的"意",都该是作者忧国忧民之意。创作的时候,这种"意"自然是要随着审美感、审美把握贯穿到所写的事物中去的;至于把握美的生活事物的意态特征,从而真实确切地反映由感兴捕捉来的事物客观美的特征及其个性,这可以称为反映或描写事物的意。主客观的意是互相依存、互相联系的,但诗歌总是要通过物意来表现人意的,因而杜甫对写物意是非常重视的,因为通过写物意,也就强烈地表现了他的思想观

· 28 ·

点。如《病马》诗中何尝不寓有作者为国家尽力至死不倦的表示和不平之鸣！

仇兆鳌说"杜甫善于摹意"，是指物意；王世贞说"子美以意为主"，这是指人意。两人评语各得杜甫创作特点的一方面，其实杜甫的创作思想恰恰是把两者交相融会，他以诗揭示了所有的生活事物的美的特征特质和它的个性，写尽了物的情态意境，从而也通过它们表现了自己崇高的美的理想与世界观、人生观。

五、"意惬关飞动，篇终接混茫"

如果描写物意并通过他表现人意，从而揭示了崇高的理想，这样写的十分妥贴切当的话，那么诗篇就会有飞动之势；诗又要有气魄，篇终还要元气混茫。这是杜甫在《寄高使君岑长史》诗里写的诗句，通过赞美高、岑的诗也表示出他的创作主张。

怎样使诗达到这样高的境界？作家在创作中可以而且必要提出表现方法和要求，以便更充分地表现作家的崇高的思想感情。杜甫经常提到的这方面的方法和要求有四点，就是："神"、"骨"、"气"、"势"。

这四点首先是作家的性格、思想面貌的表现，同时也是事物的美的特质特征的表现；这两方面在理论上可以分开讲，但在创作中二者却是密切联系不可分的。这四个概念有区别但又有联系，比如"气"和"势"就很难分开。"神"是精神状态，"骨"是品质，"气"是气象气魄，"势"是动作倾向、趋势或形势。"神"是表现精神的崇高、飘逸英俊等等，"骨"是表现品质的忠正、立场的坚定、态度严峻，"气"是反映思想修养的醇厚、理想的高远宏阔，"势"是表现由气所支配的动向和奋斗的前景等。

这种理论特别体现在杜甫的题画诗中。如：

《戏韦偃所画双松歌》："绝笔长风起纤末，满堂动色夸神

• 29 •

妙。"这就是说韦偃能传松树挺出的精神，把振长风于针梢那样振拔的精神写出来了。《题壁韦偃画歌》："戏拈秃笔扫骅骝，欻见骐驎出东壁，一匹龁草一匹嘶。"是说韦偃把马的精神饱满，无拘无束，饱食后即将飞腾那样的神态绘出来了。

《画鹘行》："高堂见老鹘，飒爽动秋骨。"这是写老鹘充满肃杀之气，凛凛欲动的神情，羽毛生风，峻骨欲动（可见"神"与"骨"不可截然分开）。最后又写："乌鹊满樛枝，轩然恐其出！侧脑看青霄，宁为众禽没。"又把众禽畏惧，老鹘俨然高觑，不为所动的神情写的极活，而作者自己的充满战斗精神的神态也就在这里表现出来了。

杜甫写人如曹霸："将军善画盖有神，偶逢佳士亦写真，即今飘泊干戈际，屡貌寻常行路人。"（《丹青引》）如李白："李白斗酒诗百篇，长安市上酒家眠，天子呼来不上船，自称臣是酒中仙。"如写自己："黄昏胡骑尘满城，欲忘城南忘城北。"（《哀江头》）这些可以说都是传神之笔。写景物和情节也是一样要传神的，如："落日照大旗，马鸣风萧萧……悲笳数声动，壮士惨不骄。"（《后出塞》）神情活现，十分悲壮。

"骨"也是必须表现出来的。在《丹青引》："韩干画肉不画骨，忍使骅骝气凋丧。""骨"与"气"有联系，没有"骨"就没有"气"。《徐卿二子歌》中说"秋水为神玉为骨"，"神"与"骨"是一个问题的两方面，互相依存。神骨与气势也不能分开，如《姜楚公画角鹰歌》："楚公画鹰鹰戴角，杀气森森到幽朔，观者徒惊掣臂飞，画师不是无心学。此鹰写真在左绵（录参厅），却嗟真骨遂虚传，梁间燕雀休惊怕，亦未抟空上九天。"几笔就把鹰的品质写出来了，"神"、"骨"、"气"、"势"俱有，沉郁顿挫，表现了伟大的怀抱。

"气"表现为气象气魄，"势"是描写事物发展的动向、起伏与前景，这都是与作者崇高的理想相关联的。所以在神骨气势中，杜甫所特别强调的又是气势。《戏题王宰画山水歌》中说："尤工远势古莫比，咫尺应须论万里。"提倡咫尺要有万里之势。这正表现了杜甫的积极向上的精神和战斗的青春活力。

而"气"总是兼"势"，我们也可以不必分开讲。杜甫自己笔下的祖国山川就永远是气象宏伟而且又具有万里之势的。如："窗含西岭千秋雪，门泊东吴万里船。"(《绝句》)表现了他心目中的国家是万古长存的国家，他心目中的河山是辽阔广大，能给人以力量的，他心中也有着万里东游的意愿！"星垂平野阔，月涌大江流"(《旅夜书怀》)、"浮云连海岱，平野入青徐"等等这些诗句，气象宏大，咫尺间又有万里之势。而从"文章曹植波澜阔"(《追酬高适》)、"笔飞鸾耸立，章罢凤骞腾！"(《赠汝阳王进》)"思飘云物动，律中鬼神惊，毫发无遗憾，波澜独老成。"(《赠郑谏议》)这些诗句里，正可看到杜甫是如何地重视气势，也可以从其中看到他的诗的风格突出的特点。

六、"不废江河万古流""语不惊人死不休"

最后我们还应该着重谈杜甫对于继承前人和运用语言这两方面的创作思想及其精神实质。

"杨王卢骆当时体，轻薄为文哂未息，尔曹身与名俱灭，不废江河万古流。"这是《戏为六绝句》中的一首，这六首诗都是表明杜甫认为对前人所创造的成果应该十分重视的思想。由于每一时代优秀的诗人都留下一些不可磨灭的艺术特色，所以杜甫是主张多方面继承的，但他绝不是无批判地继承，因而他说："别裁伪体亲风雅，转益多师是汝师。"那就是说首先要批判那些形式主义唯美主义的歪风邪体，而学习风雅，在这样的基础上才可以讲到继承。

"致君尧舜上，再使风俗淳"的创作纲领是不容改变的，但是艺术风格就必须多方面学习.在《偶题》诗里他说:"法自儒家有,心从弱岁疲,永怀江左逸,多谢邺中奇."他的世界观是坚定不移的,因而说"法自儒家有",但江左齐梁的超逸,特别是建安的风骨,他还是十分钦羡,力争学习的。

而在这个问题上,他也从来不主张模仿,而要有独创。并且主张超过前人,像《赠韦左丞》诗里讲:"赋料扬雄敌,诗看子建亲."《壮游》里讲:"气劘屈贾垒,目短曹刘墙."要超过屈贾曹刘,自然六朝更不足道了.创造性的吸收古代诗人反映生活的本领,有利于作者的审美掌握和超过前人,这就是杜甫所以尊重前人成果的重要原因。所以,对于古代诗人特有的风格和语言技巧,杜甫都非常尊重。除曹、刘外,杜甫诗里提到的古代作家很多,从苏李、潘陆到王维、孟浩然,都被他一再称道。如:"潘陆应同调"(《暮春江陵送马大卿公》)、"优游谢康乐,放浪陶彭泽"(《石柜阁》)、"清新庾开府,俊逸鲍参军"(《怀李白》)、"谢朓每诗堪讽诵"(《寄岑嘉州》)等等。

杜甫他的自己的创作,就是很好地继承学习了前人,而又超过前人的。他的反映现实的乐府诗多是继承汉乐府的现实主义传统的,像《石壕吏》"吏呼一何怒,妇啼一何苦,老妇前致词,三男邺城戍"这些句子,就是创造性地运用了乐府民歌手法的。描写风景,他也借助于六朝诗的一些关于自然美的体验,像"渭北春天树,江东日暮云"(《忆李白》),就和江淹的诗句"渭北雨声过","日暮碧云合,佳人殊未来"的景色写法有类似之处。《观安西兵过》的"孤云随杀气,飞鸟避辕门"以及《秦州杂诗》的"无风云出塞,不夜月临关"的意境接近庾信。这种学习和借鉴,对我们很有启发。

运用语言,杜甫则主张"语不惊人死不休"(《江上值水短述》),并且也十分重视诗的格律和句法用字的变化的。他曾说过:"晚节渐于诗律细"这样的话。杜甫要求诗的语言切合真正的思想感情，所以他的诗虽然形式多变，但读起来十分自然，篇篇有其语言特色和他的诗的风格。

他的语言总是充满了画意，把握事物的神似，因此句法既多变化，用词也极精确，这确是十分重视诗要表现生活的美的规律的。而只有确切地表现了生活中的美与丑，作家的审美理想与崇高的政治思想才能易于被人们所接受。

总之，在继承问题上和使用语言问题上，杜甫的创作思想值得我们特别注意的首先还是他的美学思想与审美能力。

柳宗元和他的散文与诗歌

柳宗元是公元八世纪到九世纪间中国杰出的散文家，也是一位有成就的诗人。谈到他的生平和诗文成就时，我们却不能忘记他还是一位杰出的唯物论思想家和参预当时改革政治斗争的正直敢为的政治家。

柳宗元字子厚，他生于唐代宗(李豫)大历八年(公元七七三年)，死于唐宪宗(李纯)元和十四年(公元八一九年)。他原籍是河东解县(今山西省解县)，河东柳氏虽然是唐初大氏族，可是在唐高宗(李治)时代，受到武则天的严重打击，柳宗元的高伯祖柳奭从中书令被贬到遂州赐死①，柳家就衰落了。柳宗元的曾祖、祖父、父亲都是长期做小县令的②，因此柳宗元却是生长在清寒的小官吏家庭的。

他幼年时，父亲柳镇在外做宣城令，他就从他母亲那里获得文学教养，后来他《先太夫人归祔志》中追忆说："某始四岁，居京师西田庐中，先君在吴，家无书，太夫人教古赋十四首，皆讽传之。"柳宗元擅长于骚赋文，也是和这种家庭教育有关系的。

柳宗元受到他的父亲影响最深。柳镇是一个不畏强暴的正直官吏，特别是在唐德宗贞元六、七年(公元七九〇、七九一年)，柳宗元十八九岁时，柳镇任殿中侍御史，曾平反了宰相窦参所罗织的一件冤狱，竟因此被窦参陷害，贬为夔州司马，正直的声名

· 34 ·

震动一时。贞元八年（公元七九二年）窦参失败了，被赐死于驩州。贞元九年（公元七九三年）柳镇才还朝任侍御史，柳宗元时年二十一岁，也就在这一年他中了进士③。

柳镇也是一个古文家，写过不少有政治意义的古文和诗，如他任大理评事时，就写过《晋文公三罪议》、《守边论》等文章；贬夔州时写过《鹰鹞》诗，指斥奸小。柳宗元的一些议论文和诗，风貌是很和他父亲这些诗文相近的。

更多的影响是来自柳镇所交游的社会人物。我们可以看到柳宗元在《先君石表阴先友记》中，怎样详列了柳镇所交游的正直的政治家袁高、齐映、姜公辅、杜黄裳等④ 和著名的古文家梁肃、韩会、柳登、柳冕、柳并等⑤，并加以评述。韩会的名下，还附有韩愈。从这里我们确实可以约略看到柳宗元的政治倾向和古文渊源。

古文运动的勃兴，本来是和唐代的政治日趋腐朽有关系的，它不仅是一种文体改革运动，而更重要的是处在下位的士大夫对政治不满的反映。他们想以古文为教化和反映政治意见的工具，从陈子昂到萧颖士、李华、独孤及、梁肃、柳冕，其意义是越来越明显的。不少文章宣扬仁义教化之道，传出调整社会关系的呼声，也有不少文章指斥政治弊端。不过有的古文家侧重于仁义教化的宣传，有的古文家侧重于批判现实来讽谕，其创作态度是不尽相同的。

柳宗元所考虑的，则是首先要做一个改革政治的政治家，不得已才做一个古文家。他从幼年起，一直没有离开长安过，经历了唐德宗时代的多次变乱，对唐代弊政是存在深刻的不满的，所以早年就在《佩韦赋》中写道："柳子读古书，见直道守节者而壮之，盖有激也!"以后在永州又追述在长安时期的思想情况说："在长安时，不以是（古文）取名誉，意欲施请事实，以辅时及物为道."则写文章的目的主要也是为了改革政治。但他认为古文也是不可少的,所以又说:"辅时及物之道,不可陈于今,则宜垂于后,言而不文则泥,然则文者固不可少耶!"(均见《答吴武陵非国语书》)

柳宗元中了进士之后,又过了三年,贞元十二年(公元七九六年),再中博学鸿词科⑥,唐代士子总要经过几次科试,才能获得官做,可见人才的淹滞。这一年柳宗元也仍然得有立即走上仕途,可是他却象有意立下就仕的誓言一样,在本年,他特地为一位在唐玄宗(李隆基)朝,因弹劾奸相牛仙客被杖死的御史周子谅⑦树立墓碣。而在碣文中说:"公之死,而佞者始畏公议,若公之死,志匡王国,气震奸佞,动获其所,斯盖得其死者欤?"字里行间表现出有意学习周子谅那种奋不顾身的气概,流露出不可掩盖的政治锋芒。

贞元十四年(公元七九五年),他二十六岁,才被任命为集贤殿正字。那是级别在九品下的小官,在政治上没有言责,所以他在任职集贤殿这一段期间内,也只能致力古文,以古文为斗争的手段。

就在本年九月,他写了《与太学诸生喜诣阙留阳城司业书》。这是一封很惊人的信,事情是这样的,当时德宗听信专为他搜刮财物的宠臣裴延龄的话,把曾弹劾裴延龄的阳城,从国子司业调出做道州刺史,命令颁下这一天,激怒了太学生们,于是太学生一百六十余人,连日守在宫门口,坚决请求收回成命⑧。裴延龄很有势力,德宗也很顽固,因此有言责的人,都不敢说话。而柳宗元却激于义愤,得讯之后,就立即写信给太学生们表示热情的支持,这实际上也正是他以他的书信文参预了当时对裴延龄的斗争。

他在集贤殿任职四年,许多旨在批判现实,具有战斗性的古文,大都写于此时。如《时令论》、《封建论》、《辩侵伐论》、《晋文公问守原议》、《桐叶封弟辩》、《梓人传》、《种树郭橐驼传》、《鞭贾》

等。

这些文章,正是他企图改革唐代弊政的呼声。他在文章里,宣扬素朴的唯物思想,强烈反对统治者用天意鬼神、阴阳五行等迷信思想掩盖政治上的矛盾和黑暗,并用以为他改革政治的理论基础;他在文章里明显地指斥宦官专权,军阀割据,政令烦苛,同时也表示了对皇帝宰相的专恣、对门阀制度和用人不以贤的严重不满。这些也正是当时政治上存在的主要问题。这些文章写得都很劲悍崚厉,既为他参预政治改革运动打下基础,也奠定了他杰出的古文家的地位。所以韩愈后来在《柳子厚墓志》里描叙柳宗元这时期的情况说:"俊杰廉悍,议论证据今古,出入经史百子,踔厉风发,率常屈其座人。名声大震,一时皆慕与之交,诸公要人,争欲令出我门下,交口赞誉之。"

同时期韩愈也写了不少著名文章,大约从这时期迄贞元十八九年间,他们便把古文运动推向高峰。这不仅是由于他们把文体从骈文解放出来,更重要的原因,还应该是在于他们的文章具有不同程度的批判现实精神和斗争性的原故。明人孙鑛说"人谓唐时柳名重于韩",其意义更当在这一点上。

贞元十八年(公元八〇二年),柳宗元三十岁,便被调充畿辅县之一蓝田县尉,并在第二年被提升为监察御史。这时候他已和企图改革当时弊政的主要人物顺宗(李诵,当时还是太子)的亲信王叔文结交,并到处为王叔文扬誉。刘禹锡在《子刘子传》中曾追记说:"叔文北海人,自言猛之后,有远祖风。东平吕温,陇西李景俭,河东柳宗元以为信然,三子皆予厚善,日夕过言其能。"王叔文是一个有志改革德宗弊政的人物,又长于理财,顺宗做太子时对德宗的不正当的政治措施常有所匡正,就都是和王叔文的献替分不开的。他和柳宗元等一见如故,于是就组成了一个坚决要求改革政治的新进人士的集团,这也正是时代政治经济出现的危机所促成的。《旧唐书》称王叔文和韦执谊、陆淳、吕温、李景俭、韩晔、韩泰、陈谏、柳宗元、刘禹锡等结为死党，此外还有凌准、程异，也是参预谋画的骨干⑨。这些人都是当时各方面的杰出人才。

这一年他写了送《宁国范明府序》、《褅说》、《天说》等文章。在《送宁国范明府序》中他着重宣传了"吏者民役也"的思想，表示希望减轻苛政。《褅说》讲古代褅祭目的原在惩戒人事，宣传唯物思想，批判政治的腐败和不理。《天说》则是和韩愈论辩的，韩愈只表示天意不公，发洩牢骚愤慨，柳宗元则否定了有所谓天意，主张执仁义之道直行，不必求天。韩愈的文章比较侧重于宣传仁义道德关系方面，对现实提出的问题较少，他强调教化作用，对政治改革，则持保守、反对态度，所以后来在《顺宗实录》中还批判王叔文、柳宗元等改革政治企图为轻举妄动、不自量力。两人对人民的态度也是有差别的，韩愈是强调"民者，出粟米麻丝，作器皿，通货财，以事其上者也"(《原道》)的观念的。所以两人的政治态度是有进步与保守的不同，因此也就在这一年贞元十九年(公元八〇三年)韩愈被贬为阳山令，据说就与柳宗元、刘禹锡把韩愈所持的态度告诉了王叔文有关系。

贞元二十一年(八〇五)，他三十三岁时，顺宗李诵即位，改元永贞，王叔文、韦执谊等执政，柳宗元也立即被提升作礼部员外郎，他为王叔文等改革弊政倾心策划，而且是当时所倚重的重要理论家与重要文稿的草拟者⑩。

顺宗即位后，就立即做了一些开明的事，如停止宫市，放出宫女等。

但改革目标主要在于政治，经济方面。德宗好用兵；又好挥霍享乐，财赋进入国库，几乎公私不分。他喜欢任用一些专门搜刮民财的人管理财政，前后有赵赞、张滂、裴延龄、李錡等人。因此苛税捐繁多,茶、漆、间架,甚至道路津梁都有税,财政制度混乱,引起了人民的极度怨恨。节度使,州郡还额外搜刮进奉,号称羡余,并用以贿赂执政官僚和宦官⑪。《旧唐书·食货志》说:"中朝柄事者,悉以利积之私室,国用日耗。"这个财政经济危机很严重的,所以王叔文一上来就以翰林学士地位兼领盐铁副使,又升任户部侍郎,力革积弊⑫,如罢官市,罢免贪暴官吏李实等还是较小的举措。但这也就立即引起宦官,大官僚的强烈反抗。

在政治方面,最严重的是宦官专权跋扈,德宗从朱滔等叛变后,不信任大将。贞元十二年就任命窦文场、霍仙鸣做左右神策军护军中尉,把军权交给宦官掌管;从此不但军权落入宦官手中而政权也就受他们操纵了!以至于藩镇和台省的清要官职也都得由他们选任⑬,开启了唐代衰亡的危机。要想使政治、经济各方面获得较彻底的改革,就非先把政权从宦官手中夺来不可。王叔文和柳宗元他们这些有志改革政治的人,一上来就密谋夺取宦官兵权,于是任命韩泰做西北诸镇行管兵马付使,暗地夺移宦官的指挥权,不幸,事机不密,被宦官知道了,阻拦镇将,不允许他们服从韩泰⑭,功败垂成,这件事的失败,实际上也就铸定了整个改革运动的失败。

在用人方面,他们不次提升了一些敢作敢为的新进人才,调回了一些被德宗流放的正直官吏,调动贬谪了一些保守的老官僚。

对于割据势力,他们还来不及进行什么措施,但是王叔文一执政,就遇到西川节度副使刘辟想夤缘取得节度地位,当时王叔文曾想斩杀他⑮。

最不幸的是顺宗已经得了重病,瘖哑不能说话。于是宦官俱文珍就利用机会,夺去王叔文翰林学士职位,不让他接近顺宗⑯,一面逼迫顺宗让给太子。因此宪宗(李纯)即位了,听了俱文珍和一些官僚军阀的话，马上贬王叔文做渝州司户并赐死⑩。紧接着贬韦执谊为崖州司马，韩晔、韩泰、凌准、程异、陈谏、刘禹锡、柳宗元等做远州刺史，在半道上又被追贬为远州司马，柳宗元被贬为永州司马，史称八司马之贬，这一个轰轰烈烈的政治改革运动就完全失败了。

我们可以看到这些政治改革的具体内容是和柳宗元文章中所反映的思想内容完全一致的，因此这一失败，无疑问是对柳宗元的最重大的打击，其痛苦和悲愤，可想而知。

宪宗（李纯）元和元年（公元八〇六年）到元和十年（公元八一五年），柳宗元三十四岁到四十三岁，约九年多的时间，都是留在永州的。他是一个负有严重罪名的谪吏，所担任的司马也是额外闲员，不得过问吏治，所过的实际上是半囚禁的生活，于是心中的愤慨沉痛，不得不全寄托于文章；《旧唐书》写他："既窜斥，地又荒厉，因自放山泽间，其堙厄感郁，一寓诸文。"确是实际情况。

他的后期古文，思想内容和风格都有了一些变化。前期古文多议论文、传记文，指斥时政大端比较明显，严整劲悍，凌厉风发。而从贬谪后，一意致力古文，文体更多变化，表现力也更加成熟。元和四年（公元八〇九年）以前，他的文章表现失败后的悲愤感情，特别强烈，真是"长歌之哀，过于痛哭"，象《吊屈原文》、《对贺者》、《乞巧文》、《惩咎赋》等都是这样的。文中对打击他们的恶势力表示了极大愤恨，他们的正义主张则仍然坚持。这一时期，他对官场的黑暗认识得也更为深刻了，所以他也创造了美妙的寓言文，揭示了整个政坛上的黑暗，揭示了形形色色腐朽丑恶的官僚形象和本质。到永州后，他也亲身接触到人民的疾苦，《捕蛇者说》和《龙兴寺息壤记》都是用生动具体的事实反映了唐代赋役的苛暴的，这说明柳宗元对人民的苦痛也有了进一步的认识，同时也表现了更深厚的同情。这些文章风格都是寄愤很

· 40 ·

深,讽刺批判力很强,但逐渐变得幽深孤峭。

元和四年以后,因为久处永州,情绪逐渐变得低沈,也就开始把自己的心情寄托在山水间。永和四年写了《永州八记》的前四记,元和七年(公元八一二年)写了《永州八记》的后四记。元和八年(公元八一三年)写了《遊黄溪记》。这些山水游记写得就更幽峭了,他有意识地从永州幽微隐蔽的地方,找寻灵奇孤特的山水,寄托自己的孤怀。写得是清美绝伦的,但是情调悲凉,甚至凄神寒骨,渗透了作者的绝望情绪。可是顺任民性,选贤任能等思想,以及他的政治品操还是从他的审美理想中表露了出来。

元和五年(公元八一一年)柳宗元还写了一些书信文,如《与许孟容书》、《与李建书》、《与萧俛书》等。这些书信里追叙被贬谪时的情状,申述自己的无辜,描写异乡荒瘴的境况,切盼有人援引他北归。可是政治态度基本上是未变的,他从不承认有罪,甚至于在《与周君巢书》中写:"虽万被摈弃,不更乎其内,大都类往时京师西与丈人言者,愚不能改!"态度还是很坚决的.但另一方面也有些乞怜悯,力求避免猜忌的表示。

元和八九年(公元八一一年八一二年)后,心情又转为平定,还写了指责韩愈不敢负史责的《与韩愈论史官书》和《囚山赋》以及一些论师道的文章。

他写于元和四年后的作品,风格变得更幽峭冷郁,不及元和四年前的感情激烈,这是由于长期的贬谪,使他改革政治的理想终于濒临绝望境地的缘故。而到柳州后的文章,就更显得不愿意再说什么了!但他一遇具体事物触到隐痛深恨时,还时常会从平淡寂寞中突露出他的锋芒,劲悍之气还是潜隐在其中的。有一些文章表示力求避免猜忌,甚至讲起守中道,实际上他也还是难以做到守中道的。

在这九年多的时间中,他的诗歌创作也达到了成熟的境地。

在永州的前期他写了一些《笼鹰词》、《跂乌词》、《感遇》、《咏史》等感愤沉痛的诗篇，也写了《咏田家》等同情农民的作品。在永州的后期则创造了有他独特风格的山水诗，雕镂处似大谢；凄神寒骨，寄意深远，则又有他独自的艺术造诣。象《南涧中题》、《与崔策登西山》、《渔翁》、《江雪》等代表作品都写在这时期，比游记的意境还深远幽峭。

一直到元和十年(公元八一五年)，他才和刘禹锡、韩泰、韩晔、陈谏等四人一同被召回长安。柳宗元一路上都有诗，表示他的喜悦，二月他到了长安，可是三月，他们五人就又放出分别任岭外的柳、连、漳、汀、封五州刺史，这说明朝廷还是不能容他们，柳宗元的幻想也就最后被粉碎了。

在柳州，也有一些较在永州好的情况，就是这一次他已经除了罪籍，能够亲自治理地方事务了，所以柳宗元在任五年，也曾做了一些劝禁买卖奴隶等与人民有利的好事。他写了一些反映柳州风光的七律和种植果木的诗，气势还是比较充畅的。但他回到朝廷去的念头却已绝望，因此一些游记文，写得风格十分简劲，似乎不想再流露什么感情了；一些登山思乡的诗，难言之痛也更深些。

但他对政治还是很关怀的，他还曾替平蔡州的李愬写过《襄州谢上表》，裴度去破东平军阀李师道时，他也献过《贺破东平表》。

元和十四年(公元八一九年)，他四十七岁，这一年的十一月他终于郁郁地死去。头一年他在《李夷简书》中还说过"废为孤囚，日号而望，十四年矣"的话，表示不甘于忍受这样的命运。其实这样被排斥的命运，也正是封建士大夫中具有一定进步思想和正义感，而又敢于大胆进行触犯皇室、宦官、藩镇、大官僚利益的政治改革的人，必不可避免的命运。但他的素朴的唯物论思想和他富有现实主义精神和战斗性的古文,却留下深远的影响。

二

柳宗元的创作思想是以"辅时及物"为写作目的的,因此他的文章富于批判现实的精神。按照他在《杨评事文集后序》中所说的话看,"文之用,辞令褒贬,导扬讽谕而已。""辞令褒贬,本乎著述者也;导扬讽谕本乎比兴者也。"也可以看出他认为文章的作用在于褒贬讽谕,这是和其他古文家有相当大的差别的。

他所谓道主要是侧重在政治实践上,而他又不肯以古书上的教条做依据,他曾说过这样的话:"理不一断于古书老生,直趣尧舜之道,孔氏之志,明而出之。"《与杨凭书》)在他和杨海之论辩到及物行道时,则列举了尧、舜、禹、汤、高宗、文王、武王、周公、孔子、伊尹、管仲等很多人做为榜样《与杨海之第二书》),他是这样的以改革现实为依据,而不完全受正统儒家思想所局范,所以敢于揭露现实的矛盾和黑暗,对人民也有着较深的同情。于是他时常站在和当权的统治者对立的方面来暴露来批判,这样就使他的古文具有较强的思想性。

柳宗元是一位主张改革弊政的人,他一贯严肃地看待人事的好坏,尊重人事本身的规律,而强烈地反对统治者用天道神意来掩饰矛盾,混淆是非。于是他便通过古书古事,或现实见闻,用文章严厉地批判天命、神道和阴阳五行这样的一套腐朽的统治思想。象《时令论》是一篇读《月令》后的感言,通过它,他深刻地分析"依时行令"的原理,指出把这一道理运用在政治兴革赏罚上是讲不通的;同时他也大胆地揭露了统治者利用这一迷信说法钻空子,荒淫享乐、胡作非为的事实。象《非国语》就是就《国语》中谈到国家兴衰原因。对其只讲天道不讲人事的谬说加以批判的。《贞符》则说明国家之兴在于人民的拥护,并就历史事实证

· 43 ·

明"受命不于天于其人,休符不于祥于其仁"。《断刑论》也坦率地揭露宣扬阴阳五行一套迷信,其用意只在于愚民。

这种思想贯串在他很多很多的文章中,如《天说》就论证了天不过是草木果蓏一类的物质,人执仁义之道而行,根本就不必去管什么天意;《褵说》就褵祭水旱则黜其方守之神的原则,说明这原是人事的反映,本意不在说明有神,而在惩戒人事;他同时有力地讽刺了唐代放纵官吏贪暴疲塌不问,却以天道来敷衍的事实!《永州龙兴寺息壤记》则批判了统治者所宣传的,有所谓动者必死的"息壤"的说法,尖锐地指出劳动人民的死亡,是由于繁重的劳役,而不是由于触了息土,犯了神怒!

显然他宣扬无神论的目的,是为了树立改革政治的指导思想和理论根据,以便于剥开统治者的伪装,揭露现实诸矛盾。这些文章或多或少说出了人民心理的话,其意义是很大的;而同时这种唯物思想也正是他的文章的现实主义精神的基础。

柳宗元文章的思想性,也表现在他对待人民的态度上,而对待人民的态度也正是衡量古代作家最重要的标准。柳宗元同情人民疾苦,主张统治者行仁政,减轻剥削,均贫富,安民之生,顺民之性。这种思想是贯穿在他的文章之中的。象《贞符》强调了"休符不于祥于其仁",《封建论》中著重讲选任贤良的治民长吏,反对封建世袭制度,也是侧重于安民之生的。他并以这种思想为基础,批判现实,象《种树郭橐驼传》讽刺了政令的烦苛;《牛赋》写牛的一生,实际上却是深刻地反映了劳动者被敲筋剥髓的惨状。《囚山赋》中也唱出同情山民的话语:"侧耕危获苟以食兮,哀斯民之增劳。"

特别是他在永州,进一步接触到人民的疾苦,也就更能传出人民的哀号。象《龙兴寺息壤记》一针见血地指出了劳动人民死亡的原因;《捕蛇者说》用蒋家三代的经历,证实那整个封建社会和唐代苛政的残酷，作者的同情显然是在人民这一方面。

《送宁国范明府序》和《送薛存义序》先后都提出了官吏原应该是民之役，人民原应该是主人这种观点。他承认这才是客观之理，从而来表示对人民同情，这是值得肯定的。虽然他没有想改变这种地位倒置的形势，仅是主张官吏应该行仁政，让讼者平，赋者均；而他的人民的概念也不专指劳动人民；但不能不说他的见解确实是一定程度地接触到了问题的实质。

这种同情人民的思想和敢于反映人民疾苦的现实主义精神，正是奠定柳宗元的散文的历史地位的主要因素，特别是象《捕蛇者说》这样的文章在古代现实主义散文发展的长流中，确具有着里程碑的意义，在封建社会的古文家作品中还是少有的。

柳宗元拥护中央集权制度，反对军阀割据和门阀氏族特权，主张选贤任能的思想，在他的作品中也有突出地表现。象《封建论》，分析了封建子弟制度和郡县制的优劣，就反映了他主张选贤任能，反对军阀割据门阀世袭的思想。这是对德宗放纵军阀，让他们私相授受，姑息养奸的一种深刻的讽刺，也是对唐代门阀制度的深刻讽刺。《辩侵伐论》里辨明侵伐的原则。主张首先要修明内政，备"三有余"（德有余，财有余，民力有余）才出兵，师出要有名，不应该劳师动众，扰害人民。这一篇文章从具体的事讲，便是针对贞元十五年命十六道兵讨吴少诚而作，果然这次行动，更招致了藩镇的骚扰人民，轻视中央的后果，不但师出无功，而德宗又出尔反尔地恢复了吴少诚的地位和名誉！⑧ 而从普遍意义来讲，德宗一向是对于藩镇畏强欺弱，忽而讨伐，忽而封赏，从来没有原则的⑨。

对于唐代门阀制度，《封建论》中讲了如果"世大夫世食禄邑，以尽其封略"，那么，"圣贤生于其时，亦无以立于天下。"《永州铁炉步志》则借原来有人设立过冶铁炉的渡口之名，嘲笑那些倚仗门第有名无实的官僚。他说："今世有负其姓而立于天下者，曰：'吾门大，他不我敢也！'问其位与德，曰：'久矣，其先也！'然而彼犹曰：'我大！'世亦曰：'某氏大！'其冒于号有异于兹步者乎！"跟随着他又以"桀冒禹，纣冒汤，幽、厉冒文武"相斥。《旧唐书·宰相世系表》上说："唐为国久，传世多，而诸臣亦各修其家法，务以门族相高；或父子相继居相位，或累数世而屡显，或终唐之世不绝。"这种情况当然是改革政治与实行选贤任能主张的严重障碍。

当时在中央政权的内部中，主要矛盾则是宦官专擅政权，而柳宗元的文章最大的特色之一，就是以惊人的胆力，批评德宗的宠用宦官，这是和他们谋夺宦官兵权的实践相一致的。他常常假借古事来批判，象他父亲所写《晋文公三罪议》那样的文章一样，他写过《晋文公问守原议》，指斥晋文公开宦官专政乱国之端。在《桐业封弟辩》里也愤慨地说："设有不幸，王以桐叶戏妇寺可乎？"寺就是指宦官。唐德宗开启了宦官专政的端倪，伏下了唐代灭亡的危机，柳宗元在这问题上是有先见之明的。

柳宗元又常常批判德宗不信任宰相，以及用人不当。象《梓人传》强调宰相的作用，要求宰相总用纪纲，立法度，善用人才，不要亲小劳，侵众职，搞"事务主义"。更不能无原则地听君王的意见，不负责任。《桐叶封弟辩》中也暗讽皇帝的意见不该一味听从，宰相更不该逢迎君恶。《八骏图说》则假借一幅画着奇形怪状的马的古画，嘲笑那以奇形怪貌取人的荒谬。这些文章都是言在此而意在彼，尖锐而灵活巧妙地影射时政。《旧唐书·王绍传》中说："德宗临驭岁久，机务不由台司，……宰相备位而已。"又如卢杞、裴延龄等人，都是逢迎君恶的人，而著名宰相李泌也不免委屈随顺。可是忠直的陆贽却不被德宗喜欢。《通鉴·唐纪》卷十五讲唐德宗"好以辩给取人，不得敦实之士，艰于进用，群材滞淹"，也能说明德宗以貌取人的情况。

他的文章的思想也表现在目的在澄清吏治而讽刺鞭挞形形色色的腐败官僚上，从而揭露出官场的黑暗，官僚群的面貌和实质。这形形色色的官僚显然都是改革弊政的绊脚石，象《鞭贾》用外貌华泽实不中用的马鞭，批判了那虚有其表，一遇实际，便要偾事败绩的官僚们；也鞭挞了那专信大言外貌的"贵公子"！象《黔之驴》讽刺那无能而逞能的官吏，《临江之麋》又嘲讽了那些软弱可怜向恶类谄媚逢迎的官僚们，《永某氏之鼠》则描写了同时贪暴、肆无惮忌的丑类，也批判了主人的姑息养奸，他不但描绘了他们的丑象也写出了他们的下场。《骂尸虫文》、《乞巧文》更是以无比的愤慨来揭露出朝中贪诈谄佞、排挤正人的小人嘴脸的。这些寓言反映作者对漆黑一团的政治和官场情况有了更深刻的认识，所描绘的形象是具有广泛深刻的典型意义的。

被贬逐到永州后，抒写贬逐之情的骚赋文、书信文和山水游记较多。这些文章一般都是表现得十分忧愤怅惘，悲痛之情，难以自胜。但骚赋文，象《吊屈原文》、《惩咎赋》以及《乞巧文》等，发抒不平的感情，还是很激烈的。书信文则坦白地申诉了自己的无辜，对有志之士遭到这样的不幸，深表哀恸。山水游记则从绝望的情绪中抒泄幽愤。这些文章虽然情调比较消沉，但都表示坚持自己的政治品操，可以看到作者宁甘抑郁一生，也不肯改变素志的执着态度，笔下的爱憎还是很分明的。山水游记也时时表达出他的选贤任能、顺任民性的观点，和对时代的讽刺。

我们从这些方面，可以看到柳宗元文思想性所达到的高度，但另一方面，我们也应该指出他的思想的局限性。

他对社会的黑暗的揭露，还是不彻底的，有限度的；他对统治阶级的批判，也是极力保持温婉态度的；前人说他文章近乎《国语》，其原因也正在此，所以他的劲悍峭拔之笔也常常是从平

· 47 ·

淡纡徐中突露出来的。后期的文章则更加幽深，情调也显得消沉，这也是作家软弱性的表现。

他的哲学思想也只限于反对有神论的一个重要方面上，还避而不谈人力胜天。而他自己又很相信佛，赞美佛教色空涅槃清净一些观念，以适应自己的消极出世思想，还写了不少寺院和僧侣的碑文。到晚年竟至利用佛教做为统治人民的工具，写了《柳州复大云寺碑记》，陷入了自己所批判的错误思想中！这些都鲜明地显露出他的阶级局限。

他是同情人民疾苦的作家，曾真实地反映了人民的苦痛，苛政的残暴。但他所反映的还是不够多，不够深，笔下对统治者是有所讳护的。他虽提到吏者民之役，但他仍然没有摆脱劳心者治人的观点，所以在《梓人传》中讲梓人是劳心者；而他也并不主张改变历史所形成的剥削者统治劳动人民的"势"。他只是行仁政的鼓吹者，所以笔下的劳动人民都只是敦厚老实，劳而不怨，缺乏反抗性的，而劳动人民真正的愤怒，就不可能在他的笔下获得充分体现。在柳州时，他对柳州峒氓，曾也有着同情，但对反抗汉官的峒氓，他还是亲操桴鼓去镇压的，这见于他《寄韦珩诗》中。

后期文章，坚持自己的政治态度和品操，这一点是可宝贵的，但是悲哀消极的情绪逐渐加深，减少了斗争的锋芒，特别是有些文章充满佛老出世的观念。同时他还对统治者抱有幻想，就不免力图避免猜忌，企望获得怜悯，于是常常讲到田园子嗣，甚至有时也大讲中庸之道，这些地方也显然都是糟粕。但是总起来看，他文章中表现的积极的一面，还是佔主导地位，他的文章的思想性还是远远超过古文前驱者，以至于韩愈，也不是后来的正统古文家所能企及的。

同时，他的古文，在文学造诣方面也有着很高的成就。他的文章是随着内容的需要而千变万化的，他的谨严的创作态度和注意掌握不同的表现原则和方法，在《答韦中立书》中就有着很好的说明。因此他的文章多采多变，有着各种不同的体制。他的文章多是针对现实而发，揭露批判得比较深刻，所以我们也可以从他的散文中，看到散文领域中的现实主义的发展。

以下我们来分别地介绍他的各体文章的特色。他的文章可分为论说文、传记文、寓言文、骚赋文、游记文、书信文和其他杂文等几类来谈。

柳宗元的论说文，除《封建论》、《贞符》较为宏伟典重外，大多数的文章都是借题发挥，短小精悍，很具有富于讽刺性的杂文的特色。象《桐叶封弟辩》、《褐说》等，就都是很富有讽刺意味的，而他所反映的实际上又都是具体的现实，所以战斗性很强。象《桐叶封弟辩》中说："设有不幸，王以桐叶戏妇寺，亦将举而从之乎?"几句话就联系到宦官问题，义正词严地指斥了皇帝不应恣意宠用宦官!《褐说》笔锋也很快地从褐祭联系到人事，批判了官吏贪暴疲冗的现象充斥而无人过问!文章是既有生活情趣而又尖锐的。

他的论说文也多是以唯物论为基础，来对现实进行批判的，如《褐说》、《时令论》等都是;而其他作品也总是根据事物的规律或颠扑不破的事理来进行分析，经过反复问答最后揭露出问题所在来;因此令人感到他的论说文精密透彻，凌厉风发，笔力劲悍，现实主义精神很强。而《捕蛇者说》具体描写了劳动人民的生活情景，不多加议论，只引证"苛政猛于虎"一句话，便反映出全部问题的实质，更是这一类的文章进一步的发展。

柳宗元的传记文，也有他的独有的特点。他所写的都是真人真事，又是专写下层人物。这不仅是补史官所不及，更重要的原因，还是继承了司马迁的传统，表示所爱的在这一方面，所憎的在本阶级统治者那一方面。象《郭橐驼传》就是借郭橐驼的尊重物性人道，映衬出唐代政令的烦苛和不人道的。《童区寄传》则所爱的是在敢于反抗强暴的童子身上，而所憎的却是鼓励贩卖奴隶从中取利的汉官。他是用下层人物的正义感、品格、智慧、眼光，来衬映统治者的荒淫贪暴、无能、唯利是图和眼光短浅的。

他的传记中总要描写一段不可磨灭的事状，这主要表现在描写下层人物在生活实践中把握到某种事物的规律方面，他要用这些事状来批判违反事物规律的政治措施，所以就特别加意描写。象《梓人传》对梓人怎样指挥建筑，就有一般非常生动精采的描绘。《郭橐驼传》则对郭橐驼植树的本领和所掌握的植树规律，精心描叙。《童区寄传》童子的以弱抗强，智勇兼备；《宋清传》商人宋清的"远见"，他也是做为可贵的经验来写的。《段太尉逸事状》则是为了总结段太尉能立大节的原因，所以特意描写他平生种种可歌可颂的事迹。

而人物也随着他的喜爱，而或多或少性格化了，写得形象生动，语言逼肖，而又富有风趣。象写郭橐驼："病偻，隆然伏行，有类驼者，故乡人号之曰驼，驼闻之曰：'名我固当。'"虽然他是侧重写劳动人民朴质忍耐这一面，但郭橐驼敦厚朴质，不计较名利，这种风度就被活生生地勾勒出来了。象写段太尉入郭晞军中时说："杀一老卒何甲也，吾戴吾头来矣！"也是逼肖地描绘了段太尉的话语，生动地反映了段太尉的风貌的。这些都能够增加了人物的光泽，丰富了文章的真实感。

而在描绘人物方面，还有值得注意的一点，则是作者都赋予这些人物以乐观精神，这种充满自信或无畏的乐观精神，却正是来自这些人物对事物规律的把握和他们的智慧、勇敢与远见。

他的传记文，议论却是较多些，这是因为他写传记文，用意倒不在于写人物的原故，为了适应当时需要，就一定要把问题阐述明白，所以有他的特殊的地方。

柳宗元的寓言文在散文领域中也开辟了一条新的蹊径，讽刺性很强，意味又最隽永。他的寓言文继承和发展了先秦诸子《国策》的传统，也或受到佛经故事的一些影响。但他不是用故事来做比喻，写的完全是狐假虎威一类的动物世界，而反映的却又是人事。他深刻地认识到现实中丑恶人物的精神面貌，同时也把握到许多动物的特征和活动规律，巧妙地把二者融合在一起，就创造成了他的美妙的寓言。由于写得不仅是形似，而是神似，所以讽刺力既自然而又强烈。象《黔之驴》写驴的形象和老虎怎样摸驴的生活规律，真是维妙维肖，也就是这样就把狂妄无能的官僚典型刻画出来了。《唐书·李元平传》记李元平好大言，自夸善用兵，唐德宗命他守汝川，就被叛将李希烈摸清了他的性格，设计把他俘虏了，就是一个生动的现实的例子，而寓言中所写的，自然更具有普遍性、典型性。象《永某氏之鼠》中的鼠，《憎王孙文》中的猿与猴，《蝜蝂传》中的蝜蝂小虫等，它们的活动规律，作者都是刻画入微的。作者不但善于观察社会生活，也善于体验自然中事物的情态，所以才能写得这样生动自然，而更高明的地方，就在于他能够借这些动物形象反映出政场上的一片黑暗，揭露出封建官僚的本质来，写出他们不过是和这些动物一样的可憎的东西。由于揭露了他们的原形，所以也就特别令人觉得意味深长。

柳宗元的骚赋文，也是能够推陈出新的。他用来描叙自己的生活，寄托愤慨不平；用来写寓言；用来写现实生活中一些事情。这些文章感情是沉痛而激烈的，文采又极绚丽缤纷，其中象《吊屈原文》、《惩咎赋》等，都是反映自己无罪而遭贬的，写得都异常沉痛，而且政治上的爱憎十分分明，很能传《离骚》之神。象《惩咎赋》："哀吾党之不淑兮，遭任遇之卒迫，势危疑而多诈兮，逢天地

· 51 ·

63

之否隔，欲图退而保已兮，悼乖期乎襲昔；欲操术以致忠兮，众呀然而互吓！"描写他和王叔文等企图改革政治的忠心耿耿，就是个例子。另外一类是托物起兴，以寄幽怀；有的也可以算是寓言，但比单纯的寓言文，感情表现得更为充沛，喜笑怒骂激昂慷慨。象《乞巧文》、《骂尸虫文》、《憎王孙文》等都是。总起来说，这些文章都是哀深愤极，情不自胜，字里行间，却反映出那坚毅不挠的意志。就文辞来讲则都极尽其精工优美，象《乞巧文》写天孙的下嫁河鼓的情况："将蹈石梁，欸天津，俪于神夫，于汉之滨。两旗开张，中星耀芒，灵气翕欻，兹辰之良。"文采就是非常蕴藉的。刻划那些小人形象，也是笔端生风，穷形尽相，如同文写："王侯之门，狂吠狴犴，臣到百步，喉喘颠汗，睢盱逆走，魂遁神叛。欣欣巧夫，徐入纵诞，毛群掉尾，百怒一散。"他以狗的形象比喻小人，非常确切巧妙。写君子如《弔屈原文》："呵星辰而驱诡怪兮，夫孰救于崩亡，何挥霍乎雷电兮，苟为是之荒茫，……"形容屈子，也极尽其形象之美。《旧唐书》本传写他："蕴骚人之郁悼，写情叙事，动必以文，为骚文数十篇，览者为之悽恻。"记载还是确实的。此外还有象《哀溺文》等一类讽世的文章，也有一定意义。

　　而在艺术上更富有创造性的，是他的山水游记。他的山水游记写得莹洁如明珠，是郦道元之后写得最好的。郦道元写得好比山水长卷，而柳宗元写得却是别具境界的优美小景，把山水的灵秀，写得更集中，他的代表作是《永州八记》和《游黄溪记》。

　　游山水记中的所表现的美学思想是和他的"选贤任能"和"顺应事物的美好的自然规律，让他们很好的生长"这样的思想相一致的。所以他寻幽访胜，表异揭隐，唯恐失之交臂，于是一草一木，一山一石都不肯轻易放过；尺尺寸寸，都尽入笔端，象《石渠记》："自渴西南行，不能百步，得石渠，民桥其上；有泉幽幽然，其鸣乍大乍细。"这一段话，写得就非常精细，让人能够随着他轻轻的脚步，进入那幽美而深远的境界中，也足见他对奇山异水爱之深，惜之切。

他对自然美的审美把握，可以说是妙入微茫，自然事物最独特最精微的变化情态，他都去捕捉，把它生动地再现在人们的面前。象《小石潭记》："潭中鱼百许头，皆若空游无所依，日光下澈，影布石上，怡然不动，俶尔远逝，往来翕忽，似与游者相乐。"《袁家渴记》："每风自四山而下，振动大木，掩苒众草，纷红骇绿，翁勃香气，冲涛旋濑，退贮溪谷，摇飏葳蕤，与时推移。"这些描写都是符合于自然事物的精妙美好的生活和美的规律的。读起来就不能不让人悄然动容，神凝心释。

他笔下的山水，往往是虚实相衬映，虚中有实，实中有虚，动静相转化，动中有静，静中有动。他描写事物也很侧重传神：如《小丘记》写石："其钦然相累而下者，若牛马之饮于溪，其冲然角列而上者，若熊罴之登于山。"把山石生命化了，如《黄游溪记》：有鸟赤首乌翼，大如鹄，方东向立。"更是传神之笔，然而就整个"境界来说则是宁静安谧的。

更使人不能企及的则是 他写的不过是咫尺 之间的 小小 地方，不过是一丘、一潭的美，可是它却和整个的自然界有机地统一在一起，尺寸的图画中，蕴有无限深远的意境，正象淡淡的一片云霞，和澄蓝的长空冥合无间。所以茅坤说："览《钴鉧潭记》杳然神游沅湘之上，若将凌空虚御风也已，奇矣哉。"

可是他的"选贤任能"和"顺任事物美好的天性"的政治主张不能得遂，因之山水记中，实际上也是处处蕴藏着他的不平的，象"以慰夫贤而辱于此者"、"楚之少人而多石"、"是二者余未信之"（《小石城山记》），这样的话语就是明显的托讽。他的山水记中特别侧重写奇石怪石，石洞、石潭，这种特征以及立境的孤高幽峭，不但在艺术表现上有特殊创造，也是作者高尚孤峭情操的表现。

但这些游记，写于长期谪居中，心情未免愤沉抑郁，所以追求的境界过于清冷寂寞，真是"其境过清，不可以久居"（《小石潭记》），从作者情绪来说，则是"长歌之哀，过于恸哭！"（《贺者对》）情调还是较为消沉的。

他在柳州写的游记，则是峭骨鳞峋，不作渲染，这是他的感情变得更深沉老练的表现。但字里行间，仍然反映着作者的思想和情怀。

宋人黄震说："纪志人物，以寄其嘲骂，模写山水，以抒其抑郁，则峻洁精奇，如明珠夜光。"以明珠比他的山水记，还是相当恰当的。

柳宗元的书信文也比较多，随意所至，感情充溢恳切，文笔驰骤纵横，较议论文还要纵放，又有骚体文的愤怨慷慨，是别具一格的。政治思想性较强的书信，有《与太学诸生喜诣阙留阳城司业书》、《与韩愈论史官书》、《与元饶州论政理书》，这些信都表现出他对政事政理和史事出自内心的关切，议论迴环反复，劲悍直切。有些书信则是谈到文章与师道的，如《答吴武陵论非国语书》、《与韦中立师道书》，对后进帮助指导唯恐不至，对文章形式与内容的要求则讲得很透辟，对时代则寄慨很深。一类是抒自己在永州的幽愤的，文学性也较强，这些书信是哀告求援的，而政治态度却仍然表现得很坚定。又长于描写异国风物，用来衬托羁旅烟瘴间的告哀与无辜，如《与李翰林建书》："仆闷既出游，游复多恐，涉野有蝮蛇大蜂，仰空视地，寸步劳倦，近水即毆射工沙虱，含怒窃发，中人形影，动成疮痏。时得幽树好石，暂得一笑，已复不乐。"怀抱难抒，长久淹滞，处境迫狭，乐少忧多，真让人感到"此子不复永年矣"，写得是很恻动人的，但婉转求全的念头太深，有影响于正气的发抒。

其它类文章如题序文：《韩愈毛颖传后题》、《序饮》、《序棋》

等都是一些优美的杂文，寄沉痛于悠闲，吐纤秾于平淡，既富于风趣，也寓有很深的讽刺。如赠序文则是短小精悍，不虚美，不隐善，对人们所具有的有积极意义的思想言行，总是极力表彰。他的祭文、墓志，则是十分带感情，善于写出落落大节，表彰平生风义，也善于通过生活细节，描写彼此的情谊。他也写一些考辨的文章，如《辨晏子春秋》、《辨列子》等，开后人考辨疑古风之端，用意又在于如何批判的继承古书，而不陷于繁琐的考据。总之这些文章也都是有可借鉴的地方的。

　　而他的文章的整个风貌，如果用简单的语话来概括的话，那么茅坤的评语，似乎还是接近确切的。茅坤说："昌黎韩退之，文起八代之衰；又得柳州相为羽翼；故此唱彼和，譬之喷啸山谷，一呼一应，可谓盛矣，昌黎之文，得诸古六艺及孟轲、扬雄者为多；而柳州则间出乎国语及左氏春秋诸家矣。其深醇浑雄，或不如昌黎，而其劲悍沉寥，抑亦千年以来之旷音也！"

　　文章风貌是和作家创作情绪作家的性格都有联系的，由于柳宗元怀着强烈的改革政治愿望，文章侧重于批判托讽，所以笔力劲悍，始终是他的文章的主要特点。柳宗元的性格也是比较激烈的，在《佩韦赋》中间已曾有过说明，所以文章也时时显露出政治锋芒。但由于政治上的压力，即使是前期作品，也不能不从近乎《国语》的平整纡徐中表现他的劲悍；而且在《侍御史周君墓碣》和《与太学诸生书》也已表现出的曲高和寡，孤峭沉寥来。后期的作品呢？有时感情表现得还很愤激，但也抑郁难伸，山水游记则更显得凄神寒骨，所以就整个风貌来讲，更不免显得偏于幽深孤峭，而斗争的气势不足。但劲悍笔力和批判锋芒，也还是经常表现出来的。所以就文章风貌来讲，劲悍沉寥，千载旷音，这些评语，还是近似的。可是这里就不免反映他所受的政治压力，也不能不反映他所受的局限。

而他的作品最值得肯定的地方，还在于它的思想性确实达到了一定高度，而它的现实主义精神也比较强，可以称得起是古文中古典现实主义发展的一个里程碑。在艺术性方面，也能做到风格的多样性统一，形式多样，文辞绚丽多采，既挺拔有力而又富于风趣，而各种文体，又都有着很高的艺术成就。就这些方面总括来讲，他确实是无愧为古代的杰出的散文家。而在思想性和现实主义精神方面的影响更是巨大的，所以他不但被王安石、苏轼所重视，还特别被汤显祖所推崇，这绝不是偶然的。

三

柳宗元的诗，在唐人中自成一格，也有一定的成就。集中所载的诗，都是贬永州以后到死前的作品，大抵他的诗到后期才达到了成熟的境地。

他诗也象文章一样，体制是很多样的。柳宗元的乐府诗，大抵写在贬谪的初期，意兴飞动，笔力也很劲悍，内容都是借物为喻，很象他用寓言写的骚体文，象《笼鹰词》、《跂乌词》、《行路难》等都是其中优秀的诗篇。这些诗用跂乌、夸父等来寓意，反映了永贞年他参预政治改革时的意气风发，也反映了他失败后的哀痛。其中也寓有对小人们的愤慨和东山再起的愿望。象《笼鹰词》写鹰："豪然劲翮翦荆棘，下揽狐兔腾苍茫，爪毛吻血百鸟遍，独立四顾时低昂。"《行路难》写夸父："君不见夸父逐日窥虞渊，跳踉北海越昆仑；披霄决汉出沆莽，瞥裂左右遗星辰。"都是表现永贞年的意气昂扬、壮怀激烈的。《笼鹰词》写到鹰受到摧残："炎风溽暑忽然至，羽翼脱落自摧藏，草间狸鼠是为患，一夕十顾惊且伤。"《行路难》也写到夸父的失败："须臾力尽道渴死，狐鼠蜂蚁争噬吞，北方靖人长九寸，开口抵掌更笑喧。"通过这些反映了自己失败后的处境，对攻击他的小人则表示了极度的愤恨，并且加以轻蔑的讥嘲。但他的再起的意愿也并没有止息，象《笼鹰词》里最后就说："但愿清商复为假，拔去万累云间翔！"

所以这些诗意气还是慷慨的，也表现了他的意志的坚定不拔。但这种乐府诗没有能向元、白乐府诗那--方向发展，本身也没有能继续发展。

柳宗元的叙事诗也较多，象以乐府古题为题的《古东门行》就是借古事来写武元衡之死的。刘禹锡也同时有作，但不象柳宗元表现得那样对藩镇切齿，对统治者的姑息养奸痛恨；他对武元衡也表现了极大的同情。

他还有一些叙事诗，是写人物的，也从侧面反映了时代和他的思想。象《韦道安》，借歌颂义士韦道安，表现了他拥护中央集权的思想。《哭凌员外》诗也通过描写凌准的一生，哀伤他们改革政治的正义举动的失败，象诗中讲："本期济仁义，今为众所嗤，灭名竟不试，世议安可支。"这些诗句里是蕴藏着无限悲愤的。

《掩役夫张进骸》诗，描写了张进勤劳的一生，表示他对劳动者的同情，同时也慨叹自己没有机会来推行辅时及物之道。

这些诗所表现的思想是和他的政治思想基本上是一致的，其中也有糟粕，象他对待张进的态度，还是有等级之分的。而这样写人物传记体裁的诗也具有一定的创造性。

有些诗则是用比兴手法寄托政治感慨的，风格近于阮籍的《咏怀》、陶渊明的《饮酒》等诗，而忧深思远，又有自己的特点。象《感遇》第一首"鸿鹄去不返，勾吴阻且深"是暗写淮南藩镇图谋叛乱的。"犹嗟日沈湎，丸鼓骛奇音"是写德宗的照旧荒淫的。"坐使青天暮，小星愁太阴"是写愁宦官的跋扈的。"众情嗜奸利，居货捐千金"是写朝内外恶势力的互相勾结的。最后沉痛地唱出："揽衣中夜起，感物涕盈襟，微霜众所践，谁念岁寒心。"忧国的心情表现的是非常深切的。第二首写他们的失败："所栖不足恃，鹰隼纵横来。"《咏史》写"宁知世情异，嘉谷坐熇焚"，这些诗都类似阮籍《咏怀》和渊明《饮酒》诗，《咏三良》暗伤顺宗死后，王叔文被杀，《咏荆轲》也寄寓伤王叔文夺取政权未成而死的悲痛，这题材和写法都渊源于陶渊明。《零陵春望》"凝情空景慕，万里苍梧阴"，渴望有好的皇帝，也有哀悼顺宗的意思，风格也近于陶诗。

这些诗"情兼雅怨"（系念国事，怨愤小人），词句精警，平淡的描绘中藏有悲壮，深远的意境里含着惆怅，好比九霄鹤唳，三峡猿啼，动魄惊心。

以上可以说是他反映政治的诗篇，同时他也有反映人民生活的作品。《咏田家》三首就是表现作家深刻的同情人民的不幸的。第一首写田翁留他在村中过夜，"田翁笑相念，昏黑慎原陆，今年幸少丰，无厌饘与粥。"写农民的敦厚，风格很接近渊明《饮酒》"清晨闻叩门，倒裳往自开，问子为谁欤？田父有好怀"一首，写法虽然不同，但却同样写出老百姓对他们遭遇的同情，字里行间也反映了农村生活的艰苦，貌似淡泊，隐痛却很深。第二首写劳动人民牛马般的生活和命运："竭尽筋力事，持用穷岁年，尽输助徭役，聊就空自眠，子孙日已长，世世还复然。"第三首写胥吏在旧任新任长官催迫下逼租的情况，人民却是"蚕丝尽输税，机杼空倚壁"，都同样写出他对苛政的不满，传出作者的心声。但他所写的人民形象还是敦朴忍耐不反抗的。

写他自己在永州生活的，就是那些寄怀山水的五言古诗。这类诗（大约写在在永州的后期）也和他山水游记一样，在艺术上最具有独特性。苏轼深深喜爱这些诗，他感到它们风韵的悠远，"寄纤秾于高古，发至味于淡泊"（《题黄子思诗集后》）。他的这些五言古诗，色泽是清丽的，声韵是悠远的，感触非常精微，象《南涧中题》："秋气集南涧，独游亭午时，迥风一萧瑟，林影久参差。"写那危风一振，树的枝叶颤摇个不停，正反映那政治上的打击迫害长时间的持续下去的情况，这种感触就是极其精细的；这几句话是既把秋气萧飒的景色写得极活，而柳宗元谪居的心情，也通过它获得了最深刻的体现。象《与崔策登西山》："鹤鸣楚山静，露白秋江晓。"写拂晓的景色；《游石角过山岭至长乌村》："旷望少行人，时闻鹳鹤鸣，风篁冒水远，霜稻侵山平。"写旷野人稀，风霜满月的田野；《晨诣超师院》："道人庭宇静，苔色连深竹，日出雾露余，青松如膏沐。"写那苔竹一色，翠霭相连，阳光一出，青松浴露迎阳的鲜耀，都是非常韵美的。

他欣赏自然美，寻找幽静的胜境，是并非得已的。所以诗中也时常写出他迷离怅惘的情怀，反映他不能忘情于政治。象《南涧中题》写："孤生易为感，失身少所宜，索寞竟何事，徘徊只自知。"《与崔策登西山》写："非令亲爱疎，谁使心神悄。"《秋晓南径荒村》写"机心久已忘，何事惊麋鹿"等都是暗中抒发了自己的无限幽愤的，千言万语，似乎就在口头上，但是还是不能明白地讲出来。苏轼《题柳子厚南涧诗》说："柳仪曹诗，忧中有乐，乐中有忧，盖妙绝古今矣；然老杜云：'王侯与蝼蚁，同尽随丘墟。'仪曹何忧之深也！"这正是赞美深至的评语。"何忧之深"正能说明柳宗元的"执著"。

柳宗元的五古和一些五言长律在"清淡纡徐"中，也时时表现出高劲的骨气。象《初秋夜坐赠吴武陵》："稍稍雨雨侵竹，翻翻鹊惊丛，美人隔湘浦，一夕生秋风。"《零陵赠李卿元侍御》："理世竟轻士，弃捐湘之湄，阳光竟四溟，敲石安所施！"等都是如此。

柳宗元的诗由于他政治理想和审美理想的比较高的原故，如果去掉他的消极抑郁情调的话，还可以看到他审美境界的广阔，象"鹤鸣楚山静，露白秋江晓。"所画的一广阔的图景，象《江雪》："千山鸟飞绝，万迳人踪灭，孤舟簑笠翁，独钓寒江雪。"他占有那千山万迳，无尽的寒江，漫天的风雪，整个银白色的大地，意兴之高,也还是很难企及的,象《渔翁》:"烟消日出不见人,欸乃一声山水绿。"意境也写得很高远。

他在永州,心情虽很沉痛,但也并未完全绝望,一颗赤诚的心还是时时刻刻想拿出来为社会用的,象《冉溪》诗"却学寿张樊敬侯,种漆南园待成器",都能够说明他的待用之切,所以他的诗格很高,那是和他这种不忘政治的襟怀分不开的。特别是元和十年北归长安时,他还曾很愉快地唱出"为报春风汨罗道,莫将波浪枉明时"(《汨罗遇风》)、"诏书许逐阳和至,驿路花开处处新"(《诏进赴都二月至灞亭上》)等诗句。

他被放到柳州以后的诗,数量不多,风格却有了较大的变化,这时他已经除掉了罪人的名籍,但是仍不能被提拔到朝中,还朝之心是逐渐绝望了,诗风却变得奔放起来,似乎他已经不再向谁乞求什么了,因而诗境也随之而变。这时期写的诗体也多是七律五律。如《柳州种柑树》:"手种黄柑二百株,春来新叶遍城隅;……若教坐待成林日,滋味还堪养老夫。"等就是很豪迈的。但他的悲哀心情,还是在笔下痛快淋漓的抒发的,象《岭江南行》:"从此忧来非一事,岂容华发待流年。"《别舍弟宗一》:"一身去国六千里,万死投荒十二年。"等都异常沉痛。

这时期的诗,在描写柳州以及江湘风光上,是有很好的艺术成就的,象《岭江南行》"山腹雨晴添象迹,潭心日暖长蛟涎。"《登柳州城楼》"惊风乱飐芙蓉水,细雨斜侵薜荔墙。"《别舍弟宗一》"桂岭瘴来云似墨,洞庭春尽草如烟。"《柳州寄文人周韶州》"梅岭寒烟藏翡翠,桂江秋水露鲴鲈。"《得卢衡州书》"林邑东迴山似戟,牂牁南下水如汤,蒹葭淅沥含秋雾,橘柚玲珑透夕阳"等诗的景物写得都是非常玲珑透彻、细致优美的,特别是《柳州峒氓》一诗:"青箬裹盐归峒客,绿荷包饭趁墟人。"写少数民族的生活情况,极生动可爱,甚至他自己也说:"愁向公庭问重译,欲投章甫作文身。"不愿作他们的统治者，而愿意作他们中间的一员了，这自然主要还是反映自己的不得志。

总起来说，柳宗元的诗的风格是随着他的生活改变而有所变化的。古代评论家曾把他同陶（潜）韦应物并列，实指他的五言古诗而言。其实他学陶却没有陶渊明那样旷达，他的山水诗峭拔处倒似大谢。他也有金刚怒目式的诗篇，象乐府和一些叙事诗。他的《感遇》《咏史》一类诗忧深思远，也是兼有陶、阮《咏怀》《饮酒》诗那种幽怀的。他还有一些同情人民的诗篇；而艺术造诣最高的山水诗，也未能忘记政治、清澄深远中含有峭拔，简古淡泊中深蕴着忧愤，也能反映出他的政治品操来，是和他的山水记可以媲美的。其所以获得后人较高评价，一方面是境界优美，一方面也近是因为他的寄意深远，忧中有乐，乐中有忧的原故，因而能够自成一家。

不过他的诗题材较狭，多数限制于抒发谪居生活之情，情景萧瑟，意绪消沉，更多的体现了他的消极面，甚至受到佛教的影响，力求表现超世的心怀，所以思想性战斗性都不及散文，而艺术风格也就不够高，成就也就不够大。但他不能忘记政治的执着之处，还是值得肯定的，诗中反映的审美理想和所创造的艺术境界也还是值得借鉴的。

---

① 韩愈《柳子厚墓志铭》："曾伯祖为唐宰相与褚遂良、韩瑗俱得罪武后，死高宗朝。"按当为高伯祖，据《先侍御史府君神道表》柳奭系柳镇的曾伯祖。

② 详见《先侍御史府君神道表》。

③《先侍御史府神道表》："贞元九年，宗元得进士第。"

④《先君石表隐先友记》："袁高，河南人，以给事中，敢谏诤，贞直忠蹇，举无与比。……"以下均有评。

⑤ 同上文：“梁肃，安定人，最能为文，韩会昌黎人，……有文章，名最高，……弟愈文益奇。柳氏兄弟者，先君族兄弟也，最大并字伯存，为文学，至御史，柳登、柳冕者，族子也，冕文学益健。”

⑥ 《与杨晦之书》：“吾年二十四，求博学宏辞，二年乃得仕。”

⑦ 《通鉴·唐纪》三十玄宗开元二十五年(七三七)：“监察御史周子谅弹牛仙客非才。……上怒，命左右搒于殿庭，绝而复苏，仍杖之朝堂，流瀼州，行至蓝田而死。”

⑧ 柳宗元《阳公遗爱碣》：“四年九月己巳，出拜道州刺史，太学鲁郡李偿，庐江何蕃等百六十人，投业奔走，稽首阙下，叫阍籲天，愿乞复旧。朝廷重更其事，如己巳诏。”

⑨ 《通鉴·唐纪》五十二贞元十九年，“叔文，……自言读书知治道，乘间常为太子言民间疾苦。……密结翰林学士韦执谊及当时朝士……陆淳、吕温、李景俭、韩晔、韩泰、陈谏、柳宗元、刘禹锡等，定为死友，而凌准、程异等，又因其党以进。”

⑩ 《旧唐书·刘禹锡传》：“禁中文诰皆出于叔文，引禹锡及柳宗元入禁中与之图议，言无不从。”

⑪ 《旧唐书》卷一百十八《杨炎传》：“第五琦为度支盐铁使，……乃悉以租赋进入大盈内库，以中人主之意。……殆二十年……及炎作相，顿首于上前论之，……诏曰：‘凡财赋皆归左藏库，一用旧式……’”《旧唐书·食货志》：“德宗朝讨河朔及李希烈，物力耗殆，赵赞司国计，纤琐刻剥，以为国用不足，宜取于下，……后又张滂、裴延龄、王涯等剥上媚上。……诸贼即平，朝廷无事，常赋之外，进奉不息，……皆曰：‘臣于正税外方圆’，亦曰羡余。”又《旧唐书》卷一百三十五《裴延龄传》：“大府卿韦少华抗疏上陈：‘延龄……遂于左藏之内，分建六库之名，意在别贮赢余，以奉人主私欲。……’”又《旧唐书·食货志》：“(建中)四年赵赞议常平事，竹、木、茶漆尽税之。……(贞元九年张滂奏立税茶法)”又“先是李琦判使，天下榷酤漕运，由其操割，专事贡献，牢其宠渥，中朝柄事者悉以利积于私室，而国用日耗。”又“建中四年赵赞……乃请税屋间架等除陌钱。

⑫ 《旧唐书》一百三十五《王叔文传》："又自陈判度交以来，兴利除害，以为己功，俱文珍(宦官)随语折之。"又同卷《李实传》"二十一年有诏蠲畿内逋租，实违诏征之，百姓大困，……乞丐丝发固无者，且曰'死亦不屈。'亦杖杀之……顺宗在谅闇逾月，实毙人于府者十数，遂议逐之，乃贬通州刺史。"李实即叔文当政时所逐。

⑬ 《旧唐书》一百八十四《宦官窦文场、霍仙鸣传》："德宗还京，颇思宿将，……禁旅文场、仙鸣分统焉。贞元十二年，乃以文场为左神策护军中尉，仙鸣为右神策护军中尉，……时窦霍之权振于天下，藩镇节将，多出禁军，台省清要，时出其门。"

⑭ 《旧唐书王叔文传》："谋夺内官兵柄，以故将范希朝统京西北诸镇行营兵马使，韩泰副之。……会边上诸将各以状辞中尉，且言方属希朝，中人始悟兵柄为叔文所夺，中尉乃止诸镇，无以兵马入希朝，韩泰已至奉天，诸将不至，乃还。"

⑮ 《旧唐书王叔文传》："叔文生平不识刘辟，乃以韦皋意求领三川，辟排门相干，欲执叔文手，岂非凶人耶，叔文已令扫木场将斩之。"

⑯ 事见《王叔文传》。

⑰ 旧《唐书卷》一百八十四《俱文珍传》："乃与中官刘光琦、俱文珍等谋，奏立广陵王为皇太子……遂召学士卫次公、郑絪……入金銮殿，草立储君诏，及太子受内禅，尽逐叔文之党，政事悉委旧臣，时议嘉贞亮(俱文珍又名刘贞亮)之忠荩。"

⑱ 《旧唐书·德宗纪》："贞元十六年九月宥吴少诚，十月诏雪吴少诚，复其官爵。"

⑲ 如李希烈反，遣颜真卿慰谕。徐州节度使张建封死，其子张愔擅自接任，德宗出兵讨伐，兵打败了，就允许他继任。这类事情很多。

漫谈《琵琶行》

　　白居易在唐宪宗元和元年（806）冬天初任尉时，写出了《长恨歌》，元和十年（815）秋天被贬为江州司马，十一年秋天又写出了《琵琶行》(据《唐诗纪事》)。相隔十年之久，白居易先后写出的这两篇叙事诗，树立了文人叙事诗的一个里程碑。如果说《长恨歌》是对恢复开元天宝盛况还怀有热情和希望，并对天宝之乱表示无限惋惜而描绘的一幅生动的历史画卷，那么《琵琶行》就是对唐代由盛转衰历史的转折无可挽回的沉痛的悲歌。

　　白居易写《琵琶行》的形象思维渗透了音乐美感，描绘出一个由朝中供奉而沦落的女琵琶手的最精美的琵琶弹奏。

　　我们欣赏这篇富于音乐美的诗歌，似乎应该首先了解诗中所含蕴的深刻的历史意义，这首诗是和他明白表达的"讽谕诗"是不同的，如果只讲它是表现怀抱绝艺而沦落的女琵琶手和遭贬谪而悲愤不平的诗人之间的相互同情和共鸣，那就没有捕捉到诗人和唐代历史盛衰相连系的心弦之音。

　　我们可以探索一下作者从写《长恨歌》到写《琵琶行》时的唐代现实变化过程。我们先追溯到唐玄宗李隆基在位的开元年代（713—741），经过从唐初到开元约一百多年的稳定局面，经济十分繁荣，从而也促成了文化艺术的繁荣，特别是音乐方面的成就，是历史上罕见的.唐代在吸收外来音乐创造民族新乐方面成绩是惊人的。唐代的法曲、少数民族乐曲、民间乐曲和外国乐合成唐代的燕乐，开元到天宝初，总号"音声人"的乐工达数万人，燕乐乐曲三百多种。除了张说《舞马词》等少数诗篇歌咏到了之外，当时诗人还没有来得及欣赏和反映，"渔阳鼙鼓动地来"，乐工流落了，乐曲散失了，这一时期的文化艺术积累的成果，几乎化为乌有！杜甫的《公孙大娘舞剑器行》、《江南逢李龟年》，就是哀伤唐王朝的中乱和艺人的流落，以及歌唱艺人的深湛的艺术水平而写的。

唐德宗李适的贞元年代(785—804)，已隔天宝之乱三十多年，叛乱平定后，政治方面较为安定，才有余力恢复"教坊"这样的乐府机构，召唤流散的艺人，整理和教授开元、天宝乐曲。贞元十四年(798)曾奏九部乐，白居易贞元十六年(800)进士及第，当时教坊已从"天上"普及到"人间"士大夫中，在此期间，在长安的白居易曾过着"征伶皆绝艺，选伎悉名姬。"《寄微之》那样狂热的欣赏乐曲的生活。

永贞元年(805)王叔文等的政治改革企图失败了，但唐宪宗元和初年，还有纳谏图治的一面，又重视教坊的恢复，命令教坊重新整理《霓裳羽衣曲》。白居易元和元年(806)写了《长恨歌》，歌中对唐代当时的文化繁荣就是十分向往的。元和二、三、四年白居易为左拾遗、翰林学士，又曾亲自侍从宪宗去听《霓裳》、《六么》等法曲的演奏，后来追忆还写了《霓裳羽衣歌》一诗，所以《长恨歌》、《霓裳羽衣歌》的创作，都还是对唐王朝曾抱有希望的表现。

但唐宪宗时内受宦官挟持，外有藩镇割据。政治上不久就转入下坡路，据《唐会要》，元和五年就因对藩镇用兵，权令断乐，并下诏减教坊衣粮。自此艺人再度流落，《霓裳羽衣》失传了。而元和十年做谏官的元稹、白居易也先后由于宦官藩镇关系被贬。

以音乐为代表的文化艺术的繁荣和衰落，同政治上的上升与衰败完全一致，而音乐国手的沦落，又同有意改革弊政的有积极进取心的朝士的被贬，命运相同。而这又不是偶然的，它正是唐王朝无可挽回地走向衰亡的反映！那么元和十一年作者写的《琵琶行》，所反映的就不仅是诗人和女琵琶手两人之间的相互同情，而是有意识地反映时代由盛入衰的历史变化过程，通过琵琶手的流落、文化的衰亡，反映开元之治甚至元和初年之治的不可再来，表现对唐王朝的走向衰亡的无限哀伤。像白居易这样的大诗人，兴感最深的决不是个人的升沉，让他最敏感的必然是他所心爱的文化艺术的消亡和政治的走向衰亡，"座中泣下谁最多，江州司马青衫湿。"就他的《长恨歌》、《霓裳羽衣歌》、《寄元微之》等诗参证，他的泪是为什么而流，而且流得最多，就是很清楚的。这样我们就更能欣赏他描写琵琶绝技的热情，因为颤荡于空中的奇妙乐曲，却只能在诗歌中留下最后的印迹了。他的《江南逢天宝乐叟》也是深沉地感慨唐王朝的衰亡的，但没有留下象《琵琶行》那样能令人追想仿佛的弦乐声。

我们欣赏这首诗歌，正是因为是他精心创造的，并不是一篇就事命题的讽谕之作，而是一首非常委曲含蓄并具有典型意义的诗篇。元和十年冬他在江州，写了《与元九书》，虽然在这封信中他很愤激地讲："今仆之诗，人所爱者，悉不过杂律诗与《长恨歌》以下耳。时之所重，仆之所轻。"而强调他的"讽谕诗"。但十一年秋，不到一年，他就写出了《琵琶行》，他并没有放弃用艺术形象思维写出新歌行。在江州他还有《赠李绅》诗云，"一篇《长恨》有风情，十首《秦吟》近正声。刚被老元偷格律，苦教短李伏歌行。"也可见到他爱写这样的叙事歌行的创作倾向。

然而这样热爱盛唐音乐的创作，也同样见于元稹，甚至元稹比白居易还先走了一步。元和五年（810）间，元稹为御史被贬时写出了属于《新题乐府》中的《琵琶歌》，实际上为白居易写《琵琶行》打下了基础。这是元稹左降江陵上曹时所写的歌，歌是追写艺人李管儿的流落，歌中也用形象的语言，模写那琵琶绝技的声调，可是抒发胸中惋惜绝艺失传的感慨与描写琵琶技艺的自然，都远不及《琵琶行》的成熟。但足见两个大诗人思想感情都有共同的地方。

如果就《琵琶歌》中一段关于琵琶绝妙的声音的描写，那就更会使人吃惊两首诗的相似之处。元稹歌辞云："平明船载管儿行，尽日听弹《无限曲》，曲名《无限》知者鲜，《霓裳羽衣》偏宛转。《凉州大遍》最豪嘈，《绿腰散序》多笼撚。我闻此曲深赏奇，赏著奇处惊管儿。管儿为我双泪垂，自弹此曲长自悲。泪垂捍拨朱弦湿，冰泉呜咽流莺涩。因兹弹作《雨霖铃》，风雨萧条鬼神泣。一弹既罢又一弹，珠幢夜静风珊珊。低徊慢弄关山思，坐对燕然秋月寒。月寒一声深殿磬，骤弹曲破音繁併。百万金铃旋玉盘，醉客满船皆暂醒。"诗后面还有久别再弹《绿腰》一段描写，这里不再摘录。总之，我们据此可以看到白居易的《琵琶行》与元稹作品多么相似，又在元稹创作的基础上有着多么大的提高。

最重要的差别是元稹还是直书事实，缺乏故事情节，在白居易诗中则把诗人对艺人沦落、开元、天宝所创造的文化艺术的消亡、政治的由盛而衰的深怀哀痛的盛情深化和典型化了，还有了极美的故事情节。而《琵琶行》也就应同《长恨歌》同样当作故事去鉴赏，因为它并非或不完全是真人真事，而是创造了极高妙的艺术典型。

我们再看《琵琶行》的小序，小序中说："元和十年，予左迁九江郡司马。明年秋，送客湓浦口，闻船中夜弹琵琶者。……问其人，本长安倡女，尝学琵琶于穆、曹二善才，年长色衰，委身为贾人妇。遂命酒，使快弹数曲。曲罢，悯然。自叙少小时欢乐事，今漂沦憔悴，转徙于江湖间。予出官二年，恬然自安；感斯人言，是夕始觉有迁谪意。因为长句,歌以赠之。"这段序所叙的情节和诗中所写的情节也是完全不同的。倡女的自叙身世,在序中说是在弹罢之后,而在诗中却是写初弹之后,叙述身世,然后又弹起不同于前的促急的调子,引起座中人的极大的哀伤。希望读者不要惶惑于序和诗的不一致,这正是诗人不得不含蓄的地方,同时也表明了艺术的真实,不同于生活的真实。比生活更高,而且思深意远。

这样的题材是他胸中蕴藏和酝酿很久的产物,所以他没有写送的是什么客人,我们欣赏这首诗,便可以不必问是否真有这一件事,尽管后人还在江州建立琵琶亭来纪念。在此之前一年,白居易贬江州,路过武昌,就已经写过一首和这题材相类似的《夜闻歌者时自京师谪浔阳宿于鄂州》诗了。这首诗写他夜泊鹦鹉洲,听到邻舟有个女子歌声悲哀,便去探问,原来是个美丽的妇人,但询问她为什么这样悲哀的歌唱时,却得不到任何回答,只见泪下如珍珠。肯定唱歌者也是流落的艺人,只是白居易在这里没有展开任何情节,而到写《琵琶行》时,合乎他生活年代的历史变化过程的情节就展开的十分充分了。

"状难写之景,如在目前;写不尽之意,见于言外。"(梅尧臣语)白居易这首诗兼有绘画音乐之美,没有比毫无点线画面的音乐再难描写的了,也没有比音乐再能传内心感情的曲折震颤的了,所以这首诗也是写最难写之景,更适于传言外之意的。元稹的《琵琶歌》还没有一个诗的完整意境,而《琵琶行》却构成了一个极为完整的为琵琶弹奏而设的意境。

诗一开始写迁客清秋月夜溢浦送别的凄凉情景:

浔阳江头夜送客,枫叶荻花秋瑟瑟。主人下马客在船,举酒欲饮无管弦。醉不成欢惨将别,别时茫茫江浸月。

枫红荻白，秋月澄波，已经展现了琵琶独奏的最合宜的境界。唐人小说的诗歌写音乐独奏总是和月夜相连，李贺《箜篌引》写"李凭中国弹箜篌"，最后也写到"露脚斜飞湿寒兔"。但诗人作为江州司马湓浦送客，也未必没有管弦相伴，如《夜送孟司功》："浔阳白司马，夜送孟功曹。江暗管弦急，楼明灯火高。"而这首诗中则是突出迁客的悲哀和秋江的萧瑟。

本诗主人和客和女琵琶手的思想感情实际都集中在反映盛唐文化艺术的高度成就的琵琶弹奏上。乐曲是传达内心感情的最好的艺术，因而作者先写女琵琶手乍弹时："转轴拨弦三两声，未成曲调先有情。弦弦掩抑声声思，似诉平生不得意。低眉信手续续弹，说尽心中无限事。"这无限事是个人升沉也是历史兴衰的变化。随后，她立即弹奏出白居易、元稹多次在诗中赞美的《霓裳》和《六么》。

音乐只有节拍和旋律，没有视觉形象，却能让人从声音节奏中想象到形象，于是作者写出："轻拢慢捻抹复挑，初为《霓裳》后《六么》。大弦嘈嘈如急雨，小弦切切如私语。嘈嘈切切错杂弹，大珠小珠落玉盘。间关莺语花底滑，幽咽泉流水下滩。冰泉冷涩弦凝绝，凝绝不通声暂歇。别有幽愁暗恨生，此时无声胜有声。银瓶乍破水浆迸，铁骑突出刀枪鸣。曲终收拨当心画，四弦一声如裂帛。东舟西舫悄无言，唯见江心秋月白。"这一切全部是用某种美丽而声音又好听的事物的和谐的声响来形容的，作者也反映出曲子的高低急缓的全过程，又通过这些分别反映乐曲所传达的快乐和幽愁，鸟语花明和金戈铁马等不同的境界，尽管这些还是无法等于乐曲本身，但这一纪录，不但当时的场面，令人沉醉，而开元天宝的宏伟演奏场面也更令人缅怀向往了。诗人是多么熟习这些乐曲啊，因而才能用诗的语言表达了民族音乐的特点。这种乐调中含有深厚的民族感情和盛唐时代的宏伟气魄。

白居易《霓裳羽衣歌》中也曾写"就中最爱《霓裳舞》",《听歌六绝句》也写到《六么》说:"管急弦繁拍渐稠,《绿腰》宛转曲终头。"王建《宫词》也写道:"琵琶先抹《绿腰》头,小管丁宁侧调愁。"这篇《琵琶行》更突出地表现了开元、天宝年所创造的,贞元和元和年代又一度被重视的乐曲异乎寻常的优美,绝不是偶然的。"东船西舫悄无言,唯见江心秋月白。"一方面是美妙的乐调、高超的弹技控制了人们的思想感情,一方面也是故国神游,追怀往昔,于是人们屏息吞声,象只留下月照江心,银光暗烁。对这首诗如果不深刻地去体会作者这一段核心的描写,那我们也就很难理解最后作者会迸发那么巨大的悲哀。

有了这一弹奏的艺术高峰,然后女琵琶手的自叙才是值得歌咏的。"名属教坊第一部","曲罢曾教善才服","五陵年少争缠头,一曲红绡不知数。"正是贞元、元和间,唐王朝复苏,精美的乐曲和琵琶绝技又被重视的表现。"弟走从军阿姨死",却是《唐会要》所说宪宗元和五年对藩镇用兵,禁断公私乐,从此不再过问教坊,艺人流离沦落的具体反映。也就是这一年元稹贬江陵士曹。十一年白居易贬江州司马。"同是天涯沦落人,相逢何必曾相识。"难道不正是因为同一历史命运吗?两人的命运同历史兴衰的命运相联系,因此才产生如此深刻巨大的同情和共鸣。

最后作者画龙点睛地讲道:"今夜闻君琵琶语,如听仙乐耳暂明。莫辞更坐弹一曲,为君翻作《琵琶行》。"仙乐正是唐诗人缅怀开元、天宝所创造的乐曲而起的名字,刘禹锡《赠歌者何戡》:"二十余年别帝京,重闻天乐不胜情。"杨巨源《听李凭弹箜篌》:"花咽娇莺玉嗽泉,名高半在御筵前。"李贺《李凭箜篌引》:"江娥啼竹素女愁,李凭中国弹箜篌。"刘禹锡《听穆宫人唱歌》:"莫唱贞元供奉曲,当时朝士已无多,"都可以作《琵琶行》的注解,这些诗人的思想感情,都是和白居易一致的,因而白居易用诗的语

• 70 •

言写这样的琵琶弹奏，表现盛唐特别是玄宗时代的音乐艺术创造，才达到了极高的水平。

宋之问与《灵隐寺》诗

宋之问，《旧唐书》本传说他是虢州弘农人。《新唐书》本传说他字延清，汾州人。前说是指他的郡望，后说是指他的家乡。《旧唐书》说他弱冠知名，尤长五言诗。《新唐书》说：甫冠（即年二十），武后召与杨炯分直习艺馆。按此事约在调露元年（679）。则宋之问当生于高宗显庆五年（660）。

《旧唐书》说他"俄迁洛州参军"，那么永隆二年（681）高宗至洛城，宴三品以上官吏，到过少室山（据本纪），所以他转迁洛州参军应在此年，年二十二。按《唐书·杨炯传》："举神童，授校书郎。永隆二年皇太子已释奠，表豪杰充崇文馆学士。"炯当此选，那么，他们的迁转当在同时。

本年高宗武后到过嵩山隐士田游岩所居，并征田游岩为崇文馆学士。他与宋之问为方外友（见《唐书·隐逸传》）。《宋之问集》有《温泉庄（河南少室）卧病寄杨七炯》和《答田征君》诗二首。他在汝洛，行迹是可考的。

他又迁尚方监丞。按垂拱元年（685），改少府监为尚方监。则他做尚方监丞，当在此时，时年二十六。后来他又迁左奉宸内供奉。

垂拱四年（688），之问年二十九，武则天到洛阳，拜洛受图，文物卤簿之盛，前所未有。她曾游洛阳龙门，诏从臣赋诗，东方虬诗先成，赐以锦袍。后来宋之问诗成，受到武后赞美，便夺袍赐给之问。

武则天久视元年(700)，之问年四十一，以张易之为奉宸令，宋之问在他管下，易之与弟昌宗与文士李峤等修《三教珠英》，宋之问也在编撰之列，由此他便依附于二张。神龙元年(705)，张柬之、敬晖、王同皎等杀了张昌宗、张易之，迎中宗复位。宋之问被贬为泷州司马。本年武后死去。

中宗神龙二年(706)，之问四十七岁，《通鉴·唐纪》二十四说：宋之问与弟兖州司仓之逊，都逃归东都，匿于驸马都尉王同皎家，同皎有不满武后、武三思、韦后的话，之逊便遣其子昙密告于武三思，用以自赎。武三思就捏造王同皎想杀武三思及韦后的罪名，杀掉王同皎等人。

按《旧唐书·王同皎传》说是同谋人冉祖雍等所告发。又宋之逊原系武后爪牙，《朝野佥载》云："唐洛阳丞宋之逊，太常主簿之问弟，罗织杀驸马都尉王同皎。"是因之逊为兖州司仓，逃归住同皎家，王同皎常有愤慨之言，之逊窃听，于是遣侄上书告发，武三思大怒，捏造罪名，杀了王同皎。并任之逊为光禄丞，之问为鸿胪丞。张鹭最熟悉武后、韦后时的事情，可见此事与之问似无直接关系。新旧《唐书·宋之问传》，都说成是宋之问从岭南逃归，告发王同皎，当非事实。神龙元年冬，之问才贬岭南，到那里不久就逃归，路途极远是不可能的。之逊从兖州逃还洛阳则比较容易，今从《朝野佥载》。但宋之问也靠武三思、宋之逊的力量，调回任鸿胪寺丞，则是事实。那么《唐书》天下薄其行的说法还是过了一些，主要告密者是宋之逊。那么宋之问由太常主簿贬泷州司马，又由泷州司马升任鸿胪丞。本年武三思杀五王（张柬之等），宋之逊为武三思耳目，是时人斥为"五狗"之一。

神龙三年(707)二月，太子重俊杀了武三思，宋之问有《梁宣王挽词》，可见他是同情武三思的。本年改为景龙元年。

景龙二年(708)，宋之问年四十九，作了考功员外郎。四月修文馆增置大学士八员，直学士十二员，选善为文者李峤等任职，宋之问也被选为学士。由于他又依附安乐公主，得罪了太平公主。太平公主揭发了他知贡举时受贿的事，景龙三年(709)或四年(710)初他五十或五十一岁，又贬为越州长史。《唐书》本传说他"颇自力为政"，可见他还有搞好地方的思想，有积极的一面；他穷历剡溪山，置酒赋诗，流传京师。集中有《景龙四年(710)春祠海》诗，诗云："三入文史林，两拜神仙署。虽叹出关远，始知临海趣。"

但这一年中宗被韦后所害，李隆基举兵杀了韦后及韦、武两家人，立睿宗，改元景云，诏流宋之问于钦州，到桂州赐死。则终年仅五十一。他的卒年应为景龙四年即景云元年(710)。

以上是关于宋之问生平较详细的论述。他并不是没有一些积极思想和才力的作家，可是被武后知遇，又依附于二张和太平公主、安乐公主，贪宠恃才，又受宋之逊的影响，终于未尽其才，死于非命，这是走入歧途的原故。但他的诗把格律诗又推进了一大步，比四杰更为自然流丽，很少用典，而且已具有盛唐气魄，当时语云："苏李居前，沈宋比肩。"还是名不虚传的。他和杜审言、陈子昂、沈佺期、杨炯、骆宾王均曾为友，可惜他没有骨鲠。杜甫《过宋员外之问旧庄》对他有沉痛的悼念云："宋公旧池馆，零落首阳阿。枉道秖从入，吟诗许更过。淹留问耆老，寂寞向山河。更识将军树(指其弟宋之悌，开元中任右羽林将军)，悲风日暮多。"似乎哀伤的是他所走的道路同宋之悌不同，宋之悌后升任剑南节度使等官。宋之问他有《送杜审言》诗云："别路追孙楚，维舟吊屈平。"有《使往天平军马，约与陈子昂新乡为期，及还而不相遇》诗云："知君心许国，不是爱封侯。"都很有气势，并具有较高的思想性。骆宾王有《在江南赠宋五之问》诗云："采之欲何遗，故人漳水滨。"时宋在汝洛。又有《在兖州饯宋五之问》、《送宋五之问》等诗。徐敬业及骆宾王起兵扬州是武后光宅元年(684)，宋之问当时年二十五，还是洛州参军。

宋之问有一篇代表作，即《灵隐寺》诗。诗云："鹫岭郁岧峣，龙宫锁寂寥。楼观沧海日，门听浙江潮。桂子月中落，天香云外飘。扪萝登塔远，刳木取泉遥。霜薄花更发，冰轻叶未凋。夙灵尚遐异，搜对涤烦嚣。待入天台路，看余度石桥。"这自然是他贬越州长史时所写。宋之问诗从来气不衰竭，早年就以"不愁明月尽，自有夜珠来"结句得名(见《奉和晦日幸昆明池应制》诗)。这首诗无论起句、结句都很飒爽。"楼观沧海日，门听浙江潮。"更是脍炙人口的宏美好句。"桂子月中落，天香云外飘。"也很清新俊逸。全诗声韵和谐，又不用典，极尽自然之趣，在初唐是不可多得的作品。

但这首诗也见《骆宾王集》中，有人便认为是骆宾王的作品，这是不正确的。现行《骆宾王集》是根据元明间的本子，已非中唐郗云卿原本，而窜入宋之问作品的原因，当由于孟棨的《本事诗》。

《本事诗·征异》第五云："宋考功以事累黜，后放还。至江南，游灵隐寺，夜月极明，长廊吟行。且为诗曰：'鹫岭郁岧峣，龙宫隐寂寥'。第二联搜奇覃思，终不如意。有老僧问曰：'少年夜久不寐，而吟讽甚苦何耶？'之问答曰：'弟子业诗，偶欲题此寺，而兴思不属。'僧曰：'试吟上联。'即吟与之，再三吟讽。因曰：'何不云楼观沧海日，门对浙江潮。'之问愕然，讶其遒丽。又续终篇曰：'……'僧所赠句，乃为一篇之警策。迟明，更访之，则不复见矣。寺僧有知者曰：'此骆宾王也。'"

按此事绝非事实，宋之问和骆宾王是朋友，前已考定约在永隆二年(681)左右，他们有诗来往，徐敬业、骆宾王扬州起兵及失败，在光宅元年(684)，相隔不过三年，即使骆宾王逃隐杭州，也不可能在景云元年(710)，九年之别，竟在杭州相见不相识，这是说不通的。故事的编造者也竟不知骆宾王有送宋之问诗，而宋集不见别骆四诗，自系骆起兵失败被杀后，不敢存稿的原故。《朝野佥载》说："骆宾王……，后与徐敬业兴兵扬州，大败，投江水而死，……"是可信的。《资治通鉴·唐纪》十九及考异，记述很详细。又景云中，睿宗即位，徐敬业等得昭雪，骆宾王如健在；又何必隐姓埋名为老僧，而不再出仕！

其后宋吴炯《五总志》又将此事讹为："骆宾王未显时，庸作于杭州梵天寺，终日作役，至夜方休，因凭栏而立。时月明如昼，一老僧苦吟不已，继以永叹。因问之曰：'和尚何不睡去，而冥搜如是？'僧曰：'我作梵天寺诗，止得二句云："桂子月中落，天香云外飘。"思之切至，竟不能成章，遂太息也。'宾王曰：'我当为汝足成之。'……令僧再举前句，即应声曰：'楼观沧海日，门对浙江潮。'僧大奇之。……"按此传说，将诗句上下联颠倒，又不类僧诗。但有人就据上述两传说把《灵隐寺》诗归属于骆宾王，那是很不确实的。

骆宾王虽然是浙江义乌人，但父为青州博昌令，他是随父家博昌，后又奉母居兖州的瑕丘，又居齐州，青年时是没有到过杭州的。只是到调露二年(即永隆元年680)，贬临海丞，也就是有诗给在洛州漳滨的宋之问时，他才回过义乌。他久客临海，后来弃官去，在光宅元年(684)，在扬州参加徐敬业起兵，没有到杭州的事迹，也没有其他在杭诗篇。所以把《灵隐寺》诗归于骆宾王，实在没有根据。他是信道教，与道士来往的人，有《秋日游仙游观赠道士》诗。他没有游佛寺诗，今集中有《称心寺》一诗，中云："凝滞蔺芷岸，沿洄楂柚林。穿溆不厌曲，舣潭惟爱深。"也是宋之问作，见《宋之问集》。今集是据《全唐诗》误补入(据陈熙晋《骆集笺注》)。

而宋之问作越州长史，当时颇俱豪情与游兴，宋集有《游法华寺》、《谒禹庙》、《游云门寺》、《宿云门寺》等诗。

　　就诗的风格而论，也应属于宋之问。"鹫岭郁岧峣，龙宫隐寂寥。"同"帐殿郁崔嵬，仙游实壮哉！"(《扈从登封途中作》)句法一样，"郁崔嵬"同"郁岧峣"词法组织相同。又《游韶州广界寺》："影殿临丹壑，香台隐翠华。"句词也相近。又"楼观沧海日，门对浙江潮。"同"谷暗千旗出，山鸣万乘来。"(《扈从登封途中作》)"烛照香车入，花临宝扇开。"(《寿阳王花烛图》)"人隔壶中地，龙游洞里天。"(《送田道士使蜀投龙》)"乡连江北树，云断日南天。"(《渡吴江别王长史》)"魂随南翥鸟，泪尽北枝花。"(《度大庾岭》)句法都相同或相近，首一字是名词，下是谓语。但骆宾王律联多为二、三，非一、四，如"玉厄浮藻丽，铜浑积思深。"(《过张平子墓》)"山行明照上，溪宿密云蒸。"(《北眺舂陵》)等，这也是很大的差别。

　　再看"桂子月中落，天香云外飘"句，宋之问诗喜欢用"落"字，如"宿云雕际落"(《早发始兴江口》)、"江鸣潮未落"(《游称心寺》)、"宾至星槎落"(《宴安乐公主宅》)、"雪寒花已落"(《花赋》)、"电影江前落"(《赋得巫山雨》)，落字都用得很美。而"古槎天外落"(《巫山高》)更为近似。"天香"字样也屡见诗篇，以"天香众壑满"(《宿云门寺》)、"林下天香七宝台"(《龙门应制》)，骆宾王诗却不多用落字，也不见佛教的"天香"字样。

　　下面"扪萝登塔远，刳木取泉遥。霜薄花更发，冰轻叶未凋。风龄尚遐异，搜对涤烦嚣。"诗的风格接近谢灵运，清新而不用绮丽金玉字词。骆宾王则不同，如《秋日仙游观赠道士》"雾浓金灶静，云暗玉坛空。野花常捧露，山叶自吟风。"《陪润州薛司空游招隐寺》"还依旧泉壑，应改昔云霞。绿竹寒天笋，红蕉腊月花。"《晚泊河曲》"金堤连曲岸，贝阙影浮桥。"之类，风格与庾信相近。

骆宾王的律诗四联、八联为多，宋之问的律诗除四联外，六联、七联很多。骆宾王的律诗，十分讲求对仗，起句对，结句也对的较多，用典也多，如《晚渡黄河》："通波连马颊，进水急龙门。照日荣光净，惊风瑞浪翻。"如《赋得白云抱幽石》起句："重岩抱危石，幽涧曳轻云。"结句："讵知吴会影，长抱谷城文。"都不够自然，未离唐初诗格。宋之问则推进了一大步，不用典，一气呵成，对仗如流水。如《宿云门寺》："云门若邪里，泛鹢路才通。夤缘绿篠岸，遂得青莲宫。……"《奉和立春日侍宴内出剪采花应制》："金阁妆新杏，琼筵弄绮梅。人间都未识，天上忽先开。……"《奉和梁王宴龙泓》："水府沦幽壑，星轺下紫微。鸟惊司仆驭，花落侍臣衣。芳树摇春晚，晴云绕座飞。……"《江亭晚望》："浩渺浸云根，烟岚出远村。鸟归沙有迹，帆过浪无痕，……"每首诗意思连贯，流丽自然，已达到格律成熟而又自然的艺术境界，正同《灵隐寺》的艺术境界是一致的。从格律诗的发展来看，《灵隐寺》诗也应是宋之问的代表作。

《灵隐寺》诗最后两句："待到天台路，看余度石桥。"结尾气不萧瑟，也正是宋之问诗的特色。如《江亭晚望》："纵情犹未已，回马欲黄昏。"又《过蛮洞》："谁怜在荒外，孤赏是云霞。"虽在远贬，也不凄伤。而宋之问想到天台的意思，也常见于诗篇，如《送司马道士游天台》、《寄天台司马道士》、《寄天台司马先生》，骆宾王诗却从没有提到过天台。

《灵隐寺》诗如是骆宾王兵败后逃亡时之作，也必无此闲逸诗境，所以这首诗正是宋之问为越州长史，自力为政，《唐书》本传说他"穷历剡溪山，置酒赋诗"时期的作品，这样的生活确实和这一诗的意境相合，晚唐和宋人的传说是不可信的。就他的其他诗和这首《灵隐寺》诗来说，其风格的自然，确实比四杰的拘泥对仗用典进了一大步，不愧为继四杰之后的初唐杰出诗人，我们应该说他在前期和贬谪中还是写了些好诗的。

诗人高適生平系诗

　　高適是年辈最长的盛唐诗人,他的边塞诗风格慷慨悲壮,同时也反映了唐代军事腐朽的现实。他也有同情人民疾苦的诗篇,如《东平路中遇大水》、《封丘县作》等,他的诗颇具有史诗之风,对唐代现实能有所反映。他官至剑南节度使,入为刑部尚书转散骑常侍,可是由于他少年贫困、躬耕自给,最初栖迟一尉,不为人所重视,所以两《唐书》对他的生平略焉未详,后人对他的生平和生卒年代推断,多不确切。今试就其诗文考订其生平,以便于知人论世,足以知其不愧为边塞诗人。

唐武后万岁通天元年丙申(公元696),高適生。

　　　　按高適《酬秘书弟兼寄幕下诸公诗序》云:"乙亥岁,適微诣长安。"乙亥是开元二十三年,公元735年,高適到长安后即出为封丘尉,有《留别郑三、韦九兼洛下诸公》诗:"蹇颇蹉跎竟不成,年过四十尚躬耕;……此时亦得辞渔樵,青袍裹身荷圣朝。"波时適年刚过四十。定为四十岁,则当生于此时。旧定为700年或702年生均误。

唐睿宗太极元年壬子(712)　適年十七岁。杜甫生。

唐玄宗开元三年乙卯(715)　適年二十岁。

　　　　高適游长安,时玄宗初即位,適颇抱希望,但却失意而归。到洛阳后又到梁宋(开封、商丘),先以乞讨于友人为生,后躬耕自给。適集有《别韦参军》诗:"二十解书剑,西游长安城。举头望君门,屈指取公卿。国风冲融迈三五(三皇

· 80 ·

五帝），朝廷欢乐弥寰宇，白璧皆言赐近臣，布衣不得干明主。归来洛阳无负郭，东过梁宋非吾土，兔苑（在商丘）为农岁不登，雁池垂钓心长苦。"就是写这一段生活的。《旧唐书》卷百十一《高适传》："少落魄，不事生业，家贫，客于梁宋，以求乞取给。"是不确切的。

唐玄宗开元十三年乙丑（725）　　适年三十岁。

此后数年间，高适曾北游燕赵及魏郡，家又曾住淇水之上。按高适《淇上酬薛三(薛据)据兼寄郭少府》诗："自从别京华，我心乃萧索，十年守章句，万事空寥落。北上登蓟门，茫茫见沙漠，倚剑对风尘，慨然思卫霍。拂衣去燕赵，驱马怅不乐，天长沧州路，日暮邯郸郭。酒肆或淹留，渔潭屡栖泊。独行备艰险，所见穷善恶。永愿拯刍荛，孰云干鼎镬，皇情念淳古，时俗何浮薄！"诗中已反映了唐代边事之坏，人民的痛苦。

适又有《赠别王七十管记》诗："适赵非解纷，游燕独无说，浩歌方振荡，逸翮思凌励。"又有《酬李少府》诗："一登蓟丘上，四顾何惨烈，……君若登青云，吾当投魏阙。"意气很慷慨。

适在此时住淇上很久，有《淇上别刘少府子英》诗："近来住淇上，萧条惟空林，又非耕种时，闲散多自任，……千里忽携手，十年同苦心，……南登黎阳渡，莽苍寒云阴。"

《三君咏诗序》云："开元中，适游于魏。"也即在此时。《宋中遇林虑杨十七山人因而有别》诗有"昔余涉漳水，驱车行邺西"之句。

适又有《蓟门不遇王之涣、郭密之因以留赠》诗，按王之涣蓟门人。《集异记》："开元中诗人王昌龄、高适、王之涣齐名，时风尘未偶，游处略同。"王昌龄开元十五年进士，授汜水尉。

又《蓟门五首》当亦作于此时，有"蓟门逢古老，独立思氛氲"、"戍卒厌糟糠，降胡饱衣食"等语。

唐玄宗开元二十年壬申（732）　适年三十七岁。

高适希望入信安王幕府未果。集中有《信安王幕府》诗并序，序云："开元二十年，国家有事于林胡，诏礼部尚书信安王总戎大举，时考功郎中王公，司勋郎中刘公，……咸在幕府。"诗有"直道常兼济，微才独弃捐；曳裾诚已矣，投笔尚凄然"之句，可见直道之难用。李白也有《送梁公昌从信安王北征》诗，当作于同时。按《旧唐书·玄宗纪》："开元二十年正月乙卯，以礼部尚书信安王祎率兵讨契丹。"即此事。

唐玄宗开元二十三年（乙亥735）　适年四十岁。

适被徵到长安，旋赴封丘尉任。《酬秘书弟兼寄幕下诸公诗序》："乙亥岁，适徵诣长安，……今年适自封丘尉统吏卒于清夷，……"虽系追忆之词，但任封丘尉仍始于乙亥岁，因高适被徵，不可能有两次，高适《答侯少府》诗记此事云："常日好读书，晚年学垂纶，漆园多乔木，睢水清粼粼。诏书下柴门，天命敢逡巡，赫赫三伏时，十日到咸秦。褐衣不得见（不得见皇帝），黄绶翻在身。"可证任封丘尉即在乙亥年，"今年"疑在二十四年冬或二十五年，今暂系次年。《旧唐书·玄宗纪》："开元二十三年春正月，有命：其才有霸王之略，学究天人之际，及堪将相牧宰者，命五品以上清官及刺史各举一人。"春天有命，刺史荐举，夏日就道，也是合乎逻辑的。又《全唐文》卷三五七高适《谢封丘尉表》："常谓老死林薮，不识阙庭，岂期岩穴久空，弓旌未已。……臣艺业无取，谬当推荐，自天有命，迫赴上京，曾未浃旬，又拜臣职。"可见当时适受王命急宣，行程迫促，但又不遇，又要马上去封丘就任的恓惶之状。

《酬秘书弟兼寄幕下诸公诗序》云:"乙亥徵诣长安",而诗中也讲到那年的事云:"亚相信时杰,群才遇良工。翩翩幕下来,拜赐甘泉官。"据《通鉴·唐纪》三十:"开元二十三年乙亥二月,(张)守珪诣东都献捷,拜右羽林大将军,兼御史大夫。"亚相正是御史大夫张守珪。《留别郑三、韦九兼洛下诸公》诗云:"蹇踬蹉跎竟不成,年过四十尚躬耕,……幸逢明圣多招隐,高山大泽徵求尽。此时亦得辞渔樵,青袍裹身荷圣朝。"也是讲乙亥年被徵,同年任封丘尉的事。

《旧唐书·高適传》云:"宋州刺史张九皋举有道科,时右相李林甫擅权,薄于文雅,解褐封丘尉。"说明高適不得任京官,是受李林甫的排斥。但李林甫当时还不是"右相",这是《旧唐书》以后来的官称称李林甫,这种事史书上很多。李林甫却正在开元二十二、三年得宠。开元二十二年张九龄起复为中书令,旋即失宠,李林甫为礼部尚书、同中书门下平章事,已掌实权,二十四年李林甫即代张九龄为中书令。天宝六、七、八年均没有徵召的事,高適应徵自非李林甫任右相时的事情。

《封丘县作》诗云:"我本渔樵孟诸野,一生自是悠悠者,乍可狂歌草泽中,宁堪作吏风尘下。祗言小吏无所为,公门百事皆有期,拜迎官长心欲碎,鞭挞黎庶令人悲。"不堪小吏之苦与同情人民的心,流溢言表。

本年十二月,幽州长史张守珪发兵讨契丹,斩其王屈烈。

唐玄宗开元二十四年丙子(736)　適年四十一岁。

是年冬,高適奉使送兵于青夷军(属幽州)。

《酬秘书弟兼寄幕下诸公诗序》云:"乙亥岁,適徵诣长安，……今年適自封丘尉统吏卒于青夷。"当在此年。按本年春张守珪使平卢讨击使安禄山讨奚、契丹,为所败,所以高適此年冬送兵。

適有《送兵到蓟北》诗:"积雪与天迴,屯军连塞愁;谁知此行迈,不为觅封侯。"

又有《自蓟北归》诗,有句云:"驱马蓟门北,北风边马哀,……五将已深入,前军止半迴。"又《答侯少府》诗也有"吏道顿羁束,生涯难重陈,北使经大寒,关山饶苦辛。边兵若刍狗,战骨成埃尘"之语,足徵唐边事之坏与诗人忧国之深。

此外还有《使青夷军入居庸三首》。

唐玄宗开元二十五年丁丑(737)　適年四十二岁。

自青夷军归封丘。

《答侯少府》诗:"如何燕赵陲,忽遇平生亲。……两河归路遥,二月芳草新,柳接滹沱暗,莺连渤海春。"

唐玄宗开元二十六年戊寅(738)　適年四十三岁。

仍在封丘。《燕歌行》作于此年,序云:"开元二十六年,客有从元戎(《文苑英华》、《全唐诗》作御史大夫张公)出塞而还者,作《燕歌行》以示適,感征戍之事,因而和焉。"按张守珪开元二十三年为幽州节度使兼御史大夫,二十五年二月破契丹于捺禄山。守珪轻易用兵,并喜饮宴作乐,適深知边事虚实,故作诗以讽刺。

唐玄宗开元二十七年己卯(739)　適年四十四岁。

是年六月,张守珪贬括州刺史。適有《宋中送族侄式颜》诗,序云:"时张大夫贬括州,使人召式颜,遂有此作。"又有《送族侄式颜》诗:"我今行山东(封丘),离忧不能已。"又《崔司录宅宴大理李卿》诗:"洛阳故人初解印,山东小吏来相

· 84 ·

寻。"推寻诗意,均是任封丘尉时所作,盖请假来洛阳,《全唐诗》注云"授封丘尉不就",大误。

唐玄宗天宝三年甲申(744)　　适年四十九岁。

高适辞去封丘尉职。任职约九载。

有《重阳》诗云:"百年将半仕三已,五亩就荒天一涯。"

又天宝十三年春(754)哥舒翰表适为掌书记,《全唐文》卷三五七高适《谢上彭州刺史表》云:"始自一尉,曾未十年,北使河湟,南出江汉。"适作哥舒翰书记时距此时为十年(744年秋至754年春)。

与杜甫、李白相会于梁宋。仇兆鳌《杜甫年谱》:"五月,公祖母范阳太君卒于陈留之私第,八月归葬偃师,公作墓志。"又李白自翰林放归亦在此时。《唐才子传》:"(适)尝过汴州,与李白、杜甫会,酒酣登吹台,慷慨悲歌,临风怀古,人莫测也。"杜甫《遣怀》诗:"忆与高李辈,论交入酒垆,……气酣登吹台,怀古视平芜。"又《昔游》诗:"昔者与高李,晚登单父台。"均记是年事。

高适于是年秋同李、杜俱东游,《东征赋》序云:"岁在甲申,秋穷季月,高子游梁既久,方适楚以超忽。"

唐玄宗天宝四年乙酉(745)　　适年五十岁。

杜甫也往齐州,钱谦益云:"高适、李白俱有赠李邕诗,当是同时。"

《旧唐书·玄宗纪》:"秋八月,河南、睢阳、淮阳、谯等八郡大水。"高适有《东平路中遇大水》诗云:"农夫无倚著,野老生殷忧。"又有《东平路作》,其二云:"扁舟向何处,吾爱汶阳中。"

唐玄宗天宝五年丙戌(746)　　适年五十一岁。

在汶阳。有《奉酬北海李太守(邕)丈人夏日平阴亭》诗

· 85 ·

等作。《别崔少尉》诗:"知君少得意,汶上掩柴扉。"杜甫晚年《奉高常侍》诗中也曾说:"汶上相逢年颇多(相隔已久),飞腾无那故人何。"

唐玄宗天宝六年丁亥(747)　适年五十二岁。

是年北海太守李邕遭杖杀。高适到广陵,有《辟阳城》、《登广陵栖灵寺塔》等诗。自广陵北归。

唐玄宗天宝十二年癸巳(753)　适年五十八岁。

适往长安,有《同诸公登慈恩寺塔》诗,杜甫也同作。又有《李云南征蛮诗》,序云:"天宝十一载,有诏伐西南夷。右相杨公兼节制之寄,乃奏前云南太守李宓涉海自交趾击之。……十二载四月,至于长安。"

欲依哥舒翰,有《同李员外贺哥舒大夫破九曲之作》、《九曲词》等。是年哥舒翰以侍御史裴冕为河西司马,高有《送裴别将之安西》诗。《送李侍御赴安西》诗也当作于此时。

唐玄宗天宝十三年甲午(754)　适年五十九岁。

《通鉴·唐纪》载是年春,翰表前封丘尉高适为掌书记。此时适官左骁卫兵曹参军兼掌书记,随哥舒翰入朝,又赴武威(《旧唐书·梁凤传》:天宝十三载,哥舒翰入京师,裴冕为河西留后,在武威)。高适有《金城北楼》、《武威同诸公过杨七山人》等诗。

杜甫有《送高三十五书记》诗云:"脱身簿尉中,始与捶楚辞,借问今何官,触热向武威。"又有《寄高三十五书记》诗云:"叹息高生老,新诗日又多,美名人不及,佳句法如何?主将收才子,崆峒足凯歌,闻君已朱绂,且得慰蹉跎。"

唐玄宗天宝十四年乙未(755)　适年六十岁。

安禄山已反,高适助哥舒翰守潼关,五月兵败,翰降,适单身逃归,追及玄宗于河池,请迁川,有《陈潼关败亡形势疏》，拜侍御史，至蜀迁谏议大夫。《全唐文》卷三五七适《谢上彭州刺史表》有"累登谏司，频历宪府"之语。

唐肃宗至德元年丙申（756） 适年六十一岁。

秋七月，玄宗以永王璘领四道节度使镇江陵，高适谏，不听。冬十月以贺兰进明为河南节度使，适有《奉酬河南节度使贺兰大夫见赠之作》。

十二月，永王璘起兵，肃宗以高适为御史大夫扬州大都督长史淮南节度使，平江淮。

唐肃宗至德二年丁酉（757） 适年六十二岁。

二月，永王璘败死，高适兵尚未下。三月尹子奇大举攻睢阳，张巡、许远坚守，《唐才子传》记高适有书劝贺兰进明救睢阳，贺兰进明不听。七月以张镐代贺兰进明，十月睢阳陷落。

九月收复长安，十月收复洛阳。

唐肃宗乾元元年戊戌（758） 适年六十三岁。

适为李辅国所谗，改官太子詹事，留守东京。五月过睢阳祭张巡，许远，文有《还京次睢阳祭张巡许远文》。

唐肃宗乾元二年己亥（759） 适年六十四岁。

三月史思明攻鄘，郭子仪军败，东京留守崔圆以下众官奔襄、邓，高适也一同流亡。五月拜彭州刺史。有《彭州谢上表》云："臣本野人，匪求名达，始自一尉，曾未十年，北使河湟，南出江汉；……累登谏司，频历宪府；比逆乱侵轶，淮楚震惊，遂兼节制之权，空忝腹心之寄……始拜宫尹，今列藩条，……以今月七日上讫。"

高适《酬裴员外以诗代书》诗记叙甚详："拥旄出淮甸，入幕徵楚材。……小人胡不仁，谗我成死灰；赖得日月明，照耀无不该，留司洛阳宫，詹府惟蒿莱。……一夕瀍洛空，生灵悲暴腮！衣冠投草莽，予欲驰江淮；登顿宛叶下，栖遑襄邓隈。……遂除彭门守，因得朝玉阶。"但蜀中很乱，高适几乎不免于劫，《同河南李少尹毕员外宅夜饮时洛阳告捷遂作春酒歌》一诗中写："去年留司在东京，今年复拜二千石，盛夏五月西南行，彭门剑门蜀山里。路逢军人劫夺我，到家但见妻与子……"

杜甫有《寄彭州高使君适》诗。

唐肃宗上元元年庚子(760)　适年六十五岁。

适移刺蜀州，两《唐书》以刺蜀在刺彭前，误。高适有《人日寄杜二拾遗》诗，作于蜀州。

唐肃宗上元二年辛丑(761)　适年六十六岁。

高适代崔光远摄成都尹剑南西川节度使。按《旧唐书》载，四月梓州段子璋反，西川牙将花惊定诛子璋，大掠东蜀。肃宗以崔光远不能戢军，乃罢之，以高适代。

杜甫有《王十七侍御抡许携酒至草堂便请高使君同到》诗，又有《王竟携酒高亦同过》诗，诗有"移樽劝山简，头白恐风寒"之句，原注云："高每云：'汝年儿(纪)小，且不必小于我。'故以此戏之。"可见高适已老。

十一月，崔光远卒，以严武为成都尹剑南西川节度使。盖高适坚辞不就之故。

唐肃宗宝应元年壬寅(762)　适年六十七岁。

四月，肃宗死，代宗即位，召严武入朝。七月西川徐知道反，高适自蜀州讨平徐知道，有《贺斩逆贼徐知道表》云："臣与邛南邻境，左右叶心，积聚军粮，应接师旅，以今月二十三日大破贼众，同恶翻然，共杀知道。"

唐代宗广德元年癸卯(763)　适年六十八岁。

二月，以高适为剑南节度使，有《谢上表》云："即以二月二日上讫。"有《入昌松东界山行》诗。杜甫有《寄高适》诗,欲再返成都依高适。

十一月以严武为黄门侍郎。十二月,松、维、云山城、笼城陷于吐蕃,高适本是练兵于蜀,来防御吐蕃的,至是无功。

唐代宗广德二年甲辰(764)　适年六十九岁。

是年春,黄门侍郎严武为剑南节度使(《通鉴》卷二二三)。高适被召为刑部侍郎,后转散骑常侍。杜甫《寄高常侍》诗:"汶上相逢年颇多,飞腾无那故人何。总戎楚蜀应全未,方驾曹刘不啻过。今日朝廷须汲黯,中原将帅忆廉颇。天涯春色伤迟暮,别泪遥添锦水波。"时杜甫又回成都,不及见适,又伤难以再见,故有"伤迟暮"之语。

唐代宗永泰元年乙巳(765)　适年七十岁。

春正月,高适卒(《旧唐书·代宗纪》)。杜甫有《闻高常侍亡》诗。

唐代宗大历五年庚戌(770)

杜甫有《追酬故高蜀州人日见寄》诗,序云:"自枉诗已十余年,莫记存殁,又六七年矣。"此诗恰作于高适死后的第六年。高适晚年诗已不多,故系杜诗,以见高、杜交谊之深。

孟浩然的生平和他的诗

一、序　言

　　李白《赠孟浩然》诗曾对孟浩然不事王侯、鄙弃轩冕的品格，给以歌颂赞美。他说："吾爱孟夫子，风流天下闻。红颜弃轩冕，白首卧松云。醉卧频中圣，迷花不事君。高山安可仰，徒此揖清芬。"皮日休在《郢州孟亭记》中也曾对孟浩然的诗风给以很高的评价。他们的议论虽不能视为定论，但唐人特别是像这样的作家都很尊孟，而后代有些作家评论家却又往往尊王抑孟，对孟浩然和他的诗，作出比较公允的评价，问题还有待于进一步的探讨。

　　孟浩然的生平，史书所述也不详尽不确实，像《唐摭言》、《新唐书》记载唐明皇入秘书省看王维，孟浩然适在王维处，仓皇避入床下，后来又被呼唤出来谒见明皇，而赋《岁暮归南山》诗。明皇怫然道："是卿弃朕，非朕弃卿!"便放归南山，自此终身不仕。这一个故事，颇值得怀疑，好像诗人入长安之不得仕，乃是转喉触讳，命途不偶，并不是由于当时统治者不能用贤。而孟浩然之不愿入仕，只是由于得罪明皇，也就没有什么清芬可言了。这未免把诗人描写得狼狈不堪，掩盖了事实的真象。孟浩然的生平，现在的几本文学史介绍得也还未尽得实，因此难以看到他的生平思想和他作品之间的联系，也会在某种程度上，影响了对他作品的评价。本文试论孟浩然的生平和诗歌，当否还请大家讨论。

二、孟浩然的生平

孟浩然的生平、思想、出处和游踪，在他的诗篇中，都有所反映，本文就根据他的诗篇加以论述。

孟浩然，襄阳人。据王士源《孟浩然集序》所记他的卒年和年岁推，当生于唐武曌永昌元年（689）。他出生在一个小庄园地主的家庭，自幼受着正统的儒家教育，父亲是一个不仕的儒绅。他在《书怀贻京邑同好》诗里说："维先自邹鲁，家世重儒风，诗书袭遗训，趋庭绍末躬。昼夜常自强，词翰颇亦工，三十既成立，吁嗟命不通。慈亲向羸老，喜惧在深衷，甘脆朝不足，箪瓢夕屡空。"这首诗不仅能反映出他母老家贫，和他读诗书务词翰求进取的生活情况的，也说明了他抱有一定的来自儒家的政治思想，并具有写作的才华。

可是他三十岁还没有走入仕途，这和唐代用人须要靠有力者援引的情况分不开的。高适二十岁时入长安，也当开元初年，就曾碰壁而归，后来曾有诗写道："国风冲融迈三五，朝廷欢乐弥寰宇，白璧皆言赐近臣，布衣不得干明主。"（《别书参军》）当时宠臣内官王毛仲、杨思勖等的势力也是炙手可热。所以孟浩然虽学书学剑，常表示有意效孔丘问津，一展怀抱，但朝廷方面却安于现状，金张当道；贫寒士子仍无寸进的阶梯。孟浩然便不能不长期株守家园，慨叹着："甲第金张馆，门前车骑多，谁知书剑者，岁月独蹉跎。"（《宴张记室宅》）"谁识躬耕者，年年梁甫吟。"（《与白明府游江》）梁甫吟的比喻，也足见其抱负之高。

在《田园作》中更仔细地描写了他的田园隐居生活，并倾吐了他的待价而沽的愿望和心中的愤懑，他说："弊庐隔尘喧，维先养恬素，卜邻近三径，植果盈千树。粤余任推迁，三十犹未遇，书剑时将晚，丘园日已暮。晨兴自多怀，昼坐常寡悟，冲天羡鸿鹄，争食羞鸡鹜,望断金马门,劳歌采樵路。乡曲无知己,朝端乏亲故,谁能为扬雄,一荐《甘泉赋》。"

开元八年(720)他三十二岁,有《晚春卧病寄张八》诗,诗中讲:"世途皆自媚,流俗寡相知,贾谊才空逸,安仁鬓欲丝,……常恐填沟壑,无由振羽仪。"这首诗大约作于安仁作赋之年,诗里自比贾谊潘岳,深恐无由表现自己的政治和文学才能。他自己是参加了农村的一些劳动的,不过目的并不在于劳动,只是隐居待时,《采樵作》中有"长歌负轻策,平野望烟归"之句,表现的也是隐者风度。

开元十六年(728)他四十岁,又写有《田家元日》一诗,诗里说:"昨夜斗回北,今朝岁起东。我年已强仕,无禄尚忧农。桑野就耕父,荷锄随牧童。田家占气候,共说此年丰。"古人管四十岁叫强仕之年,可见他四十还在家躬耕,但虽参预了一些田间轻微劳动,他的思想仍是渴望出仕。

开元十九年(731)他四十三岁,张九龄被擢任中书侍郎,他和张九龄是好朋友,因此就有"王阳在位,贡禹弹冠"之喜。他在《送丁大凤进士赴举呈张九龄》诗里说:"吾观《鹖鹏赋》,君负王佐才,惜无金张援,十上空归来。……故人今在位,歧路莫迟回。"这首诗不仅是鼓励丁大凤的,也正是他自己出山求仕的呼声。看起来孟浩然是渴望朝廷能够选贤任能,反对权贵擅权,朋党援引的,所以寄希望于张九龄的推荐,好能立身朝廷之上,施展他所谓王佐才能。

开元二十年(732)孟浩然四十四岁,这一年冬天,他启程入长安,恰巧张九龄丁母忧,直到开元二十一年(733)冬才起复,孟浩然则是二十一年春才进入长安的。这年冬天,他写有《赴京遇雪》诗,有"落雁迷沙渚,饥乌集野田"之句。又有《途次望乡》诗云:"客行愁日暮,乡思重相催。雪深迷郢路,云暗失阳台,可惜恓惶子，高歌谁为媒。"这些诗都表现他内心矛盾很深，对当时的统治者，并不抱多大希望，甚至已意识到前路会有严重的障碍，所以就不免有徘徊歧路之感。

开元二十一年(733)春，他到达长安，时年四十五岁。他在长安一直住到秋天，大约几经周旋，也没有结果，在《题长安主人壁》诗里便唱着："久废南山田，叨陪东阁贤。欲随平子(张衡)去(归田)，犹未献《甘泉》。……我来如昨日，庭树忽鸣蝉，促织惊寒女，秋风感长年，授衣当九月，无褐定谁怜！"表示他十分失意。这首诗还有不甘心未献《甘泉》便归去之意，可是没有当权者的助力是很难获得献赋的机会的，于是《九日怀襄阳》诗便 高 唱起"宜城多美酒，归与葛强游"了！

这次到长安却是果如所料，遭到权奸所阻，但这位权贵已不是王毛仲、杨思勖、宇文融诸人，而是新得宠的李林甫(开元二十一年三月韩休任黄门侍郎同中书门下平章事，《旧唐书·李林甫传》："韩休为相，甚德林甫，乃荐林甫堪为宰相，武惠妃阴助之，因拜黄门侍郎。"《通鉴·唐纪》卷三十也讲李林甫善承玄宗意，又和武惠妃勾结，擢升黄门侍郎的事)。

这年九月关中久雨成灾(见《通鉴·唐纪》卷二十九)，浩然有《秦中苦雨思归赠袁左丞、贺侍郎》一诗。诗中说："苦学三十载，闭门江汉阴。用贤遭圣日，羁旅苦秋霖。岂直昏垫苦，亦为权势沈！二毛催白发，百镒馨黄金。泪忆岘山堕，愁怀湘水深。谢公积愤懑，庄舄空悲吟。跃马非吾事，狎鸥宜我心。寄言当路者，去矣北山岑。"诗中愤懑地指责有权势者的阻碍，表示决心退隐，真是悲愤交加。谢公正是指张九龄(他的诗一直以谢公比张九龄)，看起来张九龄虽不在朝却也曾帮助过他，但是无济于事，反而弄得积愤填胸。而袁是尚书左丞袁仁敬，贺是工部侍郎贺知章，这两人都是张九龄的好友，浩然在长安的东道主，自然也无能为力

（《旧唐书·张九龄传》说九龄与尚书左丞袁仁敬等结交，交道始终不渝）。

同时张九龄也是始终畏惧李林甫的，《旧唐书·严挺之传》曾记载张九龄欲引严挺之同居相位，就先对他说："李尚书（李林甫第二年五月便擢升礼部尚书同中书门下三品）深承圣德，足下宜一造门款狎。"严挺之不肯，因此不得入相。而孟浩然既是张九龄的至好，又不肯阿附权奸，依违取容，那又如何能不被李林甫排斥呢？在这种情况下，孟浩然自然不得不愤然离开长安。

《岁暮归南山》诗正是他行前写的，"北阙休上书"就是不准备献《甘泉赋》了的意思；"南山归敝庐"就是讲还故园；南山是他的庄园所在地，《题长安主人壁》有"久废南山田"之句，《南山下与老圃期种瓜》诗也讲过："樵牧南山近，林间北郭赊，先人留素业，老圃作邻家。"孟浩然此时的心迹很清楚，可见从床下出来见明皇的事确是子虚乌有的，它只能歪曲了当时的事实真象，掩盖了真正的矛盾，把孟浩然的不遇说成是命运的偶然，也抹杀了孟浩然求用世济世的心怀和不屈于权贵的精神。孟浩然这时还有《京还赠张维》诗讲："拂衣何处去，高枕南山南，欲徇五斗禄，其如七不堪。"也是表明不肯摧眉折腰事权贵的。《新唐书》是官书，又多采杂说，可能本于《唐摭言》，而《唐摭言》所记的事又往往充满宿命论色彩，当然不可信，晚唐诗人张祜由于求荐举被元稹所阻，曾有诗寄慨云："贺知章口徒劳说，孟浩然身更不疑。"倒是反映了当时事实。

孟浩然在开元二十一年冬离开长安，而王维则是在开元二十二年五月张九龄回朝官中书令后被荐入朝官右拾遗的（据赵殿成《王维年谱》），自然错过了见面的机会，因而孟浩然有《留别王（侍御）维》诗，留当面别。诗云："寂寂竟何待，朝朝空自归，欲寻芳草去，惜与故人违。当路谁相假，知音世所稀，祗应守寂寞，还掩故园扉。"这首诗也是意在指责当路。而王维有《送孟六归襄阳》诗,则是步《岁暮归南山》原韵,大约也是追和,其实孟浩然也并未遽归襄阳。王维诗写:"杜门不欲出,久与世情疏,以此为长策,劝君返旧庐。醉歌田舍酒,笑读古人书,好是一生事,无劳问《子虚》。"孟浩然献赋未成,这首诗中也有所反映,但这首诗讳避当路者不谈,单从"醉歌田舍酒,笑读古人书"这方面去慰藉孟浩然,虽然是意存忌讳,对孟浩然的了解也是很不足的。孟浩然是带着愤慨离去的,并不像王维说得那样逍遥。总之孟浩然是抱着想有所为之志而来,遭到权奸打击,才愤然离去,并非是命途多舛,也不是甘于隐居。

孟浩然离开长安后,还是迟迟其行的,他是东去洛阳,并且在那里停留一年,这时是开元二十二年(734)他四十六岁。在洛阳,他写有《上巳洛中寄王九》、《李氏园林卧疾》、《洛中送奚三还扬州》等诗,《过故人庄》亦似在洛阳所作。《李氏园林卧疾》诗中有"年年白社客,空滞洛阳城"之句。

这年冬天,他才取道宛许还家,但中途又改变了主意,《南归阻雪》诗里说:"十上耻还家,徘徊守归路。"他怀着一颗问世的心,自然不能学渊明归田园,只好学谢灵运遨游山水了。他有《自洛至越》一诗自白说:"皇皇三十载,书剑两无成。山水寻吴越,风尘厌洛京。扁舟泛湖海,长揖谢公卿。且乐杯中物,谁论世上名。"这主要是表示自己终不能屈服于权贵,自己绝不和公卿争名夺利,由积极问世而不得,才转入徜徉山水。可是走向这样一条遨游山水,以快心意的消极道路,却也说明作者虽经常以仲尼、诸葛亮自比,但他的政治理想并不很明确,缺乏一种锲而不舍,舍我其谁的济世精神。当然这也是诗人对现实政治黑暗认识不够深刻,憎恨不够强烈的缘故。加之唐代暂时的繁盛局面尚未全消退,也会使诗人看不清现实。总之,局限性也还是很大的。开元十几年后，唐玄宗逐渐趋向奢淫，还大搞封禅典礼；宠任宦官王毛仲、杨思勖，贿赂公行；信任宇文融，让他施行苛剥之政；也不断穷兵黩武挑动边患；开元二十几年间，又宠爱武惠妃，擢用李林甫；可以说政治危机已经加深，阶级矛盾民族矛盾都已日益尖锐了，可是诗人还没有能清醒地注意到这些方面。

他的漫游是从开元二十二年(734)冬开始的，一直到开元二十五年夏天才启程还乡。他漫游的路线也约略可寻(北大55级编中国文学史把他漫游江浙列在入长安之前，是错的)，他先从汴河到安徽，《适越留别谯县张主簿》诗中云："朝乘汴河流，夕次谯县界。"此后有《夜泊宣城界》诗，诗中有"火炼梅根冶，烟迷杨叶洲"之句，描写宣城冶铁场所的风光。然后他由宣城趋广陵和润州，有《宿扬子江津寄润州刘隐士》、《渡扬子江》、《广陵送薛八》、《早春润州送从弟还乡》等诗。此时已是开元二十三年(735)春。

他由润州进入越地，这是他的目的地，他在越地到处访名山胜水，写的山水诗最多，在《渡浙江》诗中写道："时时引领望天末，何处青山是越中。"他在会稽停留最久，写有《耶溪泛舟》等诗，又有《久滞越中》诗写："未能忘魏阙，空此滞秦稽，两见夏云起，再闻春鸟啼。"也到过钱塘看过八月潮，写过《与颜钱塘望潮作》，也曾渡过桐庐江往富阳有《宿桐庐江忆广陵旧游》诗，诗有"山暝听猿愁，沧江急夜流，风鸣两岸叶，月照一孤舟"之句，又渡过建德江，有《宿建德江》诗，写出"野旷天低树，江清月近人"这样的美景。又由临安（杭县）往天台，有《往天台留别临安李主簿》诗，到天台写诗较多，如《宿天台桐柏观》。最南取道海上，到达永嘉和乐城，到乐城已是开元二十四年(736)的除夕和开元二十五年(737)的元旦了。有《除夜乐城逢张少府》诗云"云海泛瓯闽"，但实际没到过闽省，科学院编文学史讲他到过闽省，也是偶误。又有《初年乐城馆中卧疾怀归作》。

开元二十五年(737)秋,他才由越经赣返乡,原因大概是这样的,这年夏张九龄贬荆州长史,一定有信召他入幕,于是他就兼程遄返了。写有《游江西留别富阳裴刘二少府》诗,又写有《九日龙沙作寄刘慎虚》云:"龙沙豫章北,九日挂帆过。"到江西写了著名的《下赣石》诗,有"暝帆何处宿,遥指落星湾"之句,又有《晚泊浔阳望庐山》诗云:"挂席几千里,名山都未逢,泊舟浔阳郭,始见香炉峰。"

在这次漫游里,他到处写所见的江山胜概,诗写得很清新豪逸,能表现自己同黑暗政场决绝的胸襟,但实际上却未忘却政治,所以《久滞越中》诗唱着:"未能忘魏阙,空此滞秦稽。"《初下浙江舟中口号》中写:"回瞻魏阙路,空复子牟心。"也有不少的诗表现心中失路的迷惘,如《岁暮海上作》云:"仲尼既云没,余亦浮于海。"《早寒江上有怀》云:"迷津欲有问,平海夕漫漫。"可见诗人的漫游还是不得已的,自徜徉山水之后,更觉对政治关心,当然李林甫之得势张九龄的逐渐被排斥,诗人是不会不耿介于怀的。奉张九龄召后他便匆匆遄往,甚至在《彭泽湖望庐山》诗中说:"我来限于役,未暇息微躬。"连庐山都不及登,醉翁之意不在山水间,可见他是怎样渴望为世用了!但这时期也写有不少与上人道士应酬,表示出世思想的诗篇,反映他世界观中的阴暗面。

开元二十六年(738)正月,他才回到武昌,年已五十岁。在《泝江至武昌》诗里讲:"家本洞庭上,岁时归思催,……残冻因风解,新正度腊开。……"《荆门献张丞相》诗中也讲他回来的原因说:"共理分荆国,召贤愧不材。"也同时讲他赶路还乡的情况说:"始慰蝉鸣柳,俄看雪间梅,四时年箭尽,千里客程催。"可见他并不想长期隐居下去,不过是待时而动,这次也正是抱着问世的心情回来的,《书怀贻京邑同好》也讲到:"执鞭慕夫子,捧檄怀毛公,感激遂弹冠,安能守固穷。"他是本着"富贵如可求,虽执鞭之士,吾亦为之"的儒家原则作九龄从事的,倒不肯卑躬屈节做朝官。

此后他写了不少陪张九龄出游的诗,也常往来鹿门岘山,而问世济苍生的思想感情还很笃切,如在《望洞庭湖赠张丞相》诗中写:"欲济无舟楫,端居耻圣明,出观垂钓者,徒有羡鱼情。"待舟楫,待纶具之心表现得十分迫切。《岁坐呈山南诸隐》诗中也写到:"从来抱微尚,况复感良规,于此无奇策,苍生奚以为!"还是思为世用念在苍生的。但他只能寄希望于张九龄,所以《陪张丞相祠紫盖山》诗还有"谢公还欲卧,谁与济苍生"之句,来慰勉张九龄。

不过李林甫已经独擅朝政,别人虽曾想荐举浩然,他自然是不会入朝的,因此曾辞韩朝宗之荐。韩朝宗在浩然死后曾入朝官京兆尹,也还是被李林甫所逐。《与黄侍御泛舟》诗也有"闻君荐草泽,从此泛沧洲"之语,表示拒绝。因此一方面他也只好公余游游鹿门岘山,追想庞德公、习凿齿,写些隐逸诗篇,如《秋登兰山寄张五》中写:"北山白云里,隐者自怡悦,……何当载酒来,共醉重阳节。"《裴司士见访》诗写:"厨人具鸡黍,稚子摘杨梅,谁道山公醉,犹能骑马回。"《夜归鹿门山歌》写:"人随沙路向江村,余亦乘舟归鹿门。"都可令人想见其不以屈节取富贵为目的的清高风度,但可惜牵制在个人出处问题上考虑,不能歌唱他的济苍生的主张,不能对当时政治进行批判,未能摆脱消极自洁的倾向。

开元二十八(740)他五十二岁。王士源说他死于此年。《唐才子传》讲他为送王昌龄,食鲜疾动而终。这一年夏天张九龄死了,这自然给了他很大打击。王昌龄则是这年秋天贬岭南,路过这里,他有《送王昌龄之岭南》诗云:"洞庭去远近,枫叶早惊秋,岘首羊公爱,长沙贾谊愁。"羊公似追怀张九龄,贾谊则指昌龄。他死时则可能在这年冬月,《与诸子登岘山》诗大概是他最后的作品了,"水落鱼梁浅,天寒梦泽深,羊公碑尚在,读罢泪沾巾!"平时他爱以羊公比九龄,而这首诗则纯系对羊公的悼念,这分明是哀悼张九龄的,因而感慨非常之深沈,他的济世之志自然也就随九龄之死更湮沦了。这样看来,他大约就是死在王昌龄行后,这年的冬季。

从他的生平和思想表现来看,孟浩然的一生还是光明磊落的。他自始至终还是抱着用世济世的思想的,愈到老年济苍生的念头就更显明些,在政治上也是始终站在张九龄一边。他向往的是贤良政治,反对权贵专权,一遭到打击,便翻然引退,遨游江海山林,以示不屈节于富贵的品操。他在古人中自是有一定清操的,但最可贵处还是在于他始终想着出来施展自己的政治抱负,想着济世、济苍生!

不过我们也应该看到他的政治理想表现得不够明确,有时或自许过高,有时或珍惜个人才华,诗中表现出的理想还不过是"政成人自理"(《陪张丞相自松游江东泊渚宫》)、"上德如流水,安仁道若山……去诈人无诳,除邪吏去奸。"(《赠肖少府》)这样的一套安民生清吏治的比较空泛的愿望,而自己的世界观也只是抱着"忠以事明主,孝思事老亲"以及达则兼济,穷则独善的观念。他对当时已暴露的现实黑暗和人民疾苦也没有足够认识,对玄宗的荒淫倾向和苛剥之政以及权贵当朝等憎恨的也不够强烈。同时他个人的生活也还是比较安定自在的,因此也就只能使他徘徊于出处之际,徜徉于山水之间,进不能唱出时代最强音,退还竟至于讲空幻虚无或征歌选妓,这却是出身于小庄园主的他巨大的局限。

以上是简述他的生平思想和他写的诗具体年代和背景,了解这些,自然会有助于了解他的诗。

三、孟浩然的诗

孟浩然诗的题材自然是山水诗多，也有一部分早年写田园的作品。他的诗多五言，五言律和五言排律又最多，和王维诗在题材上，在寄情怀于山水上，在艺术境界方面，都有着一些共同性，所以后人往往王孟并称。

但就其生平和创作的联系看，就创作具体的思想内容看，孟浩然虽有一部分带有出世色彩的作品，而代表其生平思想的主要诗篇，仍然表现出一种始终并未忘却的积极问世的倾向。孟浩然的走向山水林野，也是不得已的，是受张衡的归田，梁鸿的遁迹江湖的影响，是受着儒家不得志则乘桴浮于海的思想支配的。王维则像沈约的歌唱自己的东田，并且受佛老的影响极深，纯粹表现那超然忘世的倾向，这里还是有很大的区别的。

就人品而论，孟浩然也应该说比王维高，张九龄能够荐举得了王维，却无法荐举孟浩然。王维在诗歌（《和仆射晋公扈从温汤》）中阿谀李林甫，孟浩然则宁愿不仕，也不肯折腰，这一点就很不相同。

在艺术造诣上，王维诗诗中有画，描绘大自然的静穆境界，确实是艺术的高手；而孟浩然诗在艺术上虽未臻极诣，但也有它不同的特点，特别是具有风力，从这点看也应该说是对唐人有较大影响。

所以这样看来，唐人尊孟却是有理由的，这也表明论者本身的倾向。但后来论者由于世距愈远，也由于倾向性不同，就往往不推寻他们的心迹和他们的诗在思想内容上的区别以及艺术风格的不同，只是专就艺术境界的融炼与否立论，从而推崇王维，认为他是山水田园诗人之冠，同时贬低了孟浩然的成就，把他看成山水诗的附庸。这种看法显然是不正确的，这自然会忽略了他们在诗歌发展史上的不同影响，会忽略了政治标准，而对艺术标准的看法，也存在问题。所以今天为了批判借鉴，我们还值得对孟浩然的诗篇，做简明扼要的分析。

我们已经了解了他的生平和思想，而他的诗歌正是他的生平和思想的曲折反映，他的生平和思想有着积极因素，他的诗在思想内容方面也是有着积极因素的，可以说他的诗还是在某些方面继承和发展了左思、陶潜和陈子昂的优良传统的。我们先就他的诗所含有的积极倾向来讲，第一：他虽然在长安遭到权奸的打击之后，便毅然同黑暗的政场决绝，浮泛江湖，拂衣归隐，但是他的可贵之处，却在于始终不忘政治，用世、济苍生的愿望，却成为他的山水诗内含的主要倾向。

在未到长安之前，自然他常叹息着"谁识躬耕者，年年梁甫吟"（《与白明府游江》），"常恐填沟壑，无由振羽仪"（《晚春卧病寄张八》）。

在既离长安以后，也不是像他曾愤慨地表示过的那样决绝，他并不曾超然忘世，而是不断地歌唱着："魏阙心恒在，金门诏不忘。"（《自浔阳泛舟往明海》）"回瞻魏阙路，空复子牟心。"（《初下浙江口号》）这说明他身在江湖，而心在朝廷。像"坐观垂钓者，徒有羡鱼情。"（《望洞庭湖赠张丞相》）"于此无奇策，苍生奚以为。"（《呈山南诸隐》）这些诗句都是表示他有出济苍生的 愿望的，" 谢公还欲卧，谁与济苍生。"（《陪张丞相祠紫盖山》）这样的呼号，更可以看到他的关怀世事不忘政治的倾向。

像《送席大》一诗，写道："惜尔怀其宝，迷邦倦客游。江山历全楚，河洛越成周。道路疲千里，乡园老一丘。知君命不偶，同病亦同忧。"这首诗就道出了他希望用世济世而不能的苦衷。这种希望用世的呼声和济苍生的胸怀，虽然还不够响亮，不够深刻，但却是汉魏六朝诗坛少见的声音，是左思陶潜陈子昂之后罕有的风力,是李杜起来之前,寂寞的诗坛的新的气息。这就不能不说是给唐诗的发展增添了新的东西,增加了带有倾向性意义的重要东西,从而突破了一味趋向消极的六朝山水诗的范围。如果看不到这一点,而简单地把他归属于王维的附庸,那显然是不妥当的。

第二:孟浩然的寄情山水,还不是为了佞佛和追求闲适,逃避现实,他主要还是表示同黑暗的政治决绝,表示对贵族权奸们唾弃。他不肯匍匐于李林甫门下,不肯摧眉折腰事权贵,这种返抗精神是表现在字里行间的。如"冲天羡鸿鹄,争食羞鸡鹜。"(《田园作》)早年为济世而轻富贵的思想已经体现,离开长安时,他就高唱着:"寄言当路者,去矣北山岑。"(《秦中苦雨思归》)"欲徇五斗禄,其如七不堪。"(《京还寄张维》)"扁舟泛湖海,长揖谢公卿。"(《自洛之越》)"拂衣从此去,高步蹑华嵩。"(《东京留别诸公》)

这些诗是对权贵的抗议,也是对权贵和趋炎附势的公卿们的蔑视,是继承了嵇康、左思、鲍照、陈子昂等诗人反抗权奸贵族的传统的。"余从伯鸾迈"(《适越留谯县张主薄》),虽然他学梁鸿遁迹江海,选择了江湖山林,但这样的不肯屈膝妥协的精神在古代士大夫中,还是可贵的。这种精神和李白的"不肯摧眉折腰事权贵,也是一脉相通的。

第三:他对权贵憎恶,对趋炎附势之徒唾弃,但对有才志而遭到压抑的士人,则是爱惜的,同情的,并且是寄予厚望的,因而侠情豪气往往充溢诗中。如《送朱大入秦》云:"游人武陵去,宝剑直千金。分手脱相赠,平生一片心。"《送吴宣》云:"平生一匕首,感激送夫君。"《赠马四》云:"四海重然诺,吾尝闻白眉,秦城游侠客,相得半酣时。"宝剑赠给烈士,推重仗义男儿这种突破儒家行动准则的游侠气概,颇似陶潜的少年,也和李白有相通之处,无怪李白在荆门见孟浩然便赠诗表示景慕了。

· 102 ·

他对一些有志之士总是同情和鼓励的，像《送辛大》："未逢调鼎用，徒有济川心。"《送陈七赴西军》："吾观非常者，碌碌在目前，君负鸿鹄志，蹉跎书剑年。"《送告八从军》："男儿一片气，何必五车书。"《送张祥之房陵》："山河据形胜，天地生豪酋。"等，都是一种慷慨不平意气昂扬的声音。他对被贬谪的文人阎防、王昌龄等，更是同情倍至，如《送王昌龄之岭南》："意气今何在，相思望斗牛。"《洞庭湖寄阎九》："迟尔为舟楫，相将济巨川。"等都对他们表示了殷切的希望，也含有一片用世济世的心怀。这种用世的侠情豪气实是孟浩然诗的一个重要表现。

第四：诗人写吴越等地的山水和旅途风光，写彭泽和湘江景色，还写那来往鹿门登临岘山的感兴。诗人主要还是想借山水的清美、宏阔、高远，来抒泄自己的怀抱，来反映自己的志意和情操的。像《望洞庭湖》写"气蒸云梦泽，波撼岳阳城"以下就倾吐出"欲济无舟楫，端居耻圣明"这样的感想。《洞庭湖寄阎九》也从"渺茫江树没，合沓海潮连"，写到"迟尔为舟楫，相将济巨川"。《自浔阳泛舟经明海》则从"大江分九派"写到"观涛壮枚发，吊屈痛沈湘，魏阙心恒在，金门诏不忘。"他也常在诗中寄托那无路问世的迷惘，如《久滞越中》云："陈平无产业，尼父倦东西，负郭昔云翳，问津今已迷。"《早寒江上有怀》写："迷津欲有问，平海夕漫漫。"《留别富阳裴刘二少府》写："谁怜问津者，岁晏此中迷。"这些诗都表现了问世不得的无限怅惘。

另一方面则也反映了志意很高，不以富贵利达为意的豪迈，如《九日龙沙作》："龙沙豫章北，九日挂帆过。风俗因时见，湖山发兴多。客中谁送酒，櫂里自成歌，歌竟乘流去，滔滔任夕波。"则这样的山水诗，还不是以出世的心怀融入大自然的静谧中，而是欣赏那能引起胸中共鸣的祖国山川气象的宏阔高远与清美，并用之以映衬自己的胸怀。

第五：在早年他也写过一些反映自己参加劳动的诗篇。虽然他心意不在于劳动，而在于求仕，但有这样一些写劳动的诗也还是可贵的，如《田家元日》写自己和田家一起劳动，共说年景，这也自然会增加作者对劳动人民的同情。但他毕竟是小庄园主，是隐居求仕者，心情并不系恋劳动，更不曾写出农民的苦痛来，局限性自然还是很大的，因此他并不像陶渊明爱劳动那样真实热情，所以他的田园诗并没有继续写下去。

总起以上几点分析看，孟浩然之放弃仕官，走向山水间，诗歌也走向山水一路，固然是一种对世事表示消极的表现，但他还并未忘记政治，想问世济世之情，随时流露，豪气侠情也常洋溢诗中，诗中含有一种积极问世的倾向性也很鲜明，这里就有着与王维的山水诗不可同日而语的特点，这里就有着值得唐人尊仰，给唐人以不小影响的东西，对开启盛唐诗风，起着一定作用，不允许我们给以过分的贬抑。

但是一个诗人不能用于世，因而漫游江湖，退隐山林，以示清高，这还是由于他小庄园地主的生活地位所决定的，使他容易地放弃了其它的斗争手段。同时也是受着"达则兼济，穷则独善"、"忠欲事明主，孝思事老亲"的世界观所限制。并且在生活中既使不得不如此，在诗歌中也并不一定必须写江湖山林，诗人之所以走上歌唱山水之途，而与王维有着共同之处，这还是由于诗人的政治理想不够高，对现实潜伏的危机认识不足，对现实已暴露的黑暗憎恨也不强烈的缘故。他专一珍惜个人志操，考虑个人出处，专一注意到不得志的士人和权贵的矛盾，这种心胸也限制住了他的眼界，使他的心胸不能离开出处问题，眼界不能离开山水清景，不能着眼去看那权贵当朝下的政治得失，更未能低头去看一看人民的疾苦，因而抒发个性，也仅只是倾吐对权贵的不满，表示自己的想参预政治的希望，并未能纵情高歌，写尽一切不平事，济苍生的呼声就显得不够昂扬激烈，局限性显然是很大的；同时六朝写山水抒发个人旅途情怀的诗风也还束缚着他，所以他的诗歌的题材和思想内容便不免狭隘了！此外诗人还有相当数量的和上人道士应酬的作品，特意描写山林的宁静，虔诚地表现皈依三宝从赤松子游的愿望，这分明是他的思想中所存在的最阴暗的东西，是很影响作家的成就的，也是很有害的。诗人另外还有一些极庸俗的作品，写和某些官吏们往来应酬征歌选妓饮酒作乐的作品，表现的则是十足的清客趣味，这也正是小庄园主所追求的富贵利达享受观念在他身上的反映。这些虽不是他主导的东西，但也是他世界观中的阴暗面，也必然会影响到他主导的东西，使他不可能有明确坚定的政治方向和强烈的斗争性。

关于诗人的诗艺术造诣，也同样是有他不可磨灭之处，不能简单地把它归属于附庸地位，还应该看做在文学史上初盛唐之间，发挥一定的作用，起着一定的影响的，我们也可分析一下。

第一：诗人的诗有由用世心的执着和不屈于权贵的豪迈而形成的一定的风骨。如"北阙休上书，南山归敝庐。"（《岁暮归南山》）"八月湖水清，涵虚混太清。"（《望洞庭湖寄张丞相》）"人事有代谢，往来成古今。"（《与诸子登岘山》）及《洞庭湖寄阎防》、《送席大》、《醉后赠马四》等，都是慷慨悲凉，满腹不平，有一定积极向上精神和一定理想的，这些诗确实具有一定风骨，起着一定的承前启后的作用。

第二：他描写山水景物，兴象宏阔、高远、清新、豪逸，也是风格一如其人的。比如："气蒸云梦泽，波撼岳阳城。""日出气象分，始知江湖阔。"（《早发渔父潭》）"中流见匡阜，势压九江雄。"（《望庐山》）"郡邑经樊邓，山河入嵩汝。"（《送辛大之鄂渚不及》）"渺茫江树没，合沓海潮连。"（《洞庭湖寄阎防》）"照日秋云迥，浮天渤澥宽。"（《望潮作》）这些诗的兴象都是相当宏阔的，也同时反映了作家意气沉雄。又如

《和宋大使北楼新亭》:"远水自嶓冢,长云吞县区。愿随江燕贺,差逐府僚趋。"意气的雄豪更很显豁。他笔下的山水,也有时兴象很高远,如:"泊舟浔阳郭,始见香炉峰。"(《望庐山》)"暝帆何处宿,遥指落星湾。"(《下赣石》)都可以看到作家想象力的飞腾,心志的高远。有些兴象则极清新,像"微云淡河汉,疏雨滴梧桐。"(《联句》)"绿树村边合,青山郭外斜。"(《过故人庄》)写得都令人感到境无纤尘,心无渣滓。有些兴象则蕴含着不得志的迷离怅惘,像"风鸣两岸叶,月照一孤舟。"(《宿桐庐江》)"迷津欲有问,平海夕漫漫。"(《早寒江上有怀》)"水落鱼梁浅,天寒梦泽深。"(《登岘山》)则隐藏着不少的感慨。有些兴象则是很放逸的,如:"卧闻海潮至,起视江月斜。为问同舟客,何时到永嘉。"(《宿永嘉江》)"问我今何去,天台访石桥。"(《舟中晓望》)"榜人苦奔峭,而我忘险艰。"(《下赣石》)等,都表现了一种由于坚持自己的品操而感到心情舒畅的情致。

宏阔处落墨,高远处设想,寂寞处低徊,飘洒豪放,虽说是写山水,这里也都处处映证他的为人,寄托他未能得志的思想感情,自有他活泼生动豪逸的特点,自有它艺术的魅力和影响。

第三:孟浩然的诗更近于自然,伫兴而发,不假雕琢,比之王维,仍有工整与不求工整的区别。他所写的五律运单行之气于偶对之中,如行云流水,行于所当行,止于不得不止,就妙在于极自然。

像"挂席几千里,名山都未逢,泊舟浔阳郭,始见香炉峰"(《晚泊浔阳望庐山》),平淡写来,只是像说心里话。"去国似如昨,倏然经杪秋,岘山不可见,风景令人愁。"(《九日怀襄阳》)也是兴会天成。

他写的诗总是叙事如画,情趣饱满,而刻画景象也极细微。像"故人具鸡黍,邀我至田家……"(《过故人庄》)一诗,自是一幅小卷轴。而"挂席东南望,青山水国遥,舳舻争利涉,来往接风潮。问我今何去,天台访石桥,坐看霞色晓,疑是赤城标。"也是一幅晓行图,把群舟争发,和晓江景色一一写入诗中,又表现得逸兴遄飞(这和王维写静穆的小景是不同的)。

而他的句法也自有其特殊的风格,像:"我来如昨日,庭树忽鸣蝉。"(《题长安主人壁》)"予亦忘机者,田园在汉阴,因君故乡去,遥寄式微吟。"(《送辛大》)"羡君从此去,朝夕见乡中,予亦离家久,南归恨不同。"(《洛中送吴三还扬州》)"殷勤为访桃源路,予亦来归松子家。"(《高阳池送朱二》)这些显而易见的句法,也能表现作者率性任真豪放的风度。这种艺术特点对李杜也有影响。

但另一方面他用字却又很精警,如"气蒸云梦泽,波撼岳阳城"的蒸字撼字,"微云淡河汉,疏雨滴梧桐"的淡字滴字,都用得很准确,可见他的语言能在自然中见精警。

同时他并不以描写那些特殊自然景象为目的,不着重描写个别景物,爱写幅度较宽的大自然,特别是爱以不写为写,写那想象中的东西,充分留有余地。像:"泊舟浔阳郭,始见香炉峰。""暝帆何处宿,遥指落星湾。""待到重阳日,还来就菊花。"等都是如此。

这些艺术特点自然都与他的思想 感情 性格有着 内在的联系。

第四:浩然诗更接近现实些,比陶、阮以及 陈子昂诗 要更明朗化些(但思想内容写得不是很深刻的),这也是诗歌新的动向。同时他的诗风有继承有创造,率性任真处有的地方学陶,豪放处有左思的意味,同时对嵇康、鲍照、大小谢、陈子昂都是有所继承的,但已形成了唐人的同时也是自己的一种豪逸的风格,可以说已开启盛唐诗风。他也有得力于民歌的地方(襄阳本是六朝民歌繁盛之处),如《问舟子》:"向夕问舟子,前程复几多,湾头正堪泊,谁里足风波。"《大堤行》:"大堤行乐处,车马相驰突。岁岁春草生，踏青二三月。王孙挟弹游，游女矜罗袜。携手今莫同，江花为谁发。"《鹦鹉洲送王九之江左》："舟人牵锦缆，浣女结罗裳，月明全见芦花白，风起遥闻杜若香，君行采采莫相忘。"这几首诗写得敞朗活泼，都很接近于民歌（不过他运用民歌意义还不够大）。

　　总之就艺术风格来讲，也是有着不少积极因素的，起着一定的承前启后的作用。不过他还有着根本性的缺欠，题材狭隘，寄托不深，因而骨力不够强，风力不够壮，兴象虽说宏阔、高远，但也都是有限度的。左思、嵇康、鲍照诗所表现的反抗性的激烈，陶渊明诗金刚怒目的和爱劳动与接近人民的精神，陈子昂诗寄慨之遥深，关心时事之切，这些他也并未能完全继承下来，加以发展，这分明是受着他儒家中庸的世界观的限制的，诗的艺术性是受着诗的思想性的制约的。其次他五七言绝五律虽写得比较成熟，而其他的诗写得往往不很精练，诗风显得有些杂乱，在艺术表现力的成熟上是要逊王维一筹的。第三：境不高，意兴比较低沉的诗篇还不少，特别是一些与上人道士应酬有意标榜出世的诗，更是很少可取之处；一些极世俗的诗篇，也显得风格低下平凡，王士禛讲浩然诗未能免俗，如指有用世济世思想而言，则是错误的，假如移来专指这一点，则便是非常中肯的。第四：浩然诗也还未能摆脱六朝初唐的痕迹，单就句子而论，如"翠羽戏兰苕，颜鳞动荷柄。"（《晚春卧病寄张八》）也还是郭璞、谢朓诗句，"垂柳金堤合，平沙翠幕连。"则是初唐诗体。

　　总之，他的诗具有问世济苍生的积极倾向，有其一定风骨，意境也比较宏阔高远豪放，这些都是积极的因素，上与左思、陶潜、陈子昂等相联系，下对盛唐诗风有所启发，从这点看，作用影响都比王维要大得多，但未能脱离山水招隐的道路，又有着不少出世的和腐俗的东西，自然不可能有更大的成就，可惋惜的是"未掣鲸鱼碧海中"（《杜甫《戏为六绝句》）。

四、结　语

　　总括来看,孟浩然还是一位有积极用世精神的作家,在政治上属于张九龄一派,他怀有一定的济苍生的愿望,有着和权贵不妥协的精神,在当时历史情况下,还是思想品格较高的人物。而古代历史传记家把他看成是不问世事的隐沦, 并根据小说家言把他政治上所遭遇的阻碍,说成是转喉触讳,命途不偶,这些都是不符合事实的。

　　而他的诗,也曾被一些人简单化地归属于王维山水田园一派,而不去分析其思想倾向的复杂性,不去分析其与王维二人的不同点,甚至根据他们自己的思想倾向和艺术标准,把他放在王下,当做一个支流,这也是很不妥当的, 这样也就很难反映出文学发展的规律。

　　潘德舆讲:"襄阳诗如'东旭升光芒,浦禽已惊聒;卧闻渔浦口,桡声暗相拨;日出气象分,始知江湖阔。''太虚生月晕,舟子知天风;挂席候明发,渺漫平湖中;中流见匡阜,势压九江雄,香炉初上日,瀑布喷成虹。'精力浑健俯视一切,正不可徒以清言目之……"(《养一斋诗话》)这些话确有见地,孟浩然走向山水一路,虽是一种消极倾向,但诗中始终还表示着问世济世的倾向,这是和王维诗不同所在。王维所采取的则是和权贵妥协和皈依虚无不问现实是非的道路,孟浩然则始终还是保持着济世的愿望和反抗权贵的清操与济世助人的侠情豪气,这是难能可贵的。因而他的诗篇也就存在着慷慨悲凉的气概,宏阔高远的意境,对盛唐来说影响是较大的。就艺术标准来讲,虽未臻成熟境地,也是有高于王处的。所以我们应该以虽未摆脱山水招隐道路,但在某些方面继承了左思、陶渊明、陈子昂的优良传统,又在某些方面开启了盛唐,这样的诗人看待他,而不该把他仅仅附属王派,放在王下。

他的诗中问世济苍生的倾向和诗的兴象的宏阔高远、风格的豪逸，都是可以借鉴的东西。而诗中所反映的反对权奸的矛盾，也是当时逐渐突出的矛盾，所以他的诗也是有一定的现实性和斗争性的。

不过我们也应该认清他的局限，走山水招隐道路，不能进一步批判现实写人民的疾苦，也未能畅抒个人怀抱，表现政治理想，风骨不够强，现实主义和浪漫主义精神都不足，这是巨大的缺欠。我们看诗人往往以仲尼诸葛自居，但又有时自比扬雄潘岳，诗中也缺乏明确的政治要求，这分明是诗人政治理想政治目标都不明确的原故。诗人只着眼于士大夫和权贵矛盾与个人出处，而没有面对广泛的现实黑暗和人民疾苦，并且还有时歌唱出世的愉快与官僚生活的奢靡，这也分明是由于他对人民疾苦感触不深，对现实黑暗的憎恨不强烈。归根结底还是由于他的世界观只是守着儒家忠孝和出处原则，缺乏进步的批判的因素，而自己又未能进一步接近人民和深入现实的原故，处处反映着小庄园主的生活地位和思想感情，自然难以唱出时代的最强音来，至于那些向往出世和羡慕官僚生活的作品，更是离不开小庄园主的狭隘愿望和利慾。他诗中的小庄园主的生活气息比较浓厚，我们都是应该用批判的眼光对待的。

而他的艺术成就，也就同样受到制约，题材不广阔，兴象虽还宏阔豪逸，但有的境也不够高，意也不很深，也往往令人感到浮泛。并且艺术表现上的杂乱，这也是有他世界观方面的深刻原因的。

由此，他的诗也就很难同李杜比肩了！我们既要反对把他置于王维之下的评价过低现象，但是像皮日休在《孟亭记》里对他的评价，则也嫌过高，他说："明皇世章句风，大得建安体 论者推李翰材杜工部为之尤，介其间能无愧者，唯吾乡之孟先生也。"这也是不完全确切的。

从对孟浩然的分析中，我们也可以说明一个古代作家如有着一定的问世济苍生的思想，有着一定的反对权贵的品质，他的诗的兴象便较高，就会对后世起着一定的积极影响，但如果他的世界观还缺乏进步的批判的因素，又不能深入接触人民疾苦，同他们有共同感受，对现实的矛盾认识不清，对现实的黑暗憎恨不烈；那他也不可能写出真正为时而作、为人民喜爱的诗篇；处于受打击的环境中，只考虑士大夫的个人出处，也就不可能不停留在写山水招隐的道路上。

· **111** ·

123

孟浩然生平续考

拙作《孟浩然生平和他的诗》一文，发表较早，近年陈贻焮同志、傅璇琮、谭优学同志均有考证，河南师大研究生屈光同志最近又将稿见寄，创二次入吴越说，又主张二次入京说，颇为可喜。孟浩然短褐长夜，史料寥寥，存诗在浩然生活时期，即多废弃，确增加了考订的困难。今参考众说，钩探诗篇，试再作粗浅考订。

一、孟浩然多次入京，其可考者有三次，第一次是开元七年(719)，他三十岁后曾入京。

《田园作》："粤余任推迁，三十犹未遇。书剑时将晚，丘园日已暮。……望断金马门，劳歌采樵路。乡曲无知己，朝端乏亲故。谁能为扬雄，一荐《甘泉赋》。"问世的心很迫切。但本年似为荆州长史或襄州刺史所聘，有《书怀贻京邑同好》诗，云："三十既成立，吁嗟命不通。慈亲向羸老，喜惧在深衷。甘脆朝不足，箪瓢夕屡空。执鞭慕夫子，捧檄怀毛公。感激遂弹冠，安能守固穷。当涂诉知己，投刺匪求蒙。秦楚邈离异，翻飞何日同。"这首诗说已出应府檄，和东汉毛义一样，并解释了自己应命的原因，但长安与荆州远隔，和京邑同好比翼同飞却不知何时。但在本年末次年初似即入京，次年仲夏又归田园。有《仲夏归汉南园寄京邑耆旧》诗云："尝读《高士传》，最喜陶征君。日耽田园趣，自谓羲皇人。予复何为者，栖栖徒问津。中年废丘壑，上国(一作十上，非。)旅风尘。忠欲事明主,孝思侍老亲。归来当炎夏,耕稼不及春。……"中年即指三十或三十一、二岁。这时他的老母还在世,从诗意看在京洛不遇,就匆匆直接回来,仍隐于田园。开元八年(720)他三十二岁在家,有《晚春卧病寄张八》诗,有"贾谊才空逸,安仁鬓欲丝"之句,但心志仍在进仕,所以说:"常恐填沟壑,无由振羽仪。"这首诗以潘安仁自居,应是同于潘岳写《闲居赋》之年。

二、孟浩然二次入京与首次入吴越

孟浩然第二次入京,似在开元十一年(723)癸亥到十三年(725)南下。这时候正是玄宗准备封禅太山,也是各州郡朝集使在京洛的时候,是用人好时机,但执政为张说,张说颇嫉忌,很难用孟浩然。王维时仍贬在济州。孟浩然有《秦中苦雨思归赠袁左丞贺侍郎》诗云:"苦学三十载,闭门江汉阴。用贤遭圣日,羁旅属秋霖。岂直昏垫苦,亦为权势沈。二毛催白发,百镒罄黄金。……"一般人六七岁入学,苦学三十载正三十七岁。又贺知章开元十三年任礼部侍郎,十四年岐王范死,知章主办丧事,用人不公平,就改官秘书少监了。谭优学同志认为开元十三年自洛入越是对的。

孟浩然曾留住东都约两年之久,《李氏园林卧疾》云:"伏枕嗟公干,归山羡子平。年年白社客,空滞洛阳城。"于是秋天他自洛入越,有《自洛入越》诗云:"皇皇三十载,书剑两无成。山水寻吴越,风尘厌洛京。扁舟泛湖海,长揖谢公卿。且乐杯中物,谁论身后名。"

有《适越留别谯县张主簿申屠少府》云:"朝乘汴河流,夕次谯县界。幸值西风吹,得与故人会。君学梅福隐,余学伯鸾迈。别后能相思,浮云在吴会。"自汴入淮时写有《问舟子》诗云:"向夕问舟子,前程复几多?湾头正堪泊,淮里足风波。"

《渡扬子江》:"林开扬子驿,山出润州城。"《扬子津望京口》:"北固临京口,夷山近海滨。江风白浪起,愁杀渡头人。"《初下浙江舟中口号》:"八月观潮罢,三江越海浔,回瞻魏阙路,空复子年心。"《渡浙江问舟中人》:"时时引领望天末,何处青山是越中。"上述诗从语气上看都是首次入吴越之作。

《与杭州薛司户登障亭楼作》有"今日观溟涨"语,自是八月观潮作。此外还有《与颜钱塘登樟亭望湖作》。

《永嘉上浦馆逢张子容》、《除夜乐城逢张少府》、《岁除夜会乐城张少府》均是与张子容相会。张子容,先天二年进士,贬乐城县,浩然有《送张子容赴进士举》诗,则于浩然别已十三四年,所以第二诗中有"平生复有几,一别十余春"语。但孟浩然将归乡,有《永嘉别张子容》诗句"旧国余归楚,新年子北征",这是哪一年呢?即开元十四年。张子容有《乐城岁日赠孟浩然》诗句"土地穷瓯越,风光肇建寅"。开元十四年(726)浩然三十八岁,岁在丙寅。张子容又有《送孟八浩然归襄阳》诗。孟浩然又有《初年越城馆中卧疾怀归作》。

孟浩然还有《与崔二十一游镜湖寄包贺二公》诗,有句云:"府椽有包子,文章推贺生。"盖即诗人包融与贺朝。浩然第二次遊浙时,包融已入朝官怀州司户。

这次入吴越,似到永嘉即遄返。有《泝江至武昌》诗云:"残冬因风解,新正度腊开。"又有《归至郢中作》。《往泊浔阳望庐山》也是归途所作。

三、孟浩然第三次入京及第二次入吴越

孟浩然第三次入京,当在开元二十年冬,到达可能是二十一年春。有的同志根据王士源《序》云:"山南采访使,本郡守昌黎韩朝宗,……因入秦,与偕行。先扬于朝,约日引谒(指执政),及期浩然会寮友,……遂毕席不赴,由是间罢。"是时韩朝宗任荆州长史,兼襄州刺史。又按开元十九年张九龄任中书侍郎,二十年冬浩然入京,很可能是想依靠张九龄,但恰值张九龄丁母忧。到二十一年冬十二月才起复,这也是不遇的一个原因。浩然先有《送丁大凤赴举呈张九龄》诗云:"故人今在位,歧路莫迟回。"当时张九龄仅是中书侍郎,所以不称张丞相。我前文只讲了这一次的入京,是不全面的。

孟浩然有《赴京途中遇雪》诗云:"迢递秦京道,苍茫岁暮天。穷阴连晦朔,积雪满山川。落雁迷沙渚,饥乌集野田。客愁空伫立,不见有人烟。"从这首诗看,他却是独自入京的。又有《途次望乡》诗云:"雪深迷郢路,云暗失阳台,可叹恓惶子,高歌谁为媒。"也似并没有人荐举。包融被张九龄荐为怀州司户,孟浩然在洛曾去包融宅有《宴包二融宅》诗。王昌龄开元十五年及第,任校书郎,孟浩然有《与王昌龄宴王道士房》诗云:"归来卧青山,常梦游青都。漆园有傲吏,惠好在招呼"比王昌龄为漆园吏,这是在京的友人。在洛还有《题李十四庄兼赠綦毋校书》诗。綦毋潜开元十四年进士,授校书郎,綦毋一直隐居。孟又有《初出吴旅亭夜坐怀王大校书》诗,时已荷枯时节,有句云:"永怀芸阁友,寂寞滞扬云。"有《九日怀襄阳》诗,云:"去国似如昨,倏然经秒秋,岘山不可见,风景使人愁。……"有《留别王〔侍御〕维》诗云:"当路谁相假,知音世所稀。"王维时尚无官,侍御二字,后人妄加。有《岁暮归南山》诗、《题长安主人壁》诗、《京还赠王维》诗。王维有《送孟六归襄阳》诗。还乡时已是岁暮,又遇大雪,于是有《南归阻雪》诗云:"十上耻还家,徘徊守归路。"《和张二自穰县还途中遇雪》诗。有《夕次蔡阳馆》诗云:"明朝拜家庆,须著老莱衣。"则是直接回到家里。

开元二十二年王昌龄自汜水尉，迁江宁丞路经襄阳，浩然有《送王大校书》诗云："维桑君有意，解缆我开筵。"

当时李白在安陆，曾来襄阳，有《上韩荆州书》、《赠孟浩然》诗。又有《送孟浩然之广陵》诗云："故人西辞黄鹤楼，烟花三月下扬州。"似王昌龄行后，孟浩然也即东遊。

崔国辅开元十四年进士，一直官小阴尉。二十三年入京中特科，授许昌令。孟有《宿永嘉江寄山阴崔少府国辅》云："我行穷水国，君使入京华。相去日千里，孤帆天一涯。……"似崔即入京和崔未相见。又《江上寄崔少府国辅》也说："春隄杨柳发，忆与故人期。……不及兰亭会，空吟被禊诗。"

此次去的时间最长，《夜泊宣城》、《下赣石》、《早发渔浦潭》、《经七里滩》等似均为此次所作。《经七里滩》诗虽云："……为多山水乐，频作泛舟行。五岳追向子，三湘吊屈平，湖经洞庭阔，江入新安清。复向严陵濑，……"但非指一次游历所经路线。《宿桐庐江寄广陵旧遊》云："建德非吾土，维扬忆旧游。"亦本次东游作。《寻天台山》、《舟中晓望》也当作于此游。《题云门山寄越府包户曹、徐起居》则是寄在京洛的怀州司户包融和徐起居舍人，所以诗中有"故国渺天末，良朋在朝端"语。

第一次入吴越，在镜湖的包、贺二公，现在只有贺朝在。浩然有《久滞越中贻谢南池、会稽贺少府》诗，云："未能忘魏阙，空此滞秦稽。两见夏云起，再闻春鸟啼。怀仙梅福市，访旧若耶溪。……"两夏指开元二十二年夏、二十三年夏，两春当指开元二十三年春、二十四年春，回去之后，适值韩朝宗贬洪州都督，浩然有《送韩使君除洪州都督》诗，今本此诗正次上诗之下。屈光同志文引《元和县志》卷二十四山南道随州条："（唐城县），开元二十四年采访置使宋鼎奏置。"韩去宋来当均在本年。张九龄《贬韩朝宗洪州刺史制》云："……而乃私其所亲，请以为邑，未盈三载，已至两迁."指韩用亲人,未到三年工夫,竟两次升迁他,并非指韩任荆州不到三年。孟浩然又有《和宋太史北楼新亭》诗云:"愿随江燕贺,羞逐府僚趋。"当也是作于开元二十四年或开元二十五年初。开元二十五年四月张九龄贬荆州长史,此时孟浩然或正游洞庭,《洞庭湖寄阎九》:"洞庭秋正阔,余欲泛归船。"《望洞庭湖赠张丞相》:"八月湖水平,涵虚混太清。气蒸云梦泽,波撼岳阳城。欲济无舟楫,端居耻圣明。坐观垂钓者,徒有羡鱼情。"就是表示愿入张九龄幕府的诗篇。

以上是对旧文,略作改正,通过很多同志的研究,似乎可以渐近正确。

王维的生平和诗

　　王维的生年，据《新唐书》和赵殿成《年谱》记载，反而小于其弟王缙一岁，两《唐书》讲他的生平，都不十分清楚。论王维诗的人，又往往把他的山水田园诗，说成是他晚年作品，也不确切。王维的思想和创作，较多变化，诗人的经历也是复杂的，如想知人论世，这一切就是需要重新探讨的。诗人诗的思想内容和艺术成就，也因时代环境而异，不能只就其一点评价，不及其余。所以对这位通音乐、绘画的大诗人，我们还需要作更深一步的研究。本文就是想重新考订他的生平，把诗尽量分清是什么时期的作品，根据这再论述作家思想和他的诗的思想内容和艺术成就，以便能比较全面地评价这一盛唐年辈较早的作家。

一、王维的生平系诗

　　王维字摩诘，原郡望是太原祁县，出身于下级官吏家庭，父处廉，官终汾州司马，他移家于蒲州，所以王维是蒲州人，州治即今山西永济县。

　　他约生于唐武后圣历二年（699）。

　　按这是据《中国文学家大辞典》说。它是按乾元二年（759）卒，年六十一而定的。似乎原来两《唐书》都据这样一个史料写的，但《旧唐书》未写上卒年年龄，《新唐书》虽写他死年六十一，可是改乾元为上元初，却未改卒年。按乾元二年，年六十一，不误。但他实际死于上元二年（761），则年六十三。这样就比王缙

（生于元视元年700）大一岁。关于他生年需要改定，已有人谈及，兹暂定如上。

开元元年(713)，年十五。

他曾作《题友人云母障子》诗，诗云："君家云母障，持向野庭开。自有山泉入，非关采画来。"他认为云母屏风上的山泉，是自然形成的，高于彩画。可见他幼年就具有很高的艺术鉴赏能力。这首诗原注："年十五。"

开元二年(714)，年十六。

他写了《洛阳女儿行》，诗原注为年十六。

开元三年(715)，年十七。

他写了《九月九日忆山东兄弟》诗，原注：年十七。本年当已在长安，所以有此诗。

开元四年(716)，年十八。

有《哭祖六自虚》诗，原注时年十八。诗中有"念昔同携手，风期不暂捐。南山俱隐逸，东洛类神仙"，王维已居住南山，往来东洛。

开元五年(717)，年十九。

据诗原注，他写有《桃源行》、《李陵詠》。《桃源行》有句云："不疑灵镜难闻见，尘心未尽思乡县。出洞无论隔山水，辞家终拟长游衍。"反映他入世而又想长游衍的思想矛盾。《李陵詠》写"深衷欲有报，投躯未能死"。《不遇詠》似亦做于此时。

开元六年(718)，年二十。

据诗原注，本年写有《过秦皇墓》、《息夫人》诗。他已做宁王贵客。《息夫人》是因宁王夺取饼师妇，因饼师妇思念饼师，宁王便把她还给饼师，王维应教在座上作。诗云："莫以今时宠，难忘旧日恩。看花满眼泪，不共楚王言。"和杜牧写的《息夫人》诗："毕竟息亡缘底事，可怜金谷坠楼人。"意趣不同。

开元七年（719），年二十一。

他从岐王范游，诗有《从岐王过杨氏别业应教》、《从岐王夜宴卫家山池应教》、《勅借岐王九成宫避暑应教》等诗。岐王死于开元十四年，王维时才返长安，所以这些诗都是早期作品。

开元八年（720），年二十二。

他应京兆府试，中解元。《太平广记》引《集异记》说他年未弱冠，岐王推荐给公主。王维扮作乐师，奏《郁轮袍》，得公主赏识，因此得中解头。小说家言，不完全可信，"年未弱冠"的话，不确。他府试诗是《清如玉壶冰》。据诗原注《燕支行》是此时所作，又《老将行》、《陇头吟》、《夷门歌》风格与《燕支行》相同，又《榆林郡歌》、《新秦郡松树歌》拟乐府，均当写于此年或此年前后。当时府兵制已逐渐破坏，有些诗还是有所为而作。

开元九年（721），年二十三。

本年进士及第。此据《旧唐书》本传。《登科记考》据《唐才子传》认为是开元十九年及第，非是。岐王死于开元十四年，王维贬济州又确在本年。王维中举后任太乐丞，据《集异记》因伶人擅舞黄狮子（这只能舞给皇帝看），贬维为济州司仓参军。据《旧唐书·刘子玄传》："开元九年，长子贶为太乐令，犯事配流。"刘贶是太乐令主管，王维为太乐丞是副职，所做是同一件事无疑，所以可定王维贬济州是在本年。

他有《被出济州》诗云："执政方持法，明君无此心。"当时执政是张说。《旧唐书》说刘知幾曾找"执政"诉理，被玄宗知道，也贬知幾为安州别驾。张说是对史官刘知幾、吴兢等不满的，很怕他们的直笔。

在去济州路上有《早入荥阳界》、《宿郑州》、《滑州隔河望黎阳忆丁寓》、《渡河到清河（山东）作》，这似是他去济州的路线，道路比较迂回。

• 120 •

开元十年(722),年二十四。

他在济州共四年,写有《济州官舍赠祖三詠》、《赠祖三》(原注在济州官舍作)、《齐州送祖三》、《鱼山神女祠歌》、《济州过赵叟家》、《济州四贤詠》等诗,李白有《送方士赵叟之东平》诗,可能即此赵叟。《饭覆釜山僧》诗据司马光说,也当写于济州。

开元十一年(723),年二十五。

本年崔颢及第。

开元十二年(724),年二十六。

裴耀卿为济州刺史,王维正在裴管辖下。玄宗封禅太山,裴耀卿科配得当,玄宗还京后,奏课第一。又他治理水灾,很著劳绩,本年冬末转任宣州刺史(《通鉴·唐纪》)。王维写有《裴仆射济州遗爱碑》,仆射二字后增,裴天宝元年才官尚书右仆射,又转左仆射。裴去后,王维也辞官还长安,有《送郑五赴新都序》是在封禅告成之后在长安作。王与祖詠济州别后约四年,在长安有《喜祖三至留宿》诗,祖詠有《答王维留宿》诗,王维尚无官职,祖詠诗说:"四年不相见,相见复何为。握手言未毕,却同伤别离。……"祖詠中第后,可能任外官,本年离长安。

开元十四年(726),年二十八。

岐王範卒。本年据顾况文《储光羲集序》,储光羲、崔国辅、綦毋潜及第。又綦毋潜曾授著作局校书郎,弃官归江东。王维有《送綦毋潜校书弃官归江东》诗,有句说:"微物纵可采,其谁为至公。余亦从此去,归耕为老农。"隐居兰田南山,当系本年。房琯开元十二年上封禅书,授秘书省校书郎,调冯翊尉,又应县令举,任虢州卢氏尉当在本年。王维有《赠房卢氏琯》诗云"将从海岳居,守静解天刑,或可累安邑,茅茨君试营",有想依房琯的意思。开元十一年韦抗入为大理卿,王维有《晦日游大理韦卿城南别业》诗,也说:"归软绌(免)微官,惆怅心自咎。"

王维有《偶然作》五首（第六首非一时作），储光羲有《和王维偶然作》十首，都是讲隐居的生活的。储光羲也隐居终南，写有《山居贻裴十二迪》，又《终南幽居赠苏侍郎》诗，并注云："时拜太祝未上。"王维有《李处士山居》诗。

　　又《戏赠张五弟諲》诗云："我家南山下，动息自遗身。"《答张五弟》云"终南有茅屋"，又有《终南山》、《终南别业》（又题《初至山中作》）诗，今系此年。

　　开元十五年（727），年二十九。

　　王缙中高才沉沦草泽自举科。常建、王昌龄中进士第。

　　王维有《青龙寺昙壁上人兄院集》诗，裴迪、王缙、王昌龄同作。王维又有《赠裴十迪》"请君理还策，敢告将农时"，似也做于此时。又《登河北城楼》、《青溪》、《自大散以往，……见黄花川》都系初隐时游历所作。

　　开元十六年（728），年三十。

　　经营辋川，或在此时。

　　开元十七年（729），年三十一。

　　又往东都，隐嵩山，当时玄宗多住东都。王维有《归嵩山作》云："荒城临古渡，落日满秋山。迢递嵩山下，归来且闭关。"又有《淇上即事田园》诗，《过乘如禅师、肖居士嵩邱兰若》诗。

　　开元十八年（730），年三十二。

　　返长安。王维在洛时，百官及华州人士请封西岳，玄宗未许。王维写有《华岳》诗，反映这一件事。又有《送崔兴宗》诗云："君王未西顾，游宦尽东归。"有《辋川别业》诗，首二句说"不到东山向一年，归来才及种春田"，似去嵩山一年后归来。王维辋川诗当写于这年到二十二年间，有《归辋川作》、《辋川闲居》、《春园记事》、《山居秋暝》、《新晴远望》、《戏题辋川别业》、《戏题磐石》等。《春中田园作》也当写于本年春。

在《黎拾遗昕、裴秀才迪见过，秋夜对雨之作》中写："何人顾蓬径，空愧求羊踪。"《秋夜独坐怀内弟崔兴宗》云："高足在旦暮，肯为南亩俦。"均系隐居口气。

辋川成为具有山水田园美的胜境，于是王维写有《山中与裴迪秀才书》，有《辋川集》二十首，裴迪同咏。又有《辋川六言》即《田园乐》七首。他的山水田园诗达到完全成熟的境界。但王维并不是很消极地隐居，而是等待时机。《酌酒与裴迪》诗中说"白首相知犹按剑，朱门先达笑弹冠"，可见他希望人援引，而没有人援引。

开元十九年(731)，年三十三。

王昌龄中博学鸿词科，拜校书郎，出为汜水尉。慧能弟子神会在洛阳传道，约在此时。

开元二十年(732)，年三十四。

有《送从弟蕃游淮南》诗，本年王蕃曾随军泛海往攻渤海靺鞨。

开元二十一年(733)，年三十五。

冬十二月前中书侍郎张九龄起复中书侍郎，并同中书门下平章事。孙逖本年入为考功员外郎、集贤殿修撰。

开元二十二年(734)，年三十六。

五月张九龄为中书令，擢王维做右拾遗(属中书省)。钱起后来有赠王维诗说："几年家绝壁，满径种芳兰。一从解蕙带，三入偶蝉冠。"就是讲王维隐居八年余，出来做官的。王维有《别辋川别业》诗说："依迟动车马，惆怅出松萝，忍别青山去，其如绿水何。"完全是入仕不再隐居的口吻，王缙也有和作。王维有《赠徐中书望终南歌》云："驻马兮双树，望青山兮不归。"徐中书是中书舍人徐峤，本年玄宗遣中书舍人徐峤，去迎方士张果，见《旧唐书·玄宗纪》。本年还写有《上张令公》诗及《京兆尹张公德政碑》。

开元二十三年(735),年三十七。

张九龄封始兴县伯。卢象官左拾遗(刘禹锡《卢象集纪》文云:"丞相曲江公,……得公深器之,擢为左补阙、河南府司录、司勋员外郎。"),按左补阙应是左拾遗之误。李颀中进士第,调新乡尉。李颀有《留别卢王二拾遗》诗。本年玄宗令举才堪将相牧守者。玄宗曾写有《送忠州太守康昭远等》诗,今系本年。

王维有《献始兴公》、《送康太守》、《赠李颀》等诗。李颀不乐做官,维诗有"闻君饵丹砂,甚有好颜色。不知从今去,几时生羽翼"语。王维这时期,比较得意。有《早朝》诗:"皎洁明星高,苍茫远天曙。槐雾暗不开,城鸦鸣稍去。始闻高阁声,莫辨更衣处。银烛已成行,金门俨驺驭。"今系此年。

开元二十四年(736),年三十八。

韦济为尚书户部侍郎。王维有《同卢拾遗、韦给事(韦陟)东山别业二十韵》诗、《韦侍郎山居》诗。本年卢象擢司勋员外郎。王维有《与卢员外象过崔处士兴宗林亭》诗,卢象、王缙、裴迪同作。又有《青雀歌》,卢象、王缙、崔兴宗、裴迪同作。又有《与苏卢二员外期游方丈寺而苏不至》诗。

冬十一月张九龄罢知政事,李林甫为中书令。

开元二十五年(735),年三十九。

正月以道士尹愔为谏议大夫兼知史事。王维有《和尹谏议史馆山池》诗。四月,张九龄贬为荆州长史,张九龄辟孟浩然为荆州从事。王维有《寄荆州张丞相》诗云:"举世无相识,终身思旧恩。"

王维也以监察御史身份,出参河西节度使崔希逸幕府。崔希逸才打过胜仗,这是保卫河西走廊的战斗。王维一直到了凉州,写了些慷慨激昂诗篇,有《使至塞上》、《出塞作》、《双黄鹄歌送别》、《送岐州源长史归》、《凉州赛神》、《凉州郊外游望》等。乐府《少年行》四绝句、《观猎》、《从军行》、《陇西行》,可能都是出塞前后作。

又《送韦评事》、《送元二使安西》、《送刘司直赴安西》、《送平淡然判官》、《送宇文三赴河西充行军司马》、《送张判官赴河西》都当是出塞前后所作。《送张判官赴河西》诗中有"慷慨倚长剑，高歌一送君"，自应是从军时作。王维边塞诗写于军事胜利时刻，这些诗气势都是很昂扬的。

开元二十六年(738)，年四十岁。

五月崔希逸病死，王维也回到长安，任侍御史当在本年。

开元二十七年(739)，年四十一。

仍任侍御史，有《送丘为落第归江东》诗。丘为后去唐州，王又有《送丘为赴唐州》诗。第一首结语写："知祢不能荐，羞为献纳臣。"第二首结语说："朝端肯相送，天子绣衣臣。"《汉书·百官公卿表》：侍御史有绣衣直指。王维是张九龄用人，自然不可能有多少作为，所以有"知祢不能荐"语。

开元二十八年(740)，年四十二。

以侍御史知南选。他到了襄阳。张九龄还家扫墓，已死于韶州。孟浩然也死去了，王维有《哭孟浩然》诗。他经过汉水，写了《汉江临眺》，上溯巴峡，写了《晓行巴峡》。这是两首有名的山水诗篇。

开元二十九年(741)，年四十三。

正月，从山中得玄元皇帝(老子)玉像，玄宗作了诗，王维有奉和御制诗。苑咸上书，拜为中书舍人。

天宝元载(742)，年四十四。

八月，吏部尚书李林甫加尚书左仆射。王维改官左补阙，有《和仆射晋公扈从温汤》诗、《春日门下省早朝》诗，前诗原注时为右补阙，按左补阙属门下省，右字当为左字之误。不久王维迁库部员外郎，也是个小官。李林甫不会写诗文，《旧唐书·本传》说：

"而郭溦溦、苑咸文士之圃革者,代为题尺."王维和这两人也有交往,但他们升迁很快,地位较王维高。王维有《苑舍人能书梵字,兼达梵音,曲尽其妙,戏为之赠》诗,苑咸有答诗称王维为王员外。王维又有《重酬苑郎中》诗,则苑咸又迁郎中。王维有《酬郭给事》诗,郭慎微官给事中,他们比王维年少而官高。王维《重酬苑郎中》诗中说:"扬子解嘲徒自遣,冯唐已老复何论。"《酬郭给事》诗中说:"强欲从君无那老,将因卧病解朝衣。"都表示消极隐退思想。《冬夜书怀》诗写:"汉家方尚少,顾影惭朝谒。"《秋夜独坐》云:"白发终难变,黄金不可成。欲知除老病,唯有学无生。"他害怕李林甫的猜忌,想退居辋川。《早秋山中作》:"无才不敢累明时,思向东溪守故篱。"《赠从弟司库员外郎绦》中说:"既寡遂性欢,恐招负时累。"《酬张少府》云:"晚年惟好静,万事不关心。自顾无长策,空知返旧林。"而《秋归辋川庄作》学张九龄诗"无心与物竞,鹰隼莫相猜"的写法云"野老与人争席罢,海鸥何事更相疑"表明心迹,希望李林甫不必猜忌。《冬日游览》也有"相如方老病,独向茂陵宿"的话。以上诗均当是天宝元年二年的作品。《渭川田家》有"即此羡闲逸,怅然歌式微"句,也似写于此时。《旧唐书》本传记王维丁母忧在做库部员外郎后,当在天宝二年。

天宝二载(743),年四十五。

李林甫排斥异己,贬韦陟为襄阳太守。王维有《寄韦太守陟》诗,末句云:"寂寞平林东。"平林是西汉末王常等起兵的地方,当在襄阳西。丘为及第。本年王维还辋川,丁忧时期是不能写游赏的诗的。回朝当在天宝五年。回朝后即献辋川庄为佛寺。

天宝三载(744),年四十六。

杨太真入宫。苗晋卿为魏郡太守河北采访使。

天宝四载(745),年四十七。

玄宗册杨太真为贵妃，有宠。禅宗慧能弟子神会又到洛阳传道。

天宝五载(746)，年四十八。

房琯迁给事中，綦母潜入京，李颀有《送綦母三谒房给事》诗。吏部侍郎达奚询知贡举，王维、李颀都写有《达奚侍郎夫人寇氏挽词》。储光羲也在朝，历任监察御史。王维复职。《能禅师碑铭》可能写于天宝中。

天宝六载(747)，年四十九。

有《待储光羲不至》诗、《听宫莺》诗、《早朝》诗。《早朝》诗云"方朔金门侍，班姬玉辇迎。仍闻遣方士，东海访蓬瀛"，似均本年春作，《早朝》意指玄宗与杨贵妃。

房琯本年贬宜春太守，陈希烈为左相，哥舒翰为陇右节度使。苗晋卿自魏郡还朝。王维还写有《魏郡太守、河北采访使苗公德政碑》。王维还有《和宋中丞夏日游福贤观、天长寺之作》原注："陈左相所施。"宋中丞为御史中丞宋浑，也是李林甫亲信。

天宝七年(748)，年五十。

三月乙酉，大同殿柱生玉芝，八月己亥朔，改千秋节为天长节，王维有《大同殿生玉芝，龙池上有庆云，百官共睹，圣恩便赐宴乐，敢书即事》诗。有《奉和御制天长节赐宰臣歌应制》诗，有《奉和圣制登降圣观与宰臣同望应制》诗。

天宝八载(749)，年五十一。

高适中有道科。六月哥舒翰拔石堡城，战士死伤很多。闰六月上尊号为天地大宝圣文神武应道皇帝。王维有《贺神兵助取石堡城表》、《贺玄元皇帝见真表》。这些都是当时搞的迷信宣传，王维也上表祝贺。又有《送秘书晁监赴日本序并诗》，三文都写到玄宗尊号，所以都当写于本年。又包佶天宝六年进士及第，也写有《送日本聘贺使晁巨卿东归》诗。

• 127 •

139

天宝九载(750)，年五十二。

杨国忠拟代李林甫执政，流御史中丞宋浑于潮阳。安禄山兼河北采访使，屡诱奚、契丹，坑杀动数千人。

天宝十载(751)，年五十三。

钱起及第，授秘书省校书郎，调任兰田尉。钱起有《初黄绶赴兰田县作》，王维有《青夜竹亭送钱少府归兰田》诗，有句云："羡君明发去，采蕨轻轩冕。"

杨国忠排斥异己，先出李峘为睢阳太守，王维有《送李睢阳》诗。后出李岘为魏郡太守(仍用旧地名)，王维有《送魏郡太守赴任》诗。原魏郡当时已改名邺郡，但王维与《旧唐书》均用旧名，指邺郡。王维本年似迁吏部郎中。

天宝十一载(752)，年五十四。

安禄山将发兵二十万攻奚、契丹。王维有《送陆员外》诗云："天子顾河北，诏书除征东。拜手辞上官，缓步出南宫。……万里不见虏，萧条胡地空。无为费中国，更欲邀奇功。"此诗当写于天宝九载或本年。本年吏部改为文部。王维有《敕赐百官樱桃》诗，原注时为文部郎中。右补阙崔兴宗同作(《唐诗纪事》)。

又有《同崔员外秋宵寓直》诗，崔即司勋员外郎崔园，与王维同属文部。按《旧唐书·玄宗纪》："本年十一月以司勋员外郎崔园为剑南留后。"崔园为杨国忠所信任，杨遥领剑南节度使，所以派崔园代行职权。王维自贼中返长安后，崔园让他画壁，很得崔园的保护，他们的交谊始于此时。

天宝十二载(753)，年五十五。

据苏源明《小洞庭五太守谯集序》本年崔季重是濮阳太守。王维《崔濮阳兄季重前山兴》或写于本年。又有《送衡岳瑗公南归诗序》与《同崔兴宗送瑗公》诗。

本年，哥舒翰兼河西节度使。高适为节度判官。王维有《送

· 128 ·

高判官从军赴河西序》，赵殿成谱误系天宝六载。王维还有《送宇文太守赴宣城》诗，李白也有《赠宣城宇文太守》一诗，王琦注系于十三载，则王诗当作于本年。

天宝十三载（754），年五十六。

哥舒翰以严武为节度判官，高适为掌书记。王维有《送崔五太守》诗。崔涣官司门员外，天宝末杨国忠出之为剑州刺史。

王维有《过崔驸马山池》诗。杜甫也有《崔驸马山亭宴集》诗，黄鹤注云写于十三载，或同时所作。黄鹤注崔驸马为崔惠童，京城东有山池。维又有《与魏居士书》，写于乱前，这封信反映了他受佛教影响很深的处世哲学。

天宝十四载（755），年五十七。

皇甫冉、郎士元及第。王维官给事中，有《左掖梨花》诗，丘为、皇甫冉同詠。皇甫冉称维为王给事。十一月安禄山反，十二月陷东京。

唐肃宗至德元载（756），年五十八。

玄宗出走，王维扈从不及，被贼拘禁在菩提寺，后迁到洛阳授伪官仍被囚禁。王维写有《菩提寺禁，裴迪来相看，说逆贼等凝碧池上作音乐，供奉人等举声，便一时泪下。私成口号，诵示裴迪》诗。

房琯率军谋复两京，以户部侍郎李揖为行军司马，兵败于陈陶斜。

至德二载（757），年五十九。

九月收复西京，十月收复东京。肃宗还长安，十二月，上皇（玄宗）还京。拜严武为京兆少尹兼御史中丞。

乾元元年（758），年六十。

责授太子中允。不久，又迁太子中庶子、中书舍人，又拜给事中。王维自然很振奋，写有《既蒙宥罪，旋复拜官，伏感圣恩，

· 129 ·

141

窃书鄙意,兼奉简新除使君等诸公》诗,又有《酬严少尹、徐舍人见过不遇》、《晚春严少尹与诸公见过》、《和贾舍人早朝大明宫》等诗。杜甫因疏救房琯,被出为华州司功参军,有《华州见敕目薛据除司议郎》诗,王维有《瓜园》诗,序中说"时太子司议郎薛据发此题",也当作于本年。又有《雪中忆李揖》诗。李揖即随房琯出战的户部侍郎李揖。王维这时期的诗写得气象宏美。

乾元二年(759),年六十一。

礼部尚书韦陟出为东京留守,王维有《送韦大夫东京留守》诗。本年秋,转为尚书右丞。

上元元年(760),年六十二。

《通鉴·唐纪》:"六月,桂州经略使邢济奏破西原蛮。"但《旧唐书·惠文太子传》:"上元二年以邢济兼桂州都督、侍御史。充桂管防御都使。"王维有《送邢桂州》诗,则或在本年或上元二年。裴迪有《春日与右丞过新昌里访吕逸人》诗,王维有《春日与裴迪过新昌里访吕逸人》诗。裴迪似于本年任蜀州刺史,与王维长别。

上元二年(761),年六十三。

王缙任左散骑常侍,这是王维上书请求的,维有《谢弟缙新授左散骑常侍状》。又有《赠裴迪》诗云:"相忆今如此,相思深不深。"又有《送梓州李使君》诗,李是李淑明,任东川节度使、遂州刺史,后移镇梓州,当在本年。此外还有《送杨长史济赴果州》诗,杨济于此后四年(永泰二年765),任大理少卿兼御史中丞,出使吐蕃,当是从果州去的,这一首诗也当是王维死前的诗篇。赵谱云本年七月王维死去。

以上只述王维主要诗文,相对来说,考证略比前人精密,可以有助于分析王维的思想和创作,但也不可能完全确切,遗留问题还有待于进一步研究。

二、王维的思想和诗的思想内容

　　王维以山水田园诗著名，但实际上山水田园诗多是他中年的创作。王维生活在开元、天宝间，从唐太宗贞观年代，到玄宗开元年代，虽然中间有武则天，经过一些波折，总的说来经济很繁荣，而且政治是比较清明的，文化也有长时期的发展。盛唐诗人大都是在这种国家安定富强条件下成长的。开元中玄宗还思励精图治，诗人们思想都有积极向上的一面，主导思想是立功名，王维也不例外。但社会各种矛盾也日见加深，文人入仕，要经过考进士和特科，还要执政者的援引，所以也具有不少消极因素。王维十六岁写的《洛阳女儿行》"谁怜越女颜如玉，贫贱江头自浣纱"，就反映了达官贵人和贫贱的文人的矛盾。《寓言》诗质问贵族子弟："问尔何功德，多承明主恩"，"奈何轩冕贵，不与布衣言"，都反映仕宦上的不平等，门阀贵族有权势。《桃源行》："尘心未尽思乡县"，表现入仕思想，又有"辞家终拟长游衍"的逍遥避世思想。《不遇詠》说"济人然后拂衣去，肯作徒尔一男儿"，表示先济民，然后拂衣，在政治上想有所为，意气还是比较豪迈的。后来隐居八年后，贤相张九龄起用他，他赞美张九龄"所不卖公器，动为苍生谋."也可见他具有美好的政治理想。

　　唐代版图广远，文人也多想立功边塞，所以他二十一岁，写有《燕支行》，但《老将行》、《陇头行》却为老将鸣不平。当时边将已多用少数民族中的猛将，府兵制也破坏了。

　　开元九年(721)，他中了进士，作太乐丞，同年就被贬为济州参军。他和刘知幾的儿子太乐令刘贶同时被贬，王维诗中说："执政方持法，明君无此心。"执政者当时是张说，平素就不满意刘知幾、吴兢等编的《则天实录》，说过"刘五殊不相借"这样的话。张说执政，已一味奉承玄宗，开启政治败坏的兆衅，并一直执政到开元二十年(733)他死去。因为舞黄狮子的罪名不轻,自然使王维濒于绝望,在济州四年,隐居八年,置身山水田园间,思想就不能不起变化。在《济州四贤詠·郑、霍二山人》诗里说"翩翩繁华子,多出金张门。幸有先人业,早蒙明主恩。童年且未学,肉食骛华轩。岂乏中林士,无人荐至尊",已看到朝政的变坏。加上他受佛教思想影响,先隐终南,后又为他母亲置辋川别业。他母亲事北宗神秀的徒弟普寂三十多年。开元十八年左右南宗慧能的徒弟神会又在洛阳讲道,天宝中,王维曾写《能禅师碑铭》。他受《维摩诘经》:"何谓菩萨不住无为,谓修学空,不以空为证。修学无相无作,不以无相无作为证。修学无起,不以无起为证。观于无常,而不厌善本。观世间苦,而不悲生死。……观于寂灭,而不永寂灭。……观于无生,而以生法负荷一切,观于无漏,而不断诸漏。"这些话影响较深,特别是"无生"观念。《哭殷遥》作于开元十几年左右,云:"忆昔君在时,问我学无生。"储光羲同作诗云:"故人王夫子,静念无生篇。哀乐久已绝,问之将炫然。"《维摩诘经》:"是天女所愿,其足得无生忍。"《大乘义章》十二说:"理宗不起,慧安此理,名无生忍。"王维《能禅师碑铭》也说:"忍者无生方得,无我始成。"又说:"苟离身心,孰为休咎。""至人达观,与物齐功,无心舍有,何处依空。"以禅学为旷达,所以富萧散冲旷的意趣。他的田园古诗学陶,又常常寓禅理,如《偶然作》第一首咏接舆:"楚国有狂夫,茫然无心想。……孔丘与之言,仁义莫能奖。未尝肯问天,何事须击壤。"第四首咏陶潜:"且喜得斟酌,安问升与斗。奋衣野田中,今日嗟无负。"他对田园,采取的是鉴赏和适意态度,如《赠裴十迪》:"暖暖日暖闺,田家来致词。欣欣春还皋,澹澹水生陂。"《赠刘兰田》:"岁宴输井税,山村人夜归。晚田始家食,余布成我衣。"他的山水诗,表现"无心与物竞"的消极思想,如《戏赠张五弟諲》:"我家南山下,动息自遗身,入鸟不乱群，见兽皆相亲。"想达到物我两忘的境界。《座上走笔赠薛璩、慕容损》："君徒视人文，吾固和天倪。缅然万物始，及与群物齐。"但这样，他却给自然以无限的生命力，而去欣赏那无我之境。这种旷达思想，"观于无生，而以生法负荷一切"，既达观，而又不抛弃人生，仍含有他对待生活的积极态度一面，于是他的山水田园诗，风格自然，气象阔大。但他并未忘却世事，正如杜甫诗的："陶潜避俗翁，未必能达道。"他《酌酒与裴迪》诗中所写："白首相知仍按剑，朱门先达笑弹冠。草色全经细雨湿，花枝欲动春风寒。"依然写出胸中块垒，慷慨不平。因张九龄起用他，《上张令公》诗中就赞美张九龄："伏奏回金驾，横经重石渠。从兹罢角觝，希复幸储胥（宫殿名）。"以上是他三十四岁，即"中岁颇好道，晚家南山陲"时候的思想和歌唱大自然美的情况。

他做右拾遗后，正是开元盛期，不免有些应制作品和华丽作品。但不久张九龄罢相贬官，王维也就想在崔希逸幕府中立功边塞。王维赞美张九龄无私，自己自然不会和他同进退。早年《息夫人》诗和《李陵詠》都表现了王维政治思想的温和和软弱。当时河西走廊和吐蕃的争夺比较激烈。与当时破吐蕃、保卫安西与河西的国运相一致，王维写出了不少激昂慷慨的边塞诗篇。《少年行》："孰知不向边庭苦，纵死犹闻侠骨香。"《从军行》："尽系名王颈，归来报天子。"《出塞作》："玉靶角弓珠勒马，汉家将赐霍嫖姚。"《送韦评事》："欲逐将军取右贤，沙场走马向居延。"《送宇文三赴河西充行军司马》："当令犬戎国，朝聘学昆邪。"《送刘司直赴安西》："当令外国惧，不敢觅和亲。"《送平淡然判官》："须令外国使，知饮月支头。"他自己《出使塞上》诗也说"单车欲问边，属国过居延"，可见他很主战，诗写得都很雄壮。但天宝中，安禄山屡攻奚、契丹，他却说"万里不见虏，萧条胡地空。无为费中国，更欲邀奇功"，并不主张黩武。他自边塞归来后，到襄阳，由于思想和眼界的宽广,写的《汉江临眺》,借吴汝纶的话说，也是雄浑有气力的。

他摆脱张说的压迫,又遭到李林甫的歧视,一直到天宝十一年李林甫死为止,但又遇到杨国忠的排斥异己,然后思想又向消极转化。于是很多游寺院的诗,都讲到学"无生忍",也不采取决绝态度,由于他政治思想软弱,又由于他处于清官行列,受太平思想影响,也缺乏政治敏感,所以他一直以诗人、画家身份应付下去,但他的诗中还是有讽刺的。如《送别》:"既至君门远,孰云吾道非。"《重酬苑郎中》:"仙郎有意怜同舍,丞相无私断扫门。"《冬日游览》:"秦地万方会,来朝九州牧。鸡鸣咸阳中,冠盖相追逐。丞相过列侯,群公钱光禄。相如方老病,独归茂陵宿。"都是反映李林甫的炙手可热的。于是晚年山水诗中出现"晚年唯好静,万事不关心"(《酬张少府》)、"野老与人争席罢,海鸥何事更相疑"(《秋归辋川庄》)这种退避思想。天宝中,杨贵妃得宠,唐玄宗屡屡征聘方士,王维也写出了"方朔金门侍,班姬御辇迎。仍闻遣方士,东海访蓬瀛"(《早朝》)的讽刺诗,而《送陆员外》诗,也表示反对安禄山的穷兵黩武。思想还是高人一等的。

特别对被李林甫、杨国忠排斥出外的人,他汔然写诗表态,如《寄荆州张丞相》、《奉寄韦太守陟》、《送李睢阳》、《送魏郡李太守赴任》、《送崔五太守》等。他和李林甫、杨国忠保持了相当大的距离。

以上就是杜甫所以写诗说"不见高人王右丞,兰田丘壑蔓寒藤",还称他为高人的缘故。

但他写了不少应制、应教诗,曳裾于王门和相府,除了他的知友裴迪、崔兴宗、王昌龄、孟浩然、卢象等人外,也和苑咸等人应酬。

这就是因为他所持的生活哲学是妥协的,正如他在《与魏居士书》中所说："以布仁施义，活国济人为适意，纵其道不行，亦无意为不适意也。"他采取了慧能等的禅学，以"身心相离，理事俱如"为原则，看开一切，认为嵇康的摆脱浊世，思长林，忆丰草，与受官署门阑约束，并无差异，所以也就与世浮沉，缺乏强有力的批判现实精神，看不到只和李林甫、杨国忠保持距离还是妥协态度。这两人的所作所为，结果不但是不能令人适意，反而导致国家几乎灭亡。

三、王维诗的艺术特色

王维早期诗是以七言歌行为主的，《洛阳女儿行》、《桃源行》、《老将行》、《燕支行》、《陇头吟》、《同崔傅答贤弟》等，短篇还写得自然而豪迈，如《陇头吟》"身经大小百余战，麾下偏裨万户侯，苏武才为典属国，节旄空尽海西头"，语气转折自如。但长篇妍华整齐，却未离开初唐风格，如"罗帏送上七香车，空扇迎归九华帐"（《洛阳女儿行》），"路旁时卖故侯瓜，门前学种先生柳"，"曲几书留小史家，草堂碁赌山阴墅"（《同崔傅答贤弟》），都不出初唐四杰对偶工整、句句用典，如《帝京篇》、《长安古意》等诗的范围。早期的五言古《李陵咏》、《西施咏》，步武古诗和阮籍《咏怀》等作品，以古人为题，也缺乏现实感。他的《寓言诗》和《冬日游览》也不离左思、鲍照体。

开元九年中第前，与岐王範游，如《从岐王过杨氏别业应教》中写"兴阑啼鸟唤，坐久落花多"，已具盛唐诗风味，风度舒徐，写景很有思致。从贬济州后到隐居终南、辋川、嵩山，王维把笔移向写现实生活中的小城市、田园和山水，诗情画意，纷集笔端。在他二十九到三十四岁之间，专写田园山水景色，有些诗还有陶、谢影响，如《偶然作》和《兰田山石门精舍》，但逐渐形成自己的独特风格，如《早入荥阳界》："秋晚田畴盛，朝光市井喧。渔商波上客，鸡犬岸旁村。"《宿郑州》："他乡绝俦侣，孤客亲僮仆。……田父草际归，村童雨中牧。"即日即景，不事雕琢，写得都有生活情趣。《齐州送祖三》："天寒远山静，日暮长河急。解缆君已遥，望君犹伫立。"笔意自然，接近天籁。而归隐终南后，意兴很高，写山水田园，力求适意，以禅意入诗，达到无我境界，特别是五律，取得很高的艺术成就。如说他的《田园乐》六言诗"萋萋芳草春绿，落落长松夏寒。牛羊自归村落，童稚不识衣冠"，还有造作痕迹；但《终南山》"太乙近天都，连山到海隅。白云迥望合，青霭入看无。分野中峰变，阴晴众壑殊。欲投人处宿，隔水问樵夫"，写的就很壮阔，又很细腻，声光满纸，画意很浓。由白云中看到山，然而一回望，白云又已拥抱山岙。远望时是连山雾气，走到时，却又不见。分野由中峰划开，形容山的广阔，由于阳光远照，而山谷明暗不同，写来完全是物我合一，似乎无意入山，而竟走到山深处，无心投宿，而竟自隔水询问樵夫。诗行于所当行，而止于不得不止。心胸的广阔无所牵碍，和审美感的深厚，反映无余，确是写山水的典范作品。而《终南别业》写法与上诗正相反，上诗突出客位的描写，而这首从主意来写人和自然的情感无间。诗云："中岁颇好道，晚家南山陲。兴来每独往，胜事空自知。行到水穷处，坐看云起时。偶然值邻叟，谈笑无还期。"无一笔写景，而景在其中，走到水尽处，自然也是山深处，却坐看那无心而出岫的云起。偶然地遇到邻叟，便和邻叟谈笑，竟不觉得应该有个回去的时候。黄山谷说每次登山临水，总会想到"行到水穷处"这几句诗，感到王维胸中定有"泉石膏肓之疾"。诗处处写无心，写偶然，但也写出了必然。这首诗似乎写得近于禅道的"无相"、"无住"。

王维山水田园诗是很自然地去写那富有美感的动人景物，它把旺盛的精神寄托于山水田园中，即以他观无生，而以生法负荷一切的禅学而论，也不会陷入完全离世的思想中。于是像他的《山居秋暝》一诗，写的就更为活泼："空山新雨后，天气晚来秋。明月松间照，清泉石上流。竹喧归浣女，莲动下渔舟。随意春芳歇，王孙自可留。"这是写雨后空气新鲜的秋晚，第二联写宁静的月光松影，白石清泉。三联上句写林，忽听竹林喧响是浣女归来，下句写水，只见莲动，是渔舟从上游回去。这一切都是可喜的优美境界。《楚辞·招隐士》："王孙游兮不归，春草生兮萋萋。"春天是留王孙的好季节，但是王维认为这样的秋天也一样好。一任春芳萎谢，王孙仍然是愿意留在这里。他寻找到山居秋晚很适意的风光，没有什么不适意的地方。

王维这几年中经营辋川别业，据《辋川集序》说有孟城坳、华子岗、文杏馆、斤竹岭、鹿柴（砦）、木兰柴、白石滩、竹里馆、辛夷坞等地。每一个地方，他都题了诗。其中佳作有《鹿柴》、《竹里馆》、《辛夷坞》等。《鹿砦》云："空山不见人，但闻人语响。反景入深林，复照青苔上。"《竹里馆》云："独坐幽篁里，弹琴复长啸。深林人不知，明月来相照。"《辛夷坞》云："木末芙蓉花，山中发红萼。涧户寂无人，纷纷开且落。"所写的都是不依赖人的意志转移的大自然具有清趣的美。一首说"空山不见人"，一首说"深林人不知"，一首说"涧户寂无人"，可见他的经营辋川也是保持了自然美。他的短诗，常写"空"，无论绘画、诗歌、音乐和修养都需要空间，美的意境就在这种空间里。

在辋川，他的山水诗如《辋川闲居赠裴秀才迪》、《辋川闲居》、《归辋川作》等。《辋川闲居赠裴秀才迪》"寒山转苍翠，秋水日潺湲。倚杖柴门外，临风听暮蝉。渡头余落日，墟里上孤烟。复值接舆醉，狂歌五柳前"，也是一幅山中小景的画图。王维目对寒山秋水而听蝉，黄昏渡头日落，墟里烟生，而裴迪却正醉后长歌。《辋川闲居》写法也相似，写他自己"时倚檐前树，远看原上村",最后写个灌畦隐者:"寂寞於陵子,桔槔方灌园。"他从各各不同角度来写辋川的美,《酬虞部苏员外过兰田别业不见留之作》却写那荒寂的夜景云:"贫居依谷口,乔木带荒村。……渔舟膠冻浦,猎火烧寒原。惟有白云外,疏钟间(原作闻,误)夜猿。"

他在开元十七年左右曾到嵩山,有《归嵩山作》云:"清川带长薄,车马去闲闲。流水如有意,暮禽相与还。荒城临古渡,落日满秋山。迢递嵩高下,归来且闭关。"流水也拟人化,含有无限生机。暮禽句则是陶渊明"山气日夕佳,飞鸟相与还"的概括。落日也是他喜欢的景色,夕阳映满秋山,景色自可入画。《淇上即事田园》写村景:"日隐桑柘外,河明闾井间。牧童望村去,猎犬随人还。"《渭川田家》写田家:"斜光照墟落,穷巷牛羊归。野老念牧童,倚杖候荆扉。"这些田园小景,也是选择了他最适意的图景。

但也不能说他真的忘怀世事,所以许多诗的结句,有不被世人知的感情,如《归辋川作》云"惆怅掩柴扉",《归嵩山作》云"归来且闭关",《淇上即事田园》云"荆扉乘昼关"。以上是他三十四岁以前的诗作,早于陶渊明归田园几年。

开元二十五年(727),年三十六,就随崔希逸出塞了。由山水田园而转入出塞,这还是他内因有积极问世思想,所以可以因一定条件而转化。诗风旷逸与豪迈也不是截然可分的东西。而他早年拟乐府也早有从军的意愿,不过这次是真的体验边塞生活了。过去多说王维山水田园是晚年作品,这是错误的。出塞作品也有七言的和五言的。

《出塞作》是七言律:"居延城外猎天骄,白草连山野火烧。暮云空碛时驱马,秋日平原好射雕。护羌校尉朝乘障,破虏将军夜渡辽。玉靶角弓珠勒马,汉家将赐霍嫖姚。"王世贞喜欢这首诗;姚范说王维写这首诗,正才气极盛时期,有挥斥八方之概。前四写对方,后四句写己方,确有一种无所畏惧的气势。但词句象他的七言乐府一样,妍华工整,用典用事。五言《观猎》:"风劲角弓鸣,将军猎渭城。草枯鹰眼疾,雪尽马蹄轻。忽过新丰市,还归细柳营。回看射雕处,千里暮云平。"显示训练有素,有"萧萧马鸣,悠悠旆旌"的意思,与前诗同一机轴,但五言的自然高于七言。这两首全写客位,《出使塞上》就通过主意来写:"单车欲问边,属国过居延。征蓬出汉塞,归雁入胡天。"后二句"大漠孤烟直,长河落日圆"写得很宏壮,跟他在宁静农村写的"渡头余落日,墟里上孤烟"不同,这里写的是无尽长河广阔地平线上的落日,是无边大漠孤堡上的烽烟,是一种"走马西来欲到天"的感情。最后写"萧关逢候骑,都护在燕然",既有还要前去的意思,也反映了胜利的喜悦。他送人出塞诗,也同样善于写景色,状胜利。一是写去程,如"沙平连白雪,蓬卷入黄云"(《送张判官赴河西》),"三春时有雁,万里少行人"(《送刘司直赴安西》);二是写成功,如"苜蓿随天马,葡萄逐汉臣"(同上),"蒲类成秦地,莎车属汉家"(《送宇文三赴河西充行军司马》)。出塞诗的七绝,写得也极壮丽,如《渭城曲》(即《送元二使安西》)《少年行》、《送韦评事》。

他从边塞归来,以侍御史知南选到襄阳,意气仍高,因此又创作了《汉江临眺》这一名篇。"楚塞三湘接,荆门九派通",起句类似杜甫《登兖州城楼》;"浮云连海岱,平野入青徐",表现了盛唐气魄。"江流天地外,山色有无中",江水无限伸延,远山时拥云雾,光色时隐时现,艺术境界和禅学的动静统一很有相近之处,所以写得很入神。"郡邑浮前浦,波澜动远空",郡邑在动,远空在动,汉江波浪汹涌可想。

王维思想有积极的一面,所以他的山水田园诗,淡泊寓于豪迈之气中。而他无处不可适意的思想使他审美感能深入到对象里。他又以画家的眼光观察事物,明暗、动静、声响、色泽,无不入诗，像"泉声咽危石，日色冷青松"（《过香积寺》）、"声喧乱石中，色静青松里"（《青溪》）、"啼鸟忽临涧，归云时抱峰"（《韦侍郎山居》）、"远树带行客，孤城当落晖"（《送别》）、"日落江湖白，潮来天地青"（《送邢桂州》）、"树色分扬子，潮声满富春"（《送李判官赴江东》）、"野花开古戍，行客响空林"（《送李太守赴上洛》）、"隔牖风惊竹，开门雪满山"（《冬晚对雪忆胡居士》）、"雨中山果落，灯下草虫鸣"（《秋夜独坐》）等，展开的画面，各有不同，但都不知是观察了多少时候才取得的。他临死前五言写山水的，更是一片神行。如《送梓州李使君》诗："万壑树参天，千山响杜鹃。山中一夜雨，树杪百重泉。汉女输橦布，巴人讼芋田。文翁翻教授，不敢倚先贤。"王渔洋认为前四句，兴来神来，天然入妙。《杨长史赴果州》："褒斜不容憾，之子去何之。鸟道一千里，猿声十二时。官桥祭酒客，山木女郎祠。别后同明月，君应听子规。"纪昀评："一片神行，不比凡马多肉。"确是既写了蜀地风光和风俗，又使人感到一片清空。神韵派大抵都效仿这一类诗。但他的五言律，也一样能写讽谕诗，象《早朝》："柳暗百花明，春深五凤城。城乌睥睨（女墙）晓，宫井辘轳声。方朔金门侍，班姬玉辇迎。仍闻遣方士，东海访蓬瀛。"体现了玄宗宠贵妃、求方士，春光骀荡中隐含着不安因素，虽然笔法是微而婉，风格一如其人，毕竟王维还是关心政治和国家安危的人，不愧为大作家。

他的七律，后期写的多了。早期只有《酌酒与裴迪》不拘常调，晚岁多自由挥洒，有像《积雨辋川庄》"漠漠水田飞白鹭，阴阴夏木啭黄鹂。……野老与人争席罢，海鸥何事更相疑"，《送杨少府贬郴州》"愁看北渚三湘近，恶说南风五两轻。青草瘴时过夏口，白头浪里出溢城"之作。《和贾舍人大明宫之作》也表现了盛唐气象。

七绝数量虽不多，还都是盛唐佳作，如《送韦评事》"遥知汉使萧关外,愁见孤城落日边"、《送沈子福归江东》"惟有相思似春色,江南江北送春归"、《送元二使安西》"劝君更尽一杯酒,西出阳关无故人",都是设身处地,是有亲身体验和感受的优美诗篇。李东阳曾说:"'阳关'之句,盛唐以前所未道。此辞一出,一时传诵不足,至为三叠歌之。"

总之,王维思想毕竟有盛唐时代烙印即积极一面,遭遇打击,虽退隐山林,但禅学的"无生"还有以生法负荷一切的思想,所以写山林田园仍具有生活情趣和生命力。后来他又写了不少豪迈的边塞诗篇,开边塞诗的先路。他政治性虽然较为软弱,但他敢于写寄赠或送别李林甫、杨国忠所排斥的正直人物,《凝碧池》诗也足以表现他是爱国的,他也写有讽刺玄宗的诗,毕竟不失为"高人"。

他又是音乐家和画家,所以在诗歌艺术上有着多方面的成就。他以禅意入诗,恰恰符合于诗的艺术境界的要求,而加以自己怀有盛唐时向上的意气,所以他的山水田园诗,审美感的深厚,气象的宏放,思想的洒脱,意境的优美,生活情趣的丰富,成就还是很大的。其他边塞诗与送人的作品,诗意往往从生活中来,感情深厚,境界宽广,刻画入微,又多洗尽雕饰的自然真率之作,富于神韵,余味耐人寻味,音节又和谐,都形成了自己多样而又统一的风格,这些方面都是可以批判的继承的。

但有一部分应制诗、应酬诗和趋向于唯美的个别写得并不成功的艳体,以及游寺院时写的佛学说教,这些糟粕当然是我们应该严格批判的。

戎昱生平系诗

中唐写边塞诗的有戎昱。关于他的生平，《全唐诗》中只有简单数语："戎昱荆南人，登进士第，卫伯玉镇荆南，辟为从事，建中(780—783)中为辰、虔二州刺史。"

元辛文房《唐才子传》则说："戎昱，荆南人。少举进士，不上，乃放游名都。爱湖湘山水，来客。时李夔廉察桂林，寓官舍，月夜，闻邻居行吟之音清丽，迟明访之，乃昱也，即延为幕宾，待之甚厚。崔中丞亦在湖南，爱之，有女国色，欲以妻昱，而不喜其姓戎，能改则订议。昱闻之，以诗谢云：'千金未必能移姓，一诺从来许杀身。……'初事颜平原，尝佐其征南幕，亦累荐之。卫伯玉镇荆南，辟为从事。历虔州刺史，至德中，以罪谪为辰州刺史。后客剑南，寄家陇西数载。"辛文房的记载，系拼凑成传，前后颠倒，未能尽实。

按戎昱虽系荆南人，天宝中家在长安，正逢安史之乱。他在《八月十五日》一诗中说："忆昔千秋节，欢娱万国同。……年少逢胡乱，时平似梦中。"可证。古人十九岁以下可称童，二十余至三十，称少年，唐人以二十岁为成丁，唐高宗时曾订二十二岁为成丁。杜甫《奉赠韦左丞丈》："甫昔少年日，早充观国宾。"杜甫初到长安，年约二十三。则戎昱天宝十四载(755)安禄山叛乱时大约二十一、二岁。若以二十一岁计，当生于开元二十三年(735)（可参考《赠岑郎中》诗）。

肃宗至德元年(756)，他年约二十二，避难移家陇西，这就是

《唐才子传》所说的"家处陇西"。家在陇西是他早年的事。

代宗宝应元年（762）九月，他二十八岁时，回纥兵帮助收复洛阳，回纥登里可汗亲来。宝应二年二月回纥可汗辞归。这时戎昱写有《苦哉行》，自注："宝应中，过滑州、洛阳后，同王季友作。"主要是写汉民女被回纥兵掠去的苦痛的。诗中有"可汗奉亲诏，今月归燕山"之句。《苦哉行》五首，均是同情洛阳士女所遭受的苦难的。

他又写有《听杜山人弹胡笳》诗，听的是《胡笳十八拍》，因而写到："回鹘数年收洛阳，洛阳士女皆驱将，岂无父母与兄弟，闻此哀音皆断肠。"

他因长期居陇西，看到吐蕃奴隶主干扰，曾写有《塞下曲》六首，第二首写："上山望胡兵，胡马驰骤速。黄河冰已合，意又向南牧。嫖姚夜出军，霜雪割人肉。"反映出当时吐蕃奴隶主侵扰的情况。当时郭子仪、李抱玉等均兼任通和吐蕃使，还曾以仆固怀恩之女当公主，与吐蕃和亲。戎昱《咏史》（又名《和蕃》）诗云："汉家青史上，计拙是和亲。"或即写于此时。

广德二年（764）永泰元年（765），他三十、三十一岁时，郭子仪驻泾阳，他写有《泾州观元戎出师》诗，有句云："燕然如可勒，万里愿从公。"很有立功边塞的雄心。写有《塞下曲》一首："汉将归来虏塞空，旌旗初下玉关东，高蹄战马三千匹，落日平原秋草中。"意境很壮伟。

戎昱并没有考中进士，集中只有《下第辞顾侍郎》一诗，以《唐才子传》所说为是，《全唐诗》所说不确。

大历元年（766）戎昱之川，东西川当时属剑南道，"客剑南"即此时，并非晚年入蜀。时杜鸿渐为山南西道、剑南东西川等道付元帅，岑参当时任户部郎中、元帅判官。戎昱爱边塞诗，便去向岑参请教。写有《赠岑郎中》一诗，云："童年未解读书时，诵得郎

• 143 •

155

中数首诗。四海烟尘犹隔阔,十年魂梦每相随。虽披云雾逢迎疾,已恨趋风拜德迟。天下无人鉴诗句,不寻诗伯重寻谁?"童年指安史之乱前。安史之乱,昱年二十一,则此时约三十二岁,四海烟尘,隔绝十年。

大历二年(767),戎昱离川,往投卫伯玉。卫伯玉时任检校工部尚书荆南节度使。昱有《云安阻雨》、《观卫尚书九日对中使射破的》诗。还有《赠别张驸马》诗。张驸马名清潜,是肃宗张皇后之弟。

大历三年(768),他约三十四岁。在江陵,有《云梦故城秋望》、《江城秋霁》、《别公安贾明府》等诗。杜甫本年由云安到江陵。昱曾谒见杜甫于渚宫(《唐诗纪事》)。

大历四年(769),他约三十五岁。本年七月,以澧州刺史崔瓘为潭州刺史湖南观察使。戎昱有《宿湘江》诗,云:"九月湘江水漫流。"可能九月辞荆南幕来湖南。有《上崔中丞》诗,中有"千金未必能移性,一诺从来许杀身"之句。《唐才子传》改性为姓,说崔瓘让戎昱改姓,便嫁女给他,实属荒唐。

大历五年(770),他三十六岁。写有《湖南春日》诗。四月崔瓘被兵马使臧玠所杀,湖南乱。是冬离长沙,有《湖南雪中留别》诗。

大历六年(771),三十七岁。到衡阳,有《衡阳春日游僧院》诗。

大历七年(772),三十八岁。似去桂林,到过耒阳,有《耒阳溪夜行》诗,原注:"为伤杜甫作。"

大历八年(773),三十九岁。九月以李昌夔为桂州刺史桂管观察使(《唐才子传》误为李夔)。戎昱入李昌夔幕府。在桂林写有《桂州早秋》、《桂州口号》等诗。

大历十年(775),四十一岁。有《桂州腊夜》诗,中有"二年随骠骑,辛苦向天涯"句。

大历十一年(776),四十二岁。有《再赴桂州,先寄李大夫》一诗,中有"过因谗后重,恩合死前休"句,似被谗斥出,李昌夔又召他回来。又本年秋忽被召入京,有《开元观陪杜大夫中元日观乐》诗。杜大夫是谏议大夫杜亚。

大历十二年(777),四十三岁。杜亚迁给事中,而戎昱任侍御史,此事各书均未载。

大历十三年(778),四十四岁。十二月杜亚贬洪州刺史、江西观察使,戎昱贬辰州刺史。有《谪官辰州冬至日怀》,诗云"去年长至在长安,策杖曾簪獬豸冠(御史),此岁长安逢至日,下阶遥想雪霜寒"之句,还自叹"身寄穷荒报国难。"可证戎昱做了一年御史后被贬辰州。

大历十四年(779)至德宗建中四年(783),戎昱均在辰州。《辰州建中四年多怀》诗中有"天涯忧国泪,无日不沾襟"之句。建中四年,颜真卿奉使宣慰李希烈,陷于李希烈军中。戎昱有《闻颜尚书陷贼中》诗,云:"闻道征南没,那堪故吏闻。"代宗继位时,曾任颜真卿为荆南节度使,或戎昱已拟随颜真卿往荆南,后改任卫伯玉,所以戎昱仍以故吏自称。

贞元元年(785),年五十一。以镇海军浙江东西道节度使韩滉检校尚书左仆射同平章事。戎昱本年可能移虔州刺史,属江南西道。昱任虔州刺史在任辰州刺史之后,《全唐诗》是对的。

贞元二年(786),年五十二。孟棨《本事诗》说韩滉曾召戎使君部中歌妓,戎昱命歌妓唱《移家别湖上亭》诗,韩滉便命遣还。

贞元三年(787),韩滉卒。

贞元七年(790),年五十六。《旧唐书·赵昌传》:赵昌"贞元七年为虔州刺史",旋移安南都护。则戎昱或死于此年。

戎昱诗多讲到碎叶(在今托克玛克地方),《苦哉行》:"昔年买奴仆,奴仆来碎叶。岂意未死间,自为匈奴妾。"又《塞上曲》:"胡风略地烧连山,碎叶孤城未下关。山头烽子声声叫,知是将军夜猎还。"可见他继承了边塞诗的优良传统，写出当时唐军镇守碎叶时的豪壮情景。

卢纶生平系诗

卢纶事迹见《旧唐书·卢简辞传》和《新唐书·文艺传》。《旧唐书》说他："天宝末举进士，遇乱不第，奉亲避地于鄱阳，与郡人吉中孚为林泉之友。大历初还京师，宰相王缙奏为集贤学士、秘书省校书郎。……会缙得罪，坐累。久之，调陕府户曹、河南密县令。建中初，为昭应令。朱泚之乱，咸宁王浑瑊充京城西面副元帅，乃拔纶为元帅判官、检校金部郎中。贞元中，吉中孚为翰林学士、户部侍郎，典邦赋，荐纶于朝。会丁家艰，而中孚卒。太府卿韦渠牟得幸于德宗，纶即渠牟之甥也，数称纶之才。德宗召之内殿，令和御制诗，超拜户部郎中。方欲委之掌诰，居无何卒。"而《新唐书》说他："避天宝乱，客鄱阳。大历初，数举进士不入第。元载取纶文以进，补阌乡尉。累迁监察御史，辄称疾去。坐与王缙善，久不调。浑瑊镇河中，辟元帅判官，累迁检校户部郎中。尝朝京师，是时，舅韦渠牟得幸德宗，表其才，召见禁中，帝有所作，辄使赓和。"但下面又说："异日问渠牟：'卢纶、李益何在？'答曰：'纶从浑瑊在河中。'驿召之，会卒。"《新唐书》本身对卢纶是否已奉召入京，记载就自相矛盾，是修《唐书》还没有修完而留下的痕迹。但《新唐书》也有可补充《旧唐书》处。

卢纶是大历十才子的主要人物，他的生平还是大略可考的。现试就其诗，定其行年，做一简谱，以补今天文学史中的一个空白。

开元二十六年(738)卢纶生，一岁。

按卢纶有《纶与吉侍郎中孚、司空郎中曙、苗员外发、崔补阙峒、耿拾遗湋、李校书端，风尘追游》向三十载。数公皆负当时盛称、荣耀，未几俱沈下泉。畅博士当感怀前踪，有五十韵见寄，辄有所酬，以申悲旧，兼寄夏侯侍御审、侯仓曹钊。》一诗，诗里写：“禀命孤且贱，少为病所婴，八岁始读书，四方遂有兵。童心幸不羁，此去负平生，是月胡入洛，明年天陨星。”是月胡入洛是指天宝十四年(755)安史之乱。安禄山入洛之月，卢纶自称童，开始逃难。古人称童，常以终军十八岁称终童为例，则卢纶是时年约十八岁。上推约当生于开元二十六年，到天宝四年(745)为八岁，而天宝四年契丹及奚酋长各杀公主，率部落叛变。陇右节度使皇甫惟明与吐蕃战于石堡城，官军不利。也正与“八岁始读书，四方遂有兵”相合。按此与“是月胡入洛”不是一回事。闻一多《唐诗大系》误以为是一事，定卢纶生于天宝七年(748)，不确。

天宝四载(745)八岁。

《通鉴·唐纪》三十一，天宝四载：“安禄山欲以边功市宠，数侵掠奚、契丹；奚、契丹各杀公主以叛，禄山讨破之。陇右节度使皇甫惟明与吐蕃战于石堡城，为虏所败，副将战死。”

天宝十四载(755)十八岁。

是年十二月安禄山陷东京，卢纶正在长安应试。《旧唐书》本传说他：“天宝末举进士，遇乱不第。”如据闻一多说，纶生于天宝七载，则难解天宝末举进士之说。是“童心幸不羁，此去负生平”为十八岁之证。

肃宗至德元载(756)十九岁。

前诗云“明年天陨星”，按《旧唐书·天文志》“(至德元年)十一月壬戌五更，有流星大如斗，流于东北”。

卢纶诗又云“夜行登灞陵，惆怅靡所征。……因浮江汉流，远寄鄱阳城。”大约即在本年十一月由长安出奔，南去襄汉。

至德二载(757)二十岁。

本年秋至汉口,有《至德中,途中书事,却寄李僴》诗云:"路绕寒山人独去,月临秋水雁空惊。"又有《晚次鄂州》诗,原注:"至德中作。"云:"云开远见汉阳城,犹是孤帆一日程。……三湘衰鬓逢秋色,万里归心对月明。"是秋天到达汉阳,但自称衰鬓,过于颓唐。又有《至德中赠内兄刘赞》诗云:"听琴泉落处,步履雪深时。"当写于本年冬。

乾元元年(758)二十一岁。

有《江行次武昌县》诗,有"更悲江畔柳,长是北人攀"句,当写于本年春。

乾元二年(759)二十二岁。

曾到金陵,有《泊扬子江岸》及《夜泊金陵》诗。后一诗中说:"洛下仍传箭,关西欲进兵。谁知五湖外,诸将但争名。"这是他的诗具有现实意义的一篇。按乾元二年九节度使兵败邺城,史思明再入洛阳,洛下战斗不停,纶诗所指正是此事。

上元元年(760)二十三岁。

曾一度去浙江,有《渡浙江》诗一首。不久就去鄱阳,《悲旧》诗中说:"因浮襄江流,远寄鄱阳城。"鄱阳是他选择的留止地,集中有《赴池州拜觐舅氏》、《送信州姚使君》、《河口逢江州朱道士因听琴》等诗。又有《江北忆崔汶》诗云:"夜问江西客,还知在楚乡。"《送杨鄱东归》诗云:"若说溢城杨司马,知君望国有新诗。"均当作于鄱阳。惟未见有与吉中孚唱和的作品,当系散佚。他在鄱阳住约四年。

代宗广德二年(764)二十七岁。

本年由鄱阳返回长安。《悲旧》诗中说:"凄凄指宋郊,浩浩入秦京。沴气既风散,皇威如日明,方逢粟比金,不识公与卿。"

按是年安史乱定,代宗大赦天下,而关中虫蝗霖雨,斗米千钱。又卢纶不识公卿，无法求仕，有《郊居对雨寄赵涓给事、包佶郎中》诗云："应怜在泥潭，无路托高车。"《客舍苦雨即事寄钱起、郎士元二员外》诗云："不知霄汉侣，何路可相携。"均系写于此年苦雨之时，是盼人援引的作品。

永泰元年(765)二十八岁。

春大旱，斗米千钱。郭子仪的儿子郭暖娶昇平公主。《新唐书·文艺传》记李端事云："始，郭暖尚昇平公主，主贤明有才思，尤招纳士，故端等多从暖游。"又《旧唐书·钱徽传》记钱起事云："大历中，与韩翃、李端辈十人，俱以能诗，出入贵游之门，时号十才子，形于图画。"十才子之名，当从此时开始。《新唐书·文艺传》所记的十人是不错的。

大历二年(767)三十岁。

《新唐书·文艺传》说他："大历初，数举进士不入第。"卢纶有《与从弟瑾同下第后出关言别》诗，一首云："谁怜苦志已三冬，却欲归耕学老农。"一首云："同作金门献赋人，二年悲见故乡春。"自广德二年夏到长安至本年冬是经过三个冬天，两个春天。

大历四年(769)三十二岁。

卢纶又不第，妹婿李益却是大历四年进士。卢纶有《落第后归山下旧居，留别刘起居昆季》诗云："潘岳方称老，嵇康本厌喧。"潘岳《闲居赋》讲自己年三十二，发有二毛。卢诗本此，则当写于大历四年，年三十二，与生于开元二十六年的估计完全符合。

卢纶虽未中进士，但时元载为相，以卢纶文进给代宗，特授阌乡尉，《新唐书》所载是实。大约春末即赴任，有《将赴阌乡，灞上留别钱起员外》诗。

大历五年(770)三十三岁。

有《虢州逢侯钊寻南观因赠别》诗，原注："时居停务。"是又因犯有过失而暂停职务，所以诗中说："过深惭禄在，识浅赖刑宽。"

王缙本年自太原入长安，任门下侍郎、同中书门下平章事。

大历六年（771）三十四岁。

据《旧唐书》说卢纶因王缙荐，入为集贤殿学士、秘书省校书郎，当在本年。

大历八年（773）三十六岁。

常衮时任中书舍人、集贤殿学士，卢纶有《和常舍人晚秋集贤院即事十二韵，寄赠江南徐、薛二侍郎》诗。按《旧唐书·德宗纪》本年春御史大夫李栖筠弹劾吏部侍郎徐浩、薛邕，五月贬徐浩为明州别驾，薛邕为歙州刺史。则此诗写于本年秋。又《资治通鉴·唐纪》四十云：二人"皆元载、王缙之党。"

大历九年（774）三十七岁。

据《新唐书》卢纶升任监察御史，当在本年冬，可参考下条。

大历十年（775）三十八岁。

有《元日早朝呈故省诸公》诗，结句云："小臣无事谏，空愧伴鸣环。"又有《元日朝回，中夜书情，寄南宫二故人》诗，说："无能神圣代，何事别沧洲。"这是刚上任的诗，但均有不满情绪，德宗是不愿听谏净的，于是卢纶已怀辞意。

大历十一年（776）三十九岁。

《和大理裴卿秒秋忆山下旧居》、《和太常王卿立秋日即事》、《和金吾裴将军使往河北宣慰，……兼寄赵侍郎，赵卿拜陵未回》等诗，当写于上年或本年。

又《新唐书》说他"引疾去官"，当在本年，可能他看到德宗对元载、王缙的不满，因而辞官。

大历十二年（777）四十岁。

是年三月元载被杀。王缙贬括州刺史。

《旧唐书·代宗纪》:"（夏四月）谏议大夫、知制诰韩洄、王定、包佶、徐璜，户部侍郎赵纵，大理少卿裴翼，太常少卿王纮，起居舍人韩会等十余人，皆坐元载贬官也。"这些人都是卢纶的朋友。

大历十三年(778)四十一岁。

有《夜中得循州赵司马侍郎书，因寄回使》诗。赵侍郎即赵纵，郭子仪的女婿。

本年调为陕府户曹，后来又作河南密乡令，大约也有贬谪性质，此见《旧唐书》。《悲旧》诗云:"偶为达者知，扬我于王庭，素志且不遂，青袍徒见萦。"表明与元载、王缙关系不深。又说:"始趋甘棠阴，旋遇密人迎。"即指官陕府户曹及密乡令事。

有《驿中望山戏赠陆贽主簿》、《奉和陕州十四翁中丞》、《送陕府王司法》等诗。

大历十四年(779)四十二岁。

在密乡。

德宗建中元年(780)四十三岁。

新皇帝即位，贬官多逐渐回朝，韩洄为谏议大夫，薛邕为尚书左丞。

据《旧唐书》说卢纶建中初为昭应令，当在此年。

建中二年(781)四十四岁。

卢纶在昭应。太子宾客王缙卒。

建中三年(782)四十五岁。

是年朱滔反，李希烈亦反。

建中四年(783)四十六岁。

冬十月，泾原节度使姚令言反，立朱泚为帝。德宗逃往奉天。

兴元元年(784)四十七岁。

李怀光亦反，德宗奔兴元。卢纶陷贼中，有《春日卧病示赵季黄》诗，自注："时陷在贼中。"有句云："黄埃满市图书贱，黑雾连山虎豹尊。"很能反映当时的混乱状态。

同州刺史李纾奔行在，任兵部侍郎。五月李晟收复京师。考功郎中知制诰陆贽、司封郎中知制诰吉中孚并为谏议大夫。卢纶因陷贼，被人诬陷。《悲旧》诗云："命蹇因安分，祸来非有萌。因逢骇浪飘，几落无辜刑。"又有《罪所送苗员外上都》诗云"谋身当议罪，宁遣友朋闻。祸近防难及，愁长事未分"之句。

浑瑊为河中尹、晋绛节度使，河中同、陕、虢等州及管内行营兵马副元帅，改封咸宁郡王。卢纶事昭雪，浑瑊用为元帅判官，检校金部郎中。有《雪谤后书事，上皇甫大夫》诗，皇甫是侍御史皇甫曾，大约曾参预昭雪卢纶事。又有《雪谤后逢李叔度》诗，李叔度是郭子仪幕僚。

六月以浑瑊为侍中。

贞元元年(785)四十八岁。

八月李怀光平。加马燧兼侍中，浑瑊检校司空。浑瑊镇河中。

派兵部侍郎李纾往宣劳各道节度使，回朝后拜礼部尚书。卢纶有《同兵部李纾侍郎、刑部包佶侍郎哭皇甫侍御曾》诗，大约皇甫曾死于八月前。

又有《九日奉陪侍中宴白楼》等诗。

贞元二年(786)四十九岁。

有《春日喜雨奉和马侍中宴白楼》、《奉陪浑侍中上巳日泛渭河》、《奉陪侍中春日过武安君庙》等诗。

二月，以户部侍郎吉中孚判度支两税。吉中孚荐卢纶于朝当在此时，但卢纶丁家艰。

贞元三年(787)五十岁。

丁家艰，浑瑊与吐蕃会盟，为吐蕃所骗，仅以身免，很多从官被俘。十一月浑瑊归河中。卢纶可能因丧事关系未随往，因而免祸。

贞元四年(788)五十一岁。

八月以权判吏部侍郎吉中孚为中书舍人。《旧唐书》说："会丁家艰而中孚卒。"盖卢纶丁艰后，吉中孚似未就中书舍人任即死去。《悲旧》诗仍称为吉侍郎。

贞元十二年(796)五十九岁。

正月以浑瑊兼中书令，以裴延龄为户部尚书。八月户部尚书裴延龄卒。卢纶有《和裴延龄尚书寄题果州谢舍人仙居》诗，当写于本年。

十一月以右补阙韦渠牟为谏议大夫。

贞元十三年(797)六十岁。

三月造会庆亭于麟德殿前。韦渠牟为太府卿(见《全唐文》卷五〇六权德舆为他写的墓志铭)。

贞元十四年(798)六十一岁。

二月，德宗御麟德殿宴文武百寮，赋《仲春麟德殿宴群臣八韵》。

《旧唐书》："太府卿韦渠牟……数称纶之才，德宗召内殿，令和御制诗，超拜户部郎中，"当在二月宴群臣之后，因此诗是追和。

卢纶有《将赴京留献令公》诗，有《奉和圣制麟德殿宴群僚》诗，均写于此时。可证是时卢纶在长安。《新唐书》说："驿召之，会卒。"是错误的。《旧唐书》又说："居无何卒。"则卢纶死于本年入长安后，终年六十一岁。

卢纶生当用武的年代，没有可能展开怀抱，所以他在《冬日登城楼有怀》诗中说："……长卿未遇杨朱泣，蔡泽无媒原宪贫。如今万乘方用武，国命天威借貔虎，穷达皆为身外名，公侯可废刀头取。君不见汉家边将在边庭，白羽三千出井陉，当风看猎拥珠翠，岂在终年穷一经。"很表现出当时大历诗人的苦闷。但大历诗人不能用笔更多地反映现实，则是他们的局限。

关 于 贾 岛

　　《隋唐嘉话》："贾岛初赴举京师，一日于马上得句云：'鸟宿池边树，僧敲月下门，'初欲作推字，练之未定，不觉冲尹．时韩吏部权作京尹，左右拥至前，岛具告所以，韩立马良久，曰：'作敲字佳矣．'"这个故事能说明贾岛描写物象，刻意求工，写作态度是极其严肃的。但这故事却不确切，有的文学史写了这个故事，殊不足信。

　　其实宋人注《昌黎集》，对此已有驳辩，曾引《唐摭言》："岛尝骑天衢，时秋风正厉，黄叶可扫，岛忽吟曰：'落叶满长安'，卒求一联不可得，因唐突京尹刘栖楚被系，一夕而释。"又引《新唐书》："岛字浪仙，范阳人，初为浮屠，名无本，来东都，……愈因教其为文，遂去浮屠举进士。当其苦吟虽值公卿大夫不知觉也，一日见京兆尹跨驴，尹诘责之，久乃得释。"认为这两说相合可信，前说不可信。

　　按韩愈任京兆尹在长庆三年(公元823)，旋改吏部侍郎，长庆四年(824)就死了。贾岛与韩愈结识很久，交情很深，所以贾岛所冲撞的京尹，肯定不是韩愈，而刘栖楚任京兆尹在宝历元年(825)，与韩愈任京尹相距两年，因此贾岛冲撞的京尹应当是刘栖楚。又贾岛集中有《寄刘栖楚》诗，诗中有"趋走与僵卧，去就自殊分"之句，意似表示京尹与贾岛这一布衣结交为殊分。

　　京尹问题解决了，但故事发生是由于"推敲"，还是由于"落叶满长安"呢？据晚唐诗人李洞《赋得送贾岛谪长江》诗："敲驴吟雪月，滴出国西门。"似乎故事还是"推敲"，这样整个故事还是可信的，不确之处仅在京尹不是韩愈而是刘栖楚。

贾岛的生卒年代，也还存在问题。据苏绛《唐故司仓参军贾公墓铭》说："(贾岛)解褐责授遂州长江县主簿，三年在任，卷不释手，秩满，迁普州司仓参军。……会昌癸亥岁七月二十八日，终于郡官舍，春秋六十有五（《全唐文》作六十有四）。呜呼，殆未浃旬，转授普州司户参军，荣命虽来，于我何有。"则贾岛享年六十五岁（虚岁），现在的著作，多据此说。《新唐书》本传却说年五十六。岑仲勉《唐集质疑》对此则存疑。今按贾岛集有《黄子陂上韩吏部》一诗，曾述及和韩愈的最初结识情况说："石楼云一（似当作一云）别，二十二三春，相逐升堂者，几为埋骨人。"韩愈仅在长庆三年（823）任吏部侍郎，旋任京兆尹，则诗当作于长庆三年，由此上推二十三年，则为宪宗贞元十七年（801）。据洪兴祖《韩愈年谱》，这一年韩愈自徐州回来，在长安听调选，三月还洛阳，冬天又去长安。韩愈《送无本师归范阳》："家住幽都远，未识气先感……始见洛阳春，桃枝缀红糁。遂来长安里，时卦转习坎（代表十一月）。"无本即贾岛未还俗前的名字，三月他们见面于洛阳，十一月又在长安见面，完全与贞元十七年韩愈的行踪相吻合（《韩昌黎集》注，认为此诗是元和六年（811）所作，则去长庆三年才十三年，不确）。

贾岛死于会昌三年癸亥（843），从长庆四年（823）至死为二十年，自长庆三年至贞元十七年为二十三年，自贞元十六年上推二十二年则贾岛生年是大历十四年（779），合六十五岁（虚岁）。贾岛认识韩愈时年二十二岁，很合乎情理，则"石楼一云别，二十二三春"一诗完全可以证明苏绛的《贾公墓志》说贾岛享年六十五岁是没有问题的，即生于大历十四年（779），死于会昌三年（843）。《新唐书·贾岛传》说"年五十六"是颠倒了的。韩愈为京兆

• 157 •

169

尹时才认识贾岛的说法实属无稽。

贾岛之贬为长江主簿,晚唐也有些错误说法,《唐摭言》说是在武宗时,《长江集》却载有宣宗贬岛墨敕,末书大中八年九月。其实宣宗是文宗之讹,大中是太和之讹,其贬当在太和八年九月。此事岑仲勉《唐集质疑》已作了确切的考证。但贾岛为什么会贬长江主簿,却不像小说中所说的当面顶撞了唐武宗或宣宗,而是敢于上书,得罪了宦官。按文宗太和五年郑注和宦官王守澄勾结,贬了宰相宋申锡,废了漳王。太和八年六月司门郎中李中敏上表请斩郑注而替宋申锡昭雪,文宗不听,李中敏也就请假离职。杜牧有《李给事》二首记述此事。太和八年贾岛可能正是为此事而上书。所以贾岛《寄令狐相公(令狐楚)》诗说:"驴骏胜羸马,东川路匪赊,一缄论贾谊,三蜀寄严(汉严君平故事)家。"诗中所说的贾谊,这时只有李中敏当得起。贾岛贬于太和八年九月,时间也相合,总之是反对郑注的。另一首《寄令狐相公》诗,则希望令狐楚"即日调殷鼎,朝分是与非。"也是贬长江主簿时作。由此可见贾岛并非是不关心政治的诗人,对贾岛还应该仔细评价。

姚合的诗及其生平

晚唐初，贾岛、姚合、马戴、雍陶、李频及稍后的李洞、方干等诗风相近，大抵这些人生活时代正处于唐代的衰落期，当时不但宦官专横，藩镇跋扈，而官僚内部党争也很激烈。这些人仕进艰难，有的考进士也很难得中，中进士后也只能做些小官或依人幕府。他们不愿参与党争，清贫自守，品格还是较高的，但他们的诗歌多反映自己四方飘泊的生活，或抒发受压抑的不平之气，如姚合有诗云："旅梦心多感，孤吟气不平。"(《送杜立归蜀》)诗的题材较狭窄，缺乏深刻的反映现实的思想内容。他们又以苦吟为业，特工五言，形成一种清峭诗风。他们爱讲诗格，实际上是通过诗格标榜他们的品格。

姚合的诗风就是如此，他在诗句中常表现他的创作观点，如"新诗此处得，清峭比应稀。"(《寄马戴》)"诗人多峭冷，如水在胸臆。岂随平常人，五藏为酒食。"(《答韩湘》)所以姚合标榜清峭诗风，很明显是标榜他们的人格的，并不是纯粹追求形式。

姚合诗讲"格"的很多，如"疏散无世用，为文乏天格。"为世用才有"天格"，天格恐怕是姚合心目最高的"格"了。"元气符才格，文星照笔毫。"(《和郑相演、杨尚书蜀中唱和诗》)"寻常自怪诗无味，虽被人吟不喜闻。见说与君同一格，数篇到火却休焚。"(《寄李干》)"飞动应由格，功夫过却奇"(《赠张籍太祝》)，"格调江山峻，工夫日月深"(《喜览裴中丞诗卷》)，这些都讲到诗格问题。他还讲到意境："看月空门里，诗家境有余。"(《酬李廓望月见寄》)他这些理论实是司空图讲"诗境",讲"高格"的前驱。

　　姚合的生平史书所不详。《新唐书》本传只说:"合元和中进士及第,调武功尉,迁监察御史,累转给事中。奉先、冯翊二县民诉牛羊使夺其田,诏美原主簿朱俦覆按,猥以田归使。合劾发其私,以地还民。历陕虢观察使,终秘书监。"《郡斋读书志》记载较详,说:"右唐姚合也,⋯⋯元和十一年李逢吉知举进士,历武功主簿,富平万年尉,宝历中监察、殿中御史,户部员外郎,出金、杭二州刺史,为刑、户二部郎中,谏议大夫,给事中,陕虢观察史,开成末终秘书监。"但记载较零乱,死年也不确。

　　知道他是元和十一年(816)进士,生年就可推断了。按本年他调选武功主簿,他有《武功县中作三十首》,其中讲到他:"三年著绿衣"、"三考千余日"、"年来四十余",依三考千余日计,诗写作年代则当在元和十四年(819),时年以四十一计,那么姚合当生于大历十四年(779),和贾岛生年相同。

　　他的生平仕历则可依《郡斋读书志》参照同时人的赠诗来订正。

元和十一年(816)中进土,选武功主簿:

　　朱庆余《夏日题武功姚主簿》

　　贾岛《寄武功姚主簿》

元和十四年(819)后,任富平、万年尉:

　　贾岛《酬姚少府》《宿姚少府北斋》

　　朱庆余《宿万年姚少府宅》

宝历中监察、殿中御史:

　　马戴《维中寒夜姚侍御宅怀贾岛》

　　　《集宿姚殿中宅》

历户部员外郎:

　　马戴《山中寄姚员外》

· 160 ·

出任金、杭二州刺史，为刑、户二部郎中：

按姚合先任金州刺史：

  方干《送姚合员外赴金州》

  喻凫《送贾岛往金州谒姚员外》

又任刑、户二部郎中：

  周贺《寄姚合郎中》

  马戴《酬刑部姚郎中》

出任杭州刺史：

  刘得仁《送姚合郎中任杭州》

  方干《上杭州姚郎中》

  郑巢《秋日陪姚郎中登郡中南亭》

又官谏议大夫给事中：

  刘得仁《寄姚谏议》

    《上姚谏议》

陕虢观察使（开成四年）：

  周贺《上陕府姚中丞》

秘书监：

  方干《哭秘书姚少监》

依上表所列，《郡斋读书志》所述基本上是对的。但先任郎中，后出任杭州刺史，回朝后才任谏议大夫，刘得仁《上姚谏议》诗中说："圣代生才子，明庭有谏臣。……却忆波涛郡，来时岛屿春。"可证。姚合任陕虢观察使，在开成四年（839），见《旧唐书·文宗本纪》，姚合年已六十一岁。

但开成只有五年，那末，"开成末，终于秘书监"这话就不确了。按苏绛《贾公墓志》说会昌癸亥，贾岛卒，姚合有《哭贾岛》二首，癸亥是会昌三年，可知会昌三年仍健在，开成末应是会昌末之误。会昌也只有六年，姚合集中有穆宗、文宗挽词，而没有武宗挽词，很可能死于会昌六年(846)三月武宗死后不久，根据上述资料，姚合的生卒年代就基本清楚了，即他生于大历十四年(779)，卒于会昌六年(846)，年六十八岁(虚岁)。

又岑仲勉《唐集质疑》引李德裕《舌籖》云："戊辰岁，仲春月，……梦与中书令姚公偶坐，……余对曰：'去岁居守东周，于公曾孙谏议某处，觌金石之刻。'"认为谏议即姚合，戊辰为大中二年，去岁自当为大中元年(847)，是合未死于会昌末。其实这是李德裕叙述有误，去岁当作前岁，李德裕在会昌六年三月武宗死后即出为东都留守。这一说法就不能成立。又此姚谏议也可能是姚勖，岑氏还说李德裕有《上姚谏议郜书》三封，其中两封是在李贬崖州后，感谢姚谏议的帮助的，认为姚合当死于大中年间，这一说也不确切，因为帮助李德裕的是姚勖，见《新唐书·姚勖传》。姚勖也是姚崇曾孙。书原作《上姚谏议书》。郜字是后人不知姚勖，因而妄加，不足为据。考证姚合生卒年代，这些方面问题也应予澄清。

杜牧的《杜秋娘》诗和杜牧的卒年

李商隐《赠司勋杜十三员外》诗："杜牧司勋字牧之，清秋一首杜秋诗。"对杜牧的《杜秋娘》诗十分爱重。他们是同时的诗人，能这样的相推许是不容易的。

在创作上，李商隐主张："时得好对切事，声势物景，哀上浮壮，能感动人。"(《樊南甲集序》)杜牧却主张："苦心为诗，本为高绝，不务奇丽，不涉习俗。"(《献诗启》)两人诗的风格是不同的。一个以清词丽句为尚，一个以平易纵放为高。他们所以能相尊重，主要由于生活处境相似，思想倾向基本一致。他们都表现了对宦官专横、军阀跋扈、皇帝淫佚和朋党之争的不满，对晚唐衰朽的趋势表示了深切的悲痛。《杜秋娘》和李商隐的《井泥》就都是表现这样的思想内容的诗篇。

缪钺在《杜牧诗选》中，定《杜秋娘》诗为太和七年(833)作，是不确的。诗有序说："杜秋，金陵女也，年十五，为李锜妾，后锜叛灭，籍之入宫，有宠于景陵。穆宗即位，命秋为皇子傅姆。皇子壮，封漳王。郑注用事，诬丞相欲去己者，指王为根。王被罪废削，秋因赐归故乡。予过金陵，感其穷且老，为之赋诗。"缪氏根据杜牧于太和七年(812)奉宣州观察使沈传师之命，受聘于淮南节度使牛僧孺，曾往来京口，便认为过金陵写《杜秋娘》诗即在此时。其实，诗序里明写着："郑注用事，诬丞相欲去己者"，这分明只能在太和九年甘露之变，郑注、李训被杀之后，绝不可能在郑注正用事的太和七年。杜牧还曾在会昌二年（842）依从兄杜悰于扬州，杜悰当时任淮南节度使。大中二年（848）杜牧内升为司勋员外郎时，九月又曾取道金陵。那么，写《杜秋娘》诗只能是在这两次过金陵中的一次。以李商隐诗为证，则"杜牧司勋字牧之，清秋一首杜秋诗"，正说明《杜秋娘》诗是大中二年秋杜牧作司勋员外郎取道金陵那一次写的。

　　杜秋娘的一生，反映了晚唐政治的日趋腐朽的情况。先是淮南节度使李锜，垄断东南财富，娶了杜秋娘为妾。宪宗元和二年李锜谋叛失败。杜秋娘和李锜另一妾郑氏都被没入宫中，受到宪宗宠幸。郑氏就是唐宣宗的母亲。宪宗死在宦官手里，穆宗即位，让杜秋娘做皇帝漳王的保母。后来穆宗因服丹药致死，长子敬宗被宦官所杀，文宗即位，宦官王守澄诬陷宰相宋申锡谋立漳王，漳王被废，于是杜秋终于在太和七年被遣回金陵。诗表面上是通过杜秋一生写人事兴衰，实际上反映了当时宦官专权，连皇帝也不能掌握自己命运的悲剧。象"咸池升日庆，铜雀分香悲"的句子，就是写宪宗才准备过生日，就被宦官谋害的事。诗人写了杜秋故事后说："我昨过金陵，闻之为歔欷。"从而叹息："自古皆一贯，变化安能推。"列举了许多后妃朝臣的祸福转化，说明事物变化难测。诗的最后，学《天问》的写法，对天道人事的变化提出了有无规律、谁来主宰的疑问："地尽有何物？天外复何之？指何为而捉？足何为而驰？耳何为而听？目何为而窥？已身不自晓，此外何思惟？"这其中既反映了不能掌握个人命运的愤慨，又分明陷入了不可知论。

　　又缪钺《杜牧之年谱》是文学家年谱中考证比较详尽的一种，但关于杜牧的卒年，他后来采用了岑仲勉的说法。这一说法似须订正。

　　缪钺在《杜诗选序》的注中说："关于杜牧年岁，新旧《唐书》

本传都说他卒年五十,而未言卒于何年。樊川集中作品有数篇自记年岁者,推其生年,当在唐德宗贞元十九年,而《樊川文集》卷十杜牧自撰墓志铭,似得病将死前所作,亦云‘年五十。’…我以前作杜牧之年谱,…关于杜牧生卒年,就是用以上的说法。后来浙江大学中文系同学徐扶明君抄岑仲勉先生《李德裕会昌伐叛编证》中的一段见示,其中考证杜牧卒年与旧说不同,认为《樊川文集》卷十七有归融赠左仆射制,而归融之卒在大中七年正月,同卷又有崔璪除刑部尚书苏涤除左丞崔玙除兵部侍郎等制,而崔璪诸人除官均在大中七年七月,因此确定杜牧之卒不得早于大中七年(853)七月,如卒于大中七年,则年五十一。今从岑仲勉先生说。”

定杜牧卒年五十或五十一,均受杜牧自作墓志铭的影响而致误。岑仲勉先生的考证虽很有启发性,但遗憾他当时没有再做进一步考查。今阅《樊川文集》卷十八,又有《李讷除浙东观察使兼御史大夫制》。按《旧唐书·宣宗本纪》李讷除浙东团练观察等使在大中十年正月。又有《卢搏除庐州刺史制》,按《旧唐书·宣宗本纪》以刑部郎中卢搏为庐州刺史则在大中十年四月。又有《张直方授右骁卫将军制》,按《旧唐书·宣宗本纪》“大中十一年七月张直方为右骁卫大将军”。《旧唐书·张直方传》也记载此事在大中十一年。那么杜牧之死,就应该在大中十一年七月之后,而非大中七年。又《旧唐书·宣宗本纪》:“大中十二年三月以翰林学士守尚书司勋郎中、知制诰孔温裕为中书舍人充职。”很可能就是杜牧大中十一年冬死了,而第二年春用孔温裕来补杜牧中书舍人的缺的。

据上述考订,杜牧生于贞元十九年(803),卒于大中十一年(857),享年五十五岁(实岁五十四)。

又《樊川文集》是杜牧的外甥裴延翰所编,他在《樊川文集序》文中实际已涉及到杜牧的生卒年代。序中说杜牧"始初仕，入朝三直史笔，比四出守，其间余二十年。"就是说从初仕年龄算起，除减四出守年月，中间有二十年。杜牧二十七岁出仕，出守黄、池、睦三州共七年，湖州一年，在朝和早年在宣州等地合计二十年，加在一起也正是五十五岁，和上面的考证完全吻合，所以我们以杜牧的文章的最后年代和裴延翰的序文为据。完全可以把杜牧的生卒年代弄清楚，进一步使缪、岑两先生的考证得到圆满。

温庭筠生平的若干问题

一

胡应麟《诗薮》说："俊爽若牧之，藻绮若庭筠，精深若义山，整密若丁卯（指许浑），皆晚唐铮铮者。"温庭筠和李商隐齐名，在晚唐还是杰出的诗人，但晚唐小说对温颇多意含贬抑的传说。两《唐书》、《唐诗纪事》、《唐才子传》都是根据这些小说编写温庭筠事迹的，因此对温庭筠生平事迹记载多不确切，评价也是较低的。

又晚唐笔记对温庭筠的一些记载，如《北梦琐言》："庭筠又每岁举场，多为举人假手，侍郎沈询知举，别施铺席授庭筠，不与诸公邻比。翌日于簾前请庭筠曰：'向来策名者皆是文赋托于学士，某今岁场中，并无假托，学士勉旃'，因遣之，由是不得意也。"《玉泉子》："温庭筠有词赋盛名，初将从乡里举，客游江淮间，扬子留后姚勖厚遗之。庭筠少年，所得钱帛，多为狭邪费。勖大怒，笞且逐之，以故庭筠卒不中第……"这些说法都不足为信。《旧唐书·文苑·温庭筠传》称"温庭筠著述颇多，而诗赋韵格清拔，文士称之。"这几句话还较符合温的实际。温的古诗、五七言律绝，多感慨悲凉，如《华清宫和杜舍人》、《鸿胪寺有开元中锡宴堂，楼台池沼，雅为胜绝，荒凉遗址，仅有存者，偶成四十韵》、《过陈琳墓》、《经五丈原》等，都是寄慨于历史兴亡的。而他的乐府诗却极绮艳，很受民歌和徐陵、庾信诗的影响，但多以南北朝的宫庭荒淫生活为题材讽刺现实，也并非全是侧艳轻薄之词。李商隐《闻著明凶问哭寄飞卿》诗云："何因携庾信，同去哭徐陵。"著明是卢献卿，他作有《愍征赋》，时人比之《哀江南。》皮日休为之注，可见温、李以及卢献卿都是吸取徐、庾的艺术特点，而加以变化的。就李商隐这首诗所说而论，温、李确有共同特点，齐名并非偶然。而李商隐诗多反映文宗太和年代、武宗会昌年代、宣宗大中年代的现实，温庭筠则多反映大中后懿宗咸通年代、僖宗乾符年代的现实，所以温庭筠诗在晚唐诗人中是应有较高地位的。他的一大部分诗篇差可与李商隐比肩。

　　而他的生卒年代也应予以重新考定。过去研究温庭筠生平的，夏承焘先生《温飞卿系年》以元和七年（812）为他生年，是据开成五年《书怀百韵》及《感旧陈情献淮南李仆射》二诗中语推定为他年三十左右所作，上溯三十年为元和七年。系年止于咸通十一年（870），是据《赠蜀将》诗自注云："蛮入成都，频著功劳。"本年南诏攻入成都。施蛰存先生据《宝刻丛编》卷八著录有"唐国子助教温庭筠墓志，弟庭皓撰。咸通七年（866）"，定温庭筠死于此年。又据《南诏野史》，认为咸通三年还有一次南诏进攻成都①。

　　淮南李仆射是谁，颇有争论。这是一个关键性问题。清人顾嗣立认为是李蔚。夏先生则认为是李德裕，镇淮南事在开元二年至五年。最近陈尚君同志《温庭筠早年事迹考辨》则认为是李绅，并据此重订温生年在贞元十七年（801）②。按以上各家考证，还难使人信服。《宝刻丛编》虽著录碑刻温氏墓志，也难以凭信。依拙见，淮南李仆射仍当以李蔚为是。

　　由于关于温庭筠生平有上述未能论定的症结点，所以本文想重新考证有关温庭筠生平的一些问题，澄清历史上对温庭筠生平的一些不确切的记载和品评。

　　• 168 •

二

淮南节度使是谁,是考定温庭筠生平的一个关键性问题.按李蔚,《旧唐书》本传说:"蔚开成末进士擢第,释褐襄阳从事。……大中七年,以员外郎知台杂,……寻拜京兆尹,太常卿。寻以本官同平章事,加中书侍郎。……罢相,出为襄州刺史,山南东道节度使。入为吏部尚书,加检校尚书右仆射、汴州刺史、宣武军节度观察等使。咸通十四年,转扬州大都督府长史、淮南节度使副大使知节度事。乾符三年受代,百姓诣阙乞留一年,从之。"以上事迹,大都确实。只有咸通十四年转扬州都督以下记载有误,当依《旧唐书·懿宗纪》与《僖宗纪》改正。《懿宗本纪》记李蔚任扬州都督、长史、淮南节度副大使在咸通十一年(870)冬十一月。在任三年,乾符元年(874)四月以吏部尚书调升他,但又留任一年,于是乾符二年(875)又记以前淮南节度使李蔚为太常卿,乾符三年(876)以本官同平章事。

《桂苑丛谈》记李蔚镇淮南日"闻浙右小校薛阳陶,监押度支运米入城。公喜其姓,同襄日朱崖李相左右者,遂令试询之,果是旧人矣。……公召陶同游,问及往日芦管之事。薛因献朱崖李相、陆畅、元白所撰歌一轴,公益喜之。次出芦管,于兹亭奏之,其管绝微,每于一觱篥中常容三管,声如天际自然而来,情思宽闲,公大加赏之。亦赠其诗,不记终篇,其发端云:'虚心纤质雁啣余,凤吹尤吟定不如。'"而温庭筠恰在此时写有《觱篥歌》,原注:"李相伎人吹",依原注意必非在李相席听伎作,而是听李相所遗留的伎人吹,诗有句云:"黑头丞相九天归,夜听飞琼吹朔管。"也是追述口气,则温庭筠曾在淮南节度使李蔚门下可知,听觱篥歌决不会是与元稹、白居易同时在李德裕门下所作。

又《系年》曾说:庭筠有《首春与丞相赞皇公游止》诗,是曾与李德裕有交往。按诗原题为《赠郑征君家匡山首春与丞相赞皇公游止》"家匡山首春与丞相赞皇公游止"一句话实等于加注,是指郑征君,诗内所写也是郑征君,并非温庭筠自己。

关于淮南李仆射指李德裕说,陈尚君同志《温庭筠早年事迹考辨》一文,已详细指出其不合事实,兹不赘述。陈尚君同志认为是指李绅,我以为多不合。李蔚还是书法家,所以诗中有:"书迹临汤鼎,吟声接舜弦。"李德裕、李绅均不以书名。陈尚君又讲《开成五年书怀百韵》诗,温年已约四十,则更为大误。

按分析一下《感旧陈情五十韵献李仆射》诗,都与李蔚合。"嵇绍垂髫日,山涛筮仕年。琴尊陈座上,纨绮拜床前。"是说李蔚年四十出仕,自己年十七、八曾去谒见他。古代垂髫可指弱冠前,《三国志·魏志·毛玠传》:"臣垂龆执简,累勤取官。"毛玠从曹操时当在十七、八岁。《晋书·山涛传》说山涛年四十出为郡主簿。而《李蔚传》说李蔚开成末(开成只有五年)中进士。释褐为襄州从事。与诗相合。大概温庭筠在会昌年代曾见过李蔚。李德裕不喜科试,元和初不仕台省,累辟诸府从事。李绅元和初,少年登进士第,释褐国子助教,均与诗意比山涛不合。此诗自称垂髫,与他《开成五年秋以抱疾郊野,不得与乡计偕至王府。将议遐适,隆冬自伤,因书怀奉寄殿院徐侍御、察院陈、李二侍御、回中苏端公。鄠县韦少府,兼呈袁郊、苗绅、李逸三友人一百韵》诗中自称童年相同。《书怀一百韵》诗中原注他开成四年应京兆试,荐名第二,但开成五年托病不预试,诗中有"顽童逃广柳"句,自称顽童;又有"黄卷嗟谁问"句,用狄仁杰儿时,门人有被害者,县吏诘问,仁杰坚坐读书,不肯接对的故事;又有"关讥漫弃繻"句,用终军十八入关的故事;"笑语空怀桔",用陆绩幼年怀桔奉母故事;都称自己年幼,则开成五年设温庭筠年十七,则当生于长庆四年(824)。会昌元年他见李蔚,称"纨绮拜堂前",典出自梁张缵

《离别赋序》："太常刘侯，前辈宿达，余在纨绮之岁，固已钦其风矣。"纨绮也指弱冠之前。又一直到大中中他的《上封尚书启》中才讲"玄鬓变白"，可见他开成、会昌间是很年轻的。

关于《感旧陈情五十韵献淮南李仆射》诗，是献给李蔚的，仍可举数证：

诗中云："邻里才三徙，云霄已九迁。"上句言自己移家的事，下句则用车千秋一月九迁的典故。李德裕、李绅仕途没有这样迅速顺利，而只有李蔚迁官极速，不很久，就拜监察御史转殿中监，后直至同平章事，中间没有曲折。

又"忆昔龙图盛，方今鹤羽全"，上句指李蔚四十出仕时，积极向上；下句指李蔚在淮南年约七十。《埤雅》："鹤始生，二年落子毛，后六七年大毛落，茸毛生，色雪白。"鹤毛全这也正是指李蔚的，四十出仕，年迈在淮南，与李德裕、李绅均不合。

"视草丝纶出，持纲雨露悬。"指李蔚官中书舍人及礼部侍郎。

"法行黄道内，居近翠华边。"指李蔚官京兆尹，防卫京师；后迁太常卿同平章事，加中书侍郎。

"闲宵陪雍畤（祭祀），清暑在甘泉"，此正与李蔚官太常卿的职务相合，与李德裕、李绅官均不合，因为太常卿职管祭祀宗庙山川。

"冰清临百粤"，似指李出为襄州刺史，山南东道节度使，山南东道，管辖区曾直到湖南、广东，部份已属越地。然后就写他"风靡化三川（河、洛、伊三川）"，"梁园提毂骑，淮水换戎旃。"即指李曾官汴州刺史、宣武军节度使，三川属汴州管辖地。咸通十一年转为扬州大都督府长史、淮南节度副使，知节度事。据《李德裕传》，李德裕没有作过汴州刺史、宣武军节度使，但开成五年文宗死武宗立，九月他才去淮南任大都督府长史，知节度使事，武宗会昌元年二月就调任中书侍郎，同平章事，时间是很短的，温庭筠不可能去投他。由以上论证则李仆射为李蔚无疑，**据此则温庭筠约生于长庆元年(824)。**

<h1 style="text-align:center">三</h1>

唐代人常常预作墓志，但不一定就死去，杜牧自作墓志，时年五十。岑仲勉据他的文章考证杜牧当死在五十一岁，而实际他的文章，终止于五十五岁时（见拙作《古诗杂考•杜牧的卒年》《南开大学学报》1979年第2期），实年五十五。那么《宝刻丛编》载咸通七年温庭皓《温庭筠墓志》即令是真的，或也是生时所拟，未可作为依据。

温庭筠集中有《投翰林萧舍人》诗，按李仆射为李蔚，萧舍人自当为萧遘。萧遘与李蔚同时调到京师，同掌政权。《旧唐书•萧遘传》记他："乾符初召充翰林学士，正拜中书舍人。"又《旧唐书•僖宗纪》只记载：乾符二年萧遘为考功员外郎。三年以户部员外郎、翰林学士萧遘为户部郎中、学士如故。未记他拜中书舍人年代，则拜中书舍人，或当在乾符四年，《本纪》漏载。那么乾符四年(877)，温庭筠尚健在。

又温庭筠《开成五年秋，书怀一百韵》诗，是寄袁郊等人的。集中又有《赠袁司录》诗，原注："即丞相淮阳公之犹子，与庭筠有旧也。"按袁司录即袁郊，是丞相淮阳公袁滋的儿子，这里讲犹子，当是过继于叔父。《唐书•宰相世系表》，袁郊兄弟很多，均袁滋所生。诗中有句云："记得襄阳耆旧语，不堪风景岘山碑。"也正是悼念袁滋。温庭筠还有《经故翰林袁学士居》诗，袁学士也指袁郊。《唐诗纪事》说袁郊在昭宗朝任翰林学士，不很确切，时代嫌过晚。袁郊为翰林学士也当在懿宗朝，似在萧遘前。温庭筠诗中云："剑逐惊波玉委尘，谢安门下更何人。西州城外花千树，尽是羊昙醉后春。"与前诗意思相同,据此诗则温庭筠死在袁郊之后,亦即乾符年代之后。

又温庭筠《经翠微寺》诗,有"乾符初得位,天弩夜收铓"句,诗虽是纪念唐太宗的,但用"乾符"字样,也必写于改元乾符之后,不会是偶合。

根据上述情况,则温庭筠当随李蔚之后于乾符二、三年到京师,所以乾符四年后有《投翰林萧舍人》之作。

乾符只有六年,次年便是广明元年(880)。广明元年十二月黄巢入长安。萧遘随僖宗流亡,并自翰林学士、中书舍人升同平章事。又次年中和元年(881),又次年中和二年(882),长安大饥,人相食。温庭筠当死于流亡或饥馑中。自长庆四年(824)至中和二年(882),则应为五十九岁。这样推算,似乎比较合乎实际。史称其流落而死,当非死于任国子助教时。

四

他的生卒年代弄清,我们才能进一步了解他的生平遭遇。

《旧唐书》本传说温庭筠"大中初应进士,苦心砚席,尤长于诗赋。初至京师,人士翕然推重。然士行尘杂,不修边幅,能逐弦吹之音,为侧艳之词,公卿家无赖子弟裴諴、令狐滈之徒,相与蒲饮,醋醉终日,由是累年不第。"按此说亦极不确切。温庭筠得谤,当即在开成四、五年,他十六、七岁时。据《书怀一百韵》诗注开成四年他已被京兆荐名。按常规,次年即可中进士第。但他托病家居,不去应试。从这首诗中可以看到他已被加以罪名。诗中写:"赋分知前定,寒心畏厚诬。""正使猜奔竞,何尝计有无.刘谈虚仿觅,王霸竟揶揄。市义虚焚券,关讥漫弃繻。"句句都是说他受到打击。他也轻轻地解释了他爱好吹弹和曾经赌博过的事。如"黄卷嗟谁问,朱弦偶自娱。""亡羊犹博塞,牧马倦呼卢。"讲这不过是偶然消遣的事。又说："积毁方销骨，微瑕惧掩瑜。"最后还说："乔木能求友，危巢（一做梁）莫嚇雏。"上句讲愿自幽谷迁于乔木，交好的朋友；下句本《庄子》，自比鹓雏，希望口唧死鼠的鸱鸟，不要自己嗜死鼠而嫉妒鹓雏。（陈尚君同志认为雏指其子温宪，是很不确切的，温庭筠这时才是十七岁的童子。）可见他和裴諴，令狐滈来往是在早年应京兆试时。他诗中表示决心不和他们来往而与苗绅、袁郊等为友，说："放怀亲蕙茝，收迹异桑榆。"认为自己是能及时改过的，但谁知道已得罪了令狐绹？

唐初宰相温彦博本是寒族，温庭筠虽是他后代却没有后援。裴諴却是宰相裴度的侄子。令狐滈是宰相令狐楚之子令狐绹的儿子。令狐绹为了洗刷他儿子的名誉，这种轻薄的声名自然会统统加到温庭筠身上。这才是历史的真相。

温庭筠先在大中十一年被贬为隋县尉（《东观奏记》），中书舍人裴坦为贬辞，云："乡贡进士温庭筠，早随计吏，夙著雄名。徒负不羁之才，罕有适时之用。放骚人于湘浦，移贾谊于长沙。尚有前席之期，未爽抽毫之思。可随州隋县尉。"其他书还记有"孔门以德行为先，文章为末，尔既德行无取，文章何以补焉。"数句在"徒负不羁之才"句前（《全唐诗话》、《唐诗纪事》）。但裴坦是谁呢？他正是令狐绹的亲信。《唐书·裴坦传》："坦及进士第，沈传师表置宣州观察府。……令狐绹当国，荐为职方郎中。"而《旧唐书·令狐楚传》说中书舍人裴坦知贡举放令狐滈中第。可见贬温庭筠而让令狐滈中第都是令狐绹、裴坦所筹划的阴谋。而裴諴也中了进士第，官至监察御史，见《云溪友议》。三人中只打击了没有势力的温庭筠。现在一些人把温看成是轻薄浪子，是十分冤枉的。

又本文第一部分所引《北梦琐言》记沈询知贡举，打击温庭筠，而沈询却正是一手提拔裴坦的沈传师的儿子。裴坦、沈询、令狐绹是一丘之貉，所以极力排斥温庭筠的就是令狐绹。据赵璘

《因话录》：“大中九年（855），礼部侍郎沈询知贡举。”事在大中九年，当时也正是令狐绹当政。沈询不许温庭筠应试，裴坦写贬温庭筠制书，正是一连串打击温庭筠的阴谋的体现。又沈询原是徇私舞弊的主考官，《云溪友议》卷下载：“潞州沈尚书询，宣宗九载主春闱，将欲放榜。其母郡君夫人曰：‘吾见近日崔、李侍郎，皆与宗盟及第，似无一家之谤。……于诸叶中，欲放谁也。’询曰：‘莫先沈光也。’太夫人曰：‘……吾以沈儋孤单，鲜其知音，汝其不悯，孰能见哀。’……遂放儋第也。”可见当时科举讲私人关系情况。那么温庭筠不第，是很不公平的。

<h1 style="text-align:center">五</h1>

温庭筠在大中十一年（857）被贬为隋县尉。据李陷《徐襄州碑》：“大中十年春，东海公自蒲移镇于襄，十四年诏征赴阙。”则徐商留温庭筠于幕府即在此时。温庭筠年三十四。

咸通元年（860）徐商入朝，温庭筠此后就离开襄州，东游江淮了。《唐摭言》在叙述温为徐商巡官后说：“咸通中，失意归江东，路由广陵，心怨令狐绹在位时，不为成名。既至，与新进少年狂游侠，愈久不刺谒。又乞索于扬子院，醉而犯夜，为虞侯所系，败面折齿。方迁扬州，诉之令狐绹，捕虞侯治之，极言庭筠丑迹，自是汙行闻于京师。”

这就是又被令狐绹暗算。时令狐绹镇淮南，兼管盐铁。“属徐商知政事，颇为言之。无何，商罢相出镇，杨收怒之，贬为方城尉。”这一记载又有误。按温庭筠闹扬子院时，杨收在长安正任户部侍郎、判度支、兼管盐铁。咸通四年又升同平章事，则温庭筠又贬方城尉，当在咸通四年（863），年四十。

温庭筠《上裴相公启》说：“既而羁齿侯门，旅游淮上、投书自达，怀刺求知，岂期杜挚相倾，臧仓见嫉，守土者（令狐绹）以忘情积恶,当权者(杨收)以承意中伤,直视孤危,横相陵阻。……"显然就是指这件事的。情况说得很清楚。

徐商在咸通六年(865)才任兵部侍郎同平章事,替温庭筠说话当在此时,于是调温入京师任国子助教,时年四十二。如果说他真是轻薄之徒,又怎能做国子助教呢?

诗人邵谒在咸通七年(866)入京师为国子生,温庭筠榜谒诗三十首,广为扬誉。现在留有榜文说:"右前件进士所纳诗篇等,识略精微,堪稗教化,声词激切,曲备风谣,……宜立榜示众人,不敢独专华藻。……咸通七年十月六日试官温庭筠榜。"(《全唐文》卷七八六)

不久,温庭筠又第三次游江淮了。以上事迹斑斑可考,足证旧史的讹缪。《宝刻丛编》所载《温庭筠墓志》显然不足据。温庭筠可能即在咸通十年、十一年南下,后来投奔李蔚,又随李蔚入京,曾投书萧邺,又吊过翰林学士袁郊,死于中和元、二年。陈尚君说温庭筠陷入牛、李党争,实属无据。《玉泉子》说温庭筠为姚勗所笞,亦属无稽,姚勗管扬子盐铁院,早在李德裕贬前。

六

温庭筠的整个生平,还有些问题待考。一是温庭筠的家何在。温籍贯太原,但寄籍却不在江南。陈尚君说未确。温庭筠应家鄠县。他有《鄠杜郊居》诗云:"槿篱芳援近樵家。"又《开成五年秋抱疾郊居一百韵》诗写郊居"凛冽风埃惨,萧条树木枯。"也是鄠杜景象。《经李处士杜城别业》:"忆昔几游集,今来倍叹伤。"《鄠郊别墅》:"持愿望平绿,万景集所思。"又《宿云际寺》诗,云际寺在鄠县东南六十里,均足证明他家在鄠县。又《自有扈至京师》,有扈就是指扶风鄠县。

又《开成五年秋抱疾郊居一百韵》写他因病不应进士试,打

· 176 ·

188

算往游他乡，说："事迫离幽墅，贫牵犯畏途。"他毕竟去何地呢？诗里说："旅食常过卫，羁游欲渡泸。"是想重游卫地，或远游渝泸。又说"塞歌伤督护，边角思单于。"是想到塞外去。"堡戍标枪槊，关河锁舳舻。威容尊大树，刑法避秋荼。"是想依节度使幕府，而避开可能遭值的祸患。最后讲到"是非迷觉梦，行议拟桑吴。"决定一下行程是向北，还是向南。这是诗题中"将议遐适"的具体想法，于是开成五年（840）冬，十七岁，就去游历四方了。他的诗没有纪年，有些地方，也不仅是一次到过，所以难以完全判明写作年代。《会昌丙寅丰岁歌》是他会昌六年（846）二十一岁在家乡所作，那么会昌元年至五年，可能他都在外地。似乎他先由秦地而出塞。他的边塞诗还是很壮烈的，乐府诗中有《遐水谣》云："麟阁无名期未归，楼中思妇徒相望。"《公无渡河》云："黄河怒浪连天来。"《塞寒行》云："晚出榆关逐征北，惊沙飞迸冲貂袍。"《边笳曲》云："上郡隐黄云，天山吹白草。"《敕勒歌·塞北》云："帐外风飘雪，营前月照沙。"《过西堡塞北》云："白马犀匕首，黑裘金佩刀。"《回中作》云："千里关山边草暮，一星烽火朔云秋。"《西游书怀》云："高秋辞故国，昨日梦长安。"《河中陪节度游河亭》云："满座山光摇剑戟，绕城波色动楼台。"应均属写在这些年月的作品。

　　游秦出塞还有一系列的吊古伤今之作。如乐府《昆明治水战词》："茂陵仙去菱花老，唼喋游鱼近烟岛。"《走马楼三更曲》哀悼长生殿旁的宫人走马楼。又有《马嵬驿》、《题端正树》、《奉天佛寺》、《题望苑驿》、《过陈琳墓》、《苏武庙》、《经五丈原》、《马嵬佛寺》等。

　　大约他《经五丈原》、《过分水岭》诗，是写经由此地入川。温庭筠在川写有《利州南渡》、《锦城曲》、《醉歌》、《赠蜀将》。《赠蜀将》诗原注："蛮入成都，频著功劳。"陈尚君认为是指文宗太和三年时事,是确切的。以后有《旅泊新津却寄》云:"王粲平生感,登临几断魂。"又有《巫山神女庙》诗,疑从三峡出川。此次游程,可能就终止,北归长安了,《会昌丙寅丰岁歌》就是会昌六年做于鄠县的。又有《郭处士击瓯歌》也写于武宗会昌时。

宣宗大中年代似乎他在鄠县长安或卫地。大中五年至九年,李商隐在西川幕府,温有《秋日旅舍寄义山李侍御》诗,李有《有怀在蒙飞卿》诗,蒙属卫地。在卫地有《金虎台》、《邯郸郭公歌》等作。温庭筠似在大中年代才重应进士试。但大中九年为沈询所驳落。大中十一年(857)年三十三,被贬为隋县尉,入徐商幕府,始到荆襄。他还曾到过湘中。集中《黄昙子歌》、《三洲词》、《西州曲》、《常林欢歌》、《西江上送渔父》、《西江贻钓叟骞生》等都是此时所作。《渚宫晚春寄秦地友人》诗云:"今日思归客,愁容满镜悬。"到湘水写的则有《湘宫人歌》、《猎骑》、《湘东宴曲》、《赠楚云上人》、《和赵叔题岳寺》、《寄李外郎远》等,李远大中十二年间为杭州刺史。

懿宗咸通二年(861)间,他年三十八,因徐商已入为御史大夫,温庭筠便第一次南游江淮。《鸡鸣埭歌》、《张静婉采莲曲》、《雍台歌》、《吴苑行》、《湖阴词》、《蒋侯神歌》、《兰塘词》、《故城曲》、《谢公墅歌》、《台城晓朝曲》、《江南曲》、《钱塘曲》、《苏小小歌》、《春江花月夜词》、《懊恼曲》、《烧歌》、《陈宫词》、《太子西池》、《开圣寺》、《蔡中郎坟》、《过孔北海墓》等均应是首次到江南时写的。《题丰安里王相(即王涯)林亭》当也是在建业时作品,大中初宣宗已为王涯、贾餗昭雪,温庭筠哀悼他是很自然的,陈尚君说是在长安作,未见确证。温庭筠这时期诗多吊古伤今的作品,有较强烈的现实意义。

咸通三年(862)温庭筠年三十九。这一年广州人陈磻石自称有奇计,能弄钱,被任为扬子院巡官,管盐铁。冬天,令狐绹任扬州大都督府长史淮南节度副大使知节度事。传说温庭筠酒后闹扬子院当在此时，或咸通四年(864)初。又一次受到令狐绹的暗害。

咸通四年初杨收官兵部侍郎判度支，管盐铁又任同平章事，党于令狐绹，不满意温庭筠闹扬子院，于是贬温庭筠为方城尉。五年杨收为中书门下侍郎平章事。六年以御史大夫徐商为兵部尚书同平章事，此时徐商为温庭筠辩解，于是咸通六年(865)温庭筠年四十二任国子助教，但温氏离国子助教职，不知何时，又第二次南游。过下邳时有《过陈琳墓》诗，有句云："词客有灵应识我，霸才无主始怜君。"也是自伤之词。此次南游系自徐州南下，还有《赠少年》一首云："酒酣夜别淮阴市，月照高楼一曲歌。"又有《旅次盱眙县》一首。

咸通十一年(870)庭筠年四十七，冬天检校尚书右仆射李蔚为淮南节度副大使知节度事，则投依李蔚当在次年春。他写有《感旧陈情五十韵献淮南李仆射》诗，中有："旅食逢春尽，羁游为事牵。宦无毛义檄，婚乏阮修钱"句。按温庭筠可能丧偶待续婚，诗中使用了阮修年四十余未有室，王敦等敛钱为婚的典故（《晋书·阮修传》），也正适合他四十七岁年龄。余详本文第二节。陈尚君认为这是指他儿子未婚，却是十分牵强的。

僖宗乾符二年(875)，温年五十二，他可能随李蔚一道返长安。乾符四年(877)有《投翰林萧舍人》诗，又《题翠微寺二十二韵》次于《感旧陈情献淮南李仆射》，诗后云："乾符春得位，天赐夜收铛。"也当写于乾符初。此后还有《经翰林袁学士故居》诗，大约温死于僖宗中和二年(882)，年五十九。

就上面的论证，他的生平经历和诗歌创作情况，大体是可考的。

---

① 《中华文史论丛》第八辑。

② 《中华文史论丛》1981年第二期。

郑谷生平系诗

《唐才子传》、《唐诗纪事》等书，记叙郑谷生平，错误很多。《唐才子传》郑谷条说："谷字守愚，袁州宜春人。父史，开成中为永州刺史。……光启三年，右丞柳玭下第进士，授京兆鄠县尉，迁右拾遗、补阙。乾宁四年，为都官郎中……。又尝赋鹧鸪，警绝，复称郑鹧鸪云。未几告归，退隐仰山书堂，卒于北岩别墅。"在"父史，开成中为永州刺史"下云："谷幼颖悟绝伦，七岁能诗。司空侍郎图与史同院，见而奇之，问曰：'予诗有病否？'曰：'大夫《曲江晓望》云：村南斜日闲回首，一对鸳鸯落渡头。此意深矣。'"（《唐诗纪事》略同）这一记述是荒谬的。司空图咸通十年才中进士，与郑谷年代相当，不可能有此事。《唐才子传》王驾条云："（驾）与郑谷、司空图为诗友。"（《唐诗纪事》同）可见，记叙前后矛盾。今考郑谷生平并系以诗，聊备研究唐诗的同志们参考。

郑谷字守愚，袁州宜春人。

按《新唐书·宰相世系表》荥阳郑氏，有郑澂。郑谷诗称澂为从叔（《送司空从叔员外徽赴华州裴尚书均辟》），徽，即澂之误。郑澂为司封员外郎在乾符四年三月（《旧唐书·僖宗本纪》）。谷可能系出荥阳郑氏南祖。

父史，开成元年（836）登第（见《唐诗纪事》郑史条）。郑史能诗，特别是七言长句。

唐宣宗大中三年（849），郑谷生。

按，据郑谷七岁随父往永州，谷约当生于此年（详下郑谷七岁条)。又，郑谷有兄郑启，《全唐诗》存诗三首，生平不详。

大中七年(853)，郑谷五岁。

《通鉴·唐纪》六十五："冬十二月，左补阙 赵璘请罢 来年元会，止御宣政。……上曰：'近华州奏有贼光火 劫下邽，关中少雪，皆朕之忧，……虽宣政亦不可御也。'"赵璘是郑谷父执。这段记载表示当时宣宗还有图治之心。

大中八年(854)，郑谷六岁。

《通鉴·唐纪》六十五："二月，中书门下奏，拾遗、补阙缺员，请更增补。上曰：'……如张道符、牛丛、赵璘辈数人，使朕日闻所不闻足矣。'……久之，丛自司勋外郎出为睦州刺史。……上重翰林学士，至于迁官，必校岁月，以为不可以官爵私近臣也。"当时慎选内外官，提倡久任，不轻易迁转。

大中九年(855)，郑谷七岁。

《通鉴·唐纪》六十五："二月，以醴泉令李君奭为怀州刺史。初，上校猎渭上，有父老十数，聚于佛祠。上问之，对曰：'醴泉百姓也。县令李君奭有异政，考满当罢，诣府乞留，故此祈佛，……'及怀州刺史阙，上手笔除君奭。" 按郑史为永州刺史，当亦在此年。《唐才子传》云："史开成中为永州刺史。"不确，因为史开成元年才中进士，不可能在二三年中就作刺史，开成中当为大中中的传误。郑史咸通中还在永州。

《唐才子传》云："谷幼聪颖过人，七岁能诗。"郑谷《卷末偶题》第二首云："七岁侍行湖外去，岳阳楼上敢题诗。"当即随父去永州时。今定于此年，此时正宣宗选择刺史良二千石时期，又与郑谷以后经历相吻合 。

大中十二年(858)，郑谷十岁。

夏四月，岭南军乱，囚节度使杨发。六月，江西军乱，逐观察使郑宪。秋七月，宣州军乱，逐观察使郑薰。晚唐变乱自此史不绝书。

宣宗命刺史不得外徙，必令至京师，面察能否后除之。上均见《资治通鉴》唐纪六十五。

大中十三年(859)，郑谷十一岁。

八月宣宗死去。十二月农民起义军裘甫取象山。

懿宗咸通元年(860)，郑谷十二岁。

裘甫取剡县，进兵衢、婺等州。四月裘甫起义失败。

咸通三年(862)，郑谷十四岁。

南诏攻安南，《通鉴》注引《实录》："三月以蔡京充荆襄以南宣慰安抚使。五月，以京为岭南西道节度使。"蔡京曾受知于令狐楚，开成元年及第。

《云溪友议》卷上买山谶条："(蔡京)及假节邕交，道经湘口，零陵太守郑史，与京同年，远以酒乐相追。座有琼枝者，郑君之所爱，而席之最姝，蔡强夺之行，郑莫之竞也。"

郑史任永州刺史至此七年，宣宗曾令刺史、县令须经三考至少一考才能转官。《旧唐书·宣宗本纪》大中元年制："守宰亲人，职当抚字，三载考绩，著在格言。贞元年中，屡下明诏，县令五考，方得改移。近者因循，都不遵守，诸州或得三考，畿府罕及二年；……自今须满三十六个月，永为常式。"郑史任永州刺史已满七年，经二考。则《唐才子传》开成中为大中中之误无疑。

本年蔡京邕南失律，贬崖州司户，但他不肯前去，却逃往零陵，诏赐自尽。

蔡京有《浯溪》诗："停桡积水中，举目孤烟外。借问浯溪人，谁家有山卖。"郑谷也有《浯溪》诗，云："湛湛清江叠叠山，白云白鸟在其间。"可能是幼年陪蔡京游浯溪作。

咸通五年(864)，郑谷十六岁。

郑谷有《梁烛处士辞金陵相国杜公归旧山因以寄赠》，云：

"两浙寻山徧,孤舟载鹤归。"诗人伊璠咸通四年及第,也有《及第后,寄梁烛处士》诗,云:"绣毂寻芳许史家,独将羁思达江沙。"是咸通四年处士仍在湖南湘江之畔。杜审权咸通八年回朝,守尚书左仆射。郑谷诗当作于咸通六、七年,谷十七、八岁时,金陵指润州。

咸通六年(865),郑谷十七岁。

郑史任永州刺史已满三考,转官国子博士当在此时,《唐诗纪事》云:"史终国子博士"。

郑史在任上有《永州送侄归宜春》诗,云:"永水清如此,袁江色可知。到家黄菊坼,亦莫怪归迟。"又有:《秋日零陵与幕下诸宾游河夜饮》诗,云:"湘月蘋风乍畅衿,烛前江水练千寻。"诗写得都相当优美。

咸通七年(866),郑谷十八岁。

随父在长安。《通鉴·唐纪》六十五:"上好音乐宴游,……所费不可胜纪。"

谷《赵璘郎中席上赋蝴蝶》诗,大约写于此年或稍后,诗中有"书幌轻随梦,歌楼误采妆"句,很工丽,风格近于温、李。赵璘开成三年进士,大中七年任左补阙。写《因话录》时属衔为员外郎,咸通三年曾在衢州刺史任,此时大约升任郎中(《会稽掇英总集》)。又,郑谷《云台编自序》云:"幼受知于李公明、马博士戴。"马戴也是国子博士,当是郑史同僚。谷自称幼,年当在十七、八岁,即此年前后。

咸通八年(867),郑谷十九岁。

三月,以浙西观察使杜审权守尚书左仆射(《旧唐书·懿宗本纪》)。

苗绅在江州刺史任。《庐山记》:"咸通八年江州刺史苗绅有《二韦写真赞》(按,二韦为韦丹、韦宙)。"徐知证《庐山太乙真人庙记》:"咸通九年江东牧苗公绅自扩桥移入山口。"(《全唐文》卷

· 183 ·

195

按，苗绅可能死于此后不久，《金华子杂编》记苗绅在**江州**云："绅笑语其子曰：'今日见崔相国悯我如此。'遂坐于厅高诵其言，曰：'苗十大是屈人。'喜笑一声而卒。"崔相国当为崔铉，曾任荆南节度使，庞勋叛乱时，他曾到江州，后自荆南罢归。郑谷有《送人之九江谒郡侯苗员外绅》诗，云："泽国寻知己，南浮不偶游。"似当作于咸通八、九年间。

咸通九年（868），郑谷二十岁。

七月，桂林戍卒推粮料判官庞勋起兵。九月，攻入淮南，至泗州。十月取徐州。

郑谷有《题水部李羽员外昭国里居》诗。李洞有《贺昭国从叔员外转本曹郎中》诗。郑谷与诗人李洞，约在此时相识。

咸通十年（869），郑谷二十一岁。

《旧唐书·懿宗本纪》："正月，杨收党李羽等长流。"《通鉴》：三月，庞勋攻泗州。四月，马举将兵救泗州。六月，陕民逐观察使崔荛。荛"不亲政事，民诉旱，荛指庭树曰：'此尚有叶，何旱之有？'杖之。民怒，故逐之"。

郑谷对此深感忧虑，有《送进士许彬》诗云："泗上未休兵，壶关（此用指陕民）事可惊。流年催我老，远道念君行。……何当食新稻，岁稔又时平。"

《通鉴·唐纪》六十七："上荒宴，不亲庶政，委任路岩。岩奢靡，颇通赂遗，左右用事。至德令陈璠叟因上书召对。……上怒，流璠叟于爱州，自是无敢言者。"

本年司空图及进士第。《唐才子传》："图咸通十年归仁绍榜进士。"

咸通十一年（870），郑谷二十二岁。

郑谷应京兆试。《唐诗纪事》张乔条："咸通中，京兆府解，试《月中桂》诗，乔擅场。……其年李建州频主试（时为京兆府参军），以许棠老于场屋，以为首荐。"

又任涛下云："李建州频主京兆府解试，时涛与许棠、张乔、喻坦之、剧燕、吴宰（《唐摭言》作吴罕）、张蠙、周繇、郑谷、李栖运、温宪、李昌符，谓之十哲，是年试，俱以次得之。是岁，咸通末也。"郑谷应京兆府试应在此年。

又按，《旧唐书·懿宗纪》：十一年"十月，以给事中薛能为京兆尹。"此府试即薛能命李频主持。郑谷有《献大京兆薛常侍能》诗云："唯有明公赏新句，秋风不敢忆鲈鱼。"《云台编自序》云"求试春闱，故薛许昌能，李建州频，不以晚辈见待。"自称晚辈，则与年二十二相近。

咸通十二年（871），郑谷二十三岁。

高湜知举，谷应试不第。《唐诗纪事》聂夷中条："咸通十二年，高湜知举，胜内孤贫者：夷中、公乘亿、许棠。"又公乘亿下："高湜咸通末为礼部侍郎，……曰：'吾决以至公取之，……'乃取亿、许棠、聂夷中。"

按《唐摭言》卷二："神州解送，自开元、天宝之际，率以在上十人，谓之等第。……至咸通、乾符，则为形势吞噬，临制近，同及第。"但高湜没有这样做，郑谷、张乔等均落第。

这时期他和许棠、张乔诸人友好。薛能有《喧张乔、喻坦之》诗。郑谷有《送进士赵能卿下第东归》诗，张蠙有《和友人送赵能卿东归》诗。郑谷有《同志顾云下第出京偶有寄勉》诗，均大约写于本年或稍后。赵能卿为当时越州诗人，顾云后于乾符元年（874）登第。

许棠及第后官泾县尉，郑谷有《送许棠先辈之官泾县》诗，有"白头新作尉"语，年远长于郑谷。李洞及闽中诗人林宽均有《送许棠及第归宣州》诗。

咸通十三年（872），郑谷二十四岁。

许棠为南康太守陆肱辟为从事。郑谷有《南康郡牧陆肱郎中辟许棠先辈为郡从事,因有寄赠》诗。

咸通十四年(873),郑谷二十五岁。

懿宗迎佛骨,宰相以下,竞施金帛,不可胜纪(《通鉴·唐纪》六十八)。

郑谷有《咸通十四年府试木向荣》诗,又有《下第退居》二首;有《席上赠歌者》:"花月楼台近九衢,清歌一曲倒金壶。座中亦有江南客,莫向樽前唱鹧鸪。"也当作于未乱前,今系于此年。

僖宗乾符元年(874),郑谷二十六岁。

正月王仙芝在濮州起义。此年前后,郑谷有友人打算招他往边地,他有《寄边上从事》诗,云:"下第春愁甚,劳君远见招。"

乾符二年(875),郑谷二十七岁。

《旧唐书·僖宗纪》:"以都官员外郎李频为建州刺史。"郑谷与李频交谊最深,诗中多次提到李频,诗风也相近。

《旧唐书·僖宗纪》:四月,以"秘书监萧岘为国子祭酒、汝州刺史。"这时可能郑谷应萧岘辟为汝州从事。他有《旅寓洛南村舍》诗,云:"村落清明近,秋千稚女夸。"即未乱前去汝州时作。张乔仍留在长安,有《送郑谷先辈赴汝州辟命》诗,云:"载笔离秦甸,从军过洛州。"(《唐摭言》:"互相推敬,谓之先辈。")郑谷有《题汝州从事厅》诗,云:"惊燕拂帘闲睡觉,落花沾砚会餐归。"是汝州未乱时作。萧岘在汝州时间很短,郑谷不久可能随萧岘罢归长安。

六月,黄巢起兵应仙芝。

乾符三年(876),郑谷二十八岁。

本年高蟾及第,郑谷有《高蟾先辈以诗笔相示,抒成寄酬》诗。

九月,以户部郎中郑諴为刑部郎中,郑谷诗称諴为从叔。

郑谷有《感兴》诗:"禾黍不阳艳,竞栽桃李春。翻令力耕者。

半作卖花人。"《偶书》诗:"不会苍苍主何事,忍饥多是力耕人。"
正反映农民起义前后阶级矛盾尖锐的情况。

本年李频卒。郑谷有《哭李建州员外》诗,张乔也有《吊建州李员外》诗,系作于同时。

乾符四年(877),郑谷二十九岁。

刑部郎中郑諴出为安州刺史(时间不详),谷有《从叔郎中諴辍自秋曹,分符安陆,属群盗倡炽,流毒江壖,竟以援兵不来,城池失守,例削今任,却叙省衔,退居荆汉之间,颇得琴樽之趣,因有寄献》诗。《唐摭言》卷五:"陈峤谒安陆郑郎中諴,三年方一见。"即在本年,安州被王仙芝攻下,郑諴退居荆汉之间时。

《唐摭言》卷二又记本年:"崔渎为京兆尹,复置等第。差万年尉公亿乘为试官,试《火中寒暑退》赋及《残月如新月》诗。"郑谷有《京兆府试残月如新月》诗。

乾符六年(879),郑谷三十一岁。

九月,黄巢入广州,十月自桂州沿湘江北上。刘汉宏大掠江陵。十二月,陈彦谦破柳州。

郑谷有《祠部曹郎中免官南归》诗;李洞也有《送曹郎中罢官南归》诗,自注云:"时南中用兵",约当写在此年。但南方道路阻塞,曹邺改任洋州刺史,郑谷又有《送祠部曹郎中邺出守洋州》诗。

广明元年(880),郑谷三十二岁。

郑谷有《辇下冬暮咏怀》诗,云:"永巷闲吟一径蒿,轻肥大笑事风骚。烟含紫禁花期近,雪满长安酒价高。失路渐惊前计错,逢僧更念此生劳。十年春泪催衰飒,羞向清流照鬓毛。"按潘岳《秋兴赋》序云:"余春秋三十有二,始见二毛。"诗人言鬓毛多本此,则与约计的郑谷年令,也正相符。十年春泪指十上春官应试,自咸通十二年(871)至本年正十年。

又《渚宫江陵乱后作》,也似作于此年前后。

九月，许昌军乱，杀节度使薛能。十一月，黄巢攻入东都。十二月，黄巢入华州，长安百官，分路逃亡，黄巢入长安。僖宗逃至兴元。

郑谷行踪不详，但《巴江》诗："乱来奔走巴江滨"，自注"时僖宗省方南梁"，正作于此时。

中和元年(881)，郑谷三十三岁。

正月，僖宗又由鹿头关、绵州逃亡成都。郑谷或留兴元。

光启元年(885)，郑谷三十七岁。

三月，僖宗还长安，"荆棘满城，狐兔纵横"（《通鉴·唐纪》七十二）。郑谷归长安，有《长安感兴》诗，云："徒劳悲丧乱，自古戒繁华。落日狐兔径，近年公相家。可悲闻玉笛，不见走香车。寂寞墙匡里，春阴挫杏花。"诗中描写与《通鉴》所记相合。

十二月，李克用沙陀兵逼长安，僖宗又逃往凤翔。长安复为乱兵所焚，无复孑遗。

光启二年(886)，郑谷三十八岁。

正月，宦官田令孜劫僖宗到宝鸡。"朝士追乘舆者至周至，为乱兵所掠，衣装殆尽。"（《通鉴·唐纪》七十二）二月，僖宗又至兴元。十月，朱玫立襄王李煴于长安。十二月，李煴奔河中，为王重荣所杀。

光启三年(887)，郑谷三十九岁。

本年郑谷在长安，于尚书右丞柳玭下以第八人及进士第（见《唐才子传》及《韵语阳秋》卷十九）。祖无择《郑都官墓表》亦云："光启三年及第。"

郑谷有《曲江红杏》诗，云："女郎折得殷勤看，道是春风及第花。"当写于及第之后。又有《乱后坝上》诗云："柳丝牵水杏房红，烟岸人稀草色中。日暮一行高鸟处，依稀合是望春宫。"

郑谷及第后曾拟归宜春，洋州刺史曹邺集中有《送郑谷归宜春》诗,云:"况值飞鸣后,殊为喜庆多。"但郑谷因南方兵乱,并未归宜春,而是入蜀,有《擢第后入蜀经罗村,路见海棠盛开,偶有题咏》诗,云:"上国休夸红杏艳,深溪自照绿苔衣。……手中已有新春桂,多谢烟香更入衣。"

自本年三月,僖宗一直留凤翔,以军阀李茂贞为同平章事、凤翔节度使。郑谷《蜀中寓止,夏日自贻》诗云:"故人衰飒尽,相望在行朝。"郑谷自此时在蜀五、六年之久,闻园防上人谢世诗题内云"谷自乱离之后,在西蜀半纪之余。"郑谷是由兴州、阆州、鹿头关入川的,《兴州江馆》诗云:"向蜀还秦计未成,寒蛩一夜绕床鸣。愁眠不稳孤灯尽,坐听嘉陵江水声。"当写于本年秋。

文德元年(888),郑谷四十岁。

二月僖宗回到长安,三月死去。

郑谷《游蜀》诗云:"所向明知是暗投,两行清泪语前流。云横新塞遮秦甸,花落空山入阆州。"时陈敬瑄在成都,横行霸道,王建力量也逐渐强大,所以郑谷入蜀无可归依。又《蜀中》三首之一云:"马头春向鹿头关,……雪下文君沽酒市,云藏李白读书山。"可证本年春自鹿头关入成都。

唐昭宗龙纪元年(889),郑谷四十一岁。

郑谷大约在成都,写有《荔枝》、《海棠》、《锦》、《游净众寺》等诗。

大顺元年(890),郑谷四十二岁。

本年王驾中进士,授校书郎(《唐才子传》)。郑谷有《次韵和王驾校书结绶见寄之什》诗。

大顺二年(891),郑谷四十三岁。

本年杜荀鹤及第(《唐才子传》)。

七月,王建攻成都陈敬瑄。十月,宦官军容使杨复恭奔兴元,其子杨守亮等及绵州刺史杨守厚举兵拒唐王朝。

十二月，以顾彦晖为东川节度使。杨守亮命杨守厚攻梓州，王建救东川，守厚走还绵州。

郑谷有《梓潼岁暮》诗云："渐有还京望，绵州减战尘。"《漂泊》："十口飘零犹寄食，两川消息未休兵。"正反映两川乱事。

景福元月（892），郑谷四十四岁。

本年，郑谷由成都游嘉州、峨眉等地，写有《嘉陵》、《峨眉山》、《蜀江有吊》等诗，《蜀江有吊》是哀悼孟昭图的。

景福二年（893），郑谷四十五岁。

《通鉴》唐纪七十五："二月，以渝州刺史柳玭为泸州刺史。"柳玭是郑谷中进士的座师。郑谷有《将之泸郡，途次遂州，遇裴晤员外》诗云："我拜恩师更南去，荔枝春熟向渝泸。"打算由泸到渝，经三峡出川。

此外还写有《舟次通泉客舍》、《通川客舍》、《峡中寓止》、《渠江旅思》、《峡中》、《下峡》等诗。《下峡》云"波头未白人头白，瞥见春风滟滪堆"，可见下峡是在春天。又有《江行》诗云："夜雨荆江涨，春云郢树深。殷勤听渔唱，渐次入吴音。"则春天已到达江陵。

此行可能他还到过湖南，有《南游》诗云："凄凉怀古意，湘浦吊灵均。"《远游》诗云："久客秋风起，孤舟夜浪翻。乡音离楚水，庙貌入湘源。"则时在秋初。

回荆渚一直住过冬天，有《荆渚八月十五夜值雨寄同年李昉》与《江际》诗，都表示了早日返长安的意愿。

乾宁元年（894），郑谷四十六岁。

春天他自江陵西上，《淮上与友人别》云："扬子江头杨柳春，杨花愁杀渡江人。数声风笛离亭晚，君向潇湘我向秦。"淮上指淮南西道一带，安州、黄州即属淮南西道；扬子江为通称，非仅指金陵的长江一段，分手处当在今武昌、嘉鱼附近。

春回到长安,即任鄠县尉,有《结绶鄠郊縻摄府署偶有自咏》诗云:"推去簿书搔短发,落花飞絮正纷纷。"表明时在暮春。不久升转右拾遗,有《早入谏院》二首,第一首有句云" 玉阶春冷未催班"。第二首有句"满衣花露听宫莺"。《忝官谏垣明日转对》诗就写于此时。《全唐文》卷三八三,载有薛廷珪《授鄠县尉郑谷右拾遗制》。

乾宁二年(895),郑谷四十七岁。

六月,李克用讨李茂贞、韩建。昭宗畏李茂贞、韩建逼迁,先逃往南山石门镇,并命克用进军。李茂贞惧,上表请罪,昭宗又还长安。李克用军退,李茂贞骄横如故。郑谷仍官右拾遗,有《摇落》诗云:"日暮寒鼙急,边军在雍岐。"指李克用军队。

本年诗人王贞白及第,有《秋日旅怀寄右省郑拾遗》诗。

乾宁三年(896),郑谷四十八岁。

有《春暮寄怀韦起居衮》诗,云:"长安一夜残春雨,右省三年老拾遗。"自乾宁元年算起,至此三个年头。

秋七月,韩建迎昭宗到华州。李茂贞入长安。

郑谷升转右补阙(中谏),留在长安,有《顺动后兰田偶作》云:"小谏升中谏,三年侍玉除。且(直)言无所补,浩叹欲何如。宫阙飞灰烬,嫔嫱落里闾。兰峰秋更碧,霑洒望銮舆。"写出唐末的荒乱和内心的沉痛。李洞有《郑补阙山居》诗。

乾宁四年(897),郑谷四十九岁。

昭宗在华州。郑谷自长安奔往华州行在。九月,以御史中丞狄归昌为尚书右丞。谷有《叙事感恩上狄右丞》、《寄献狄右丞》诗,表示寄希望于狄归昌。郑谷时已被任命为右补阙,诗中仍称"小谏",似由于昭宗仍在华州,朝廷已无秩序可言,故称原职。

谷又有《奔向三峰,寓止近墅》诗,云:"半年奔走颇惊魂,来谒行宫泪眼昏。……灞陵散失诗千首,太华凄凉酒一樽。……"

谷半生诗作,经此乱离,多已散失,于是在三峰云台道舍编辑所作为《云台编》三卷,《自序》云:"幼受知于李公朋、马博士戴。求试春闱,故薛许昌能、李建州频以晚辈相待。游举场十六年,著述千余首。乾宁初,上幸三峰,朝谒多暇,寓止云台道舍,遂拾坠补遗,成三百首,目为《云台编》。"

光化元年(898),郑谷五十岁。

李茂贞,韩建与李克用修好,复以李茂贞为凤翔节度使。八月昭宗回长安。大赦,改元。

九月,以狄归昌为尚书左丞。

郑谷有《入阁》、《迴銮》、《光化戊午年举公见示春草碧色诗偶赋是题》等诗,又有《初还京师,寓止府署,偶题屋壁》诗,云:"秋光不见旧亭台,四顾荒凉瓦砾堆。"

光化二年(899),郑谷五十一岁。

谷仍在右补阙任,有寄左省张补阙诗三首,张为张茂枢。

光化三年(900),郑谷五十二岁。

七月,以裴贽为中书侍郎兼刑部尚书同平章事充集贤殿大学士。

郑谷拜都官郎中在此年。有《转正郎后寄献集贤相公》诗,云:"干名初在德门前,屈指年来三十年。"本年距咸通十二年郑谷初应试时正三十年。又有《感怀投时相》诗,云:"无才偶添值文昌,两鬓年深一镜霜。"《省中偶作》云:"三转郎曹自勉旃,莎阶吟步想前贤。未如何逊无佳句,若比冯唐是壮年。"又有《南宫寓直》、《小北厅闲题》、《文昌寓直》、《街西晚归》等诗。

《唐才子传》说他乾宁四年为都官郎中,大误,今改正。郑谷自鄠县尉转右拾遗,又转右补阙,到转为都官郎中正三转,因此他说"三转郎曹"。可是都官郎中是个冷官,《小北厅闲题》:"冷曹孤宦本相宜",冷曹,就是指都官郎中。《故许昌薛尚书能尝为都官郎中,后数岁,故建州李员外频,自宪府内弹拜都官员外,……今忝此官,复是正职,……遂赋自贺》诗中也说:"他日节旄如可继,不嫌曹冷在中行。"

郑谷作郎官后,有《寄左省张起居》、《寻蒙唱酬,见誉过实,却用旧韵重答》、《九日偶怀寄左省张起居》等诗,张为名书画家张彦远,乾符中官大理卿,后迁起居舍人。他是文规的儿子,文规父弘靖,祖延赏,曾祖嘉贞均为唐宰相。第一首诗中就讲到"家声三相后,公事一人前。"第二首自叙有"兰为官须握",指自己作尚书郎。同时有《送水部郎中张彦回宰洛阳》诗,张彦回是文规弟次宗的儿子,彦远从弟(均见《新唐书·宰相世系表》)。郑谷晚年爱水墨山水,还有题段赞善、温能画诗。

本年十二月,宦官刘季述等废昭宗,囚于少阳院。朱全忠闻乱帅兵至大梁。

天复元年(901),郑谷五十三岁。

正月,昭宗复辟,崔胤进位司徒,进朱全忠爵东平王。十月,朱全忠兵至河中,请昭宗迁东都,长安百姓逃散,百官皆不入朝。宦官韩全诲又勾结李茂贞逼昭宗迁凤翔。十二月,朱全忠又迫崔胤帅百官及居民迁华州。唐王朝大乱。

天复二年(902),郑谷五十四岁。

有《壬戌西幸后》诗,云:"武德门前景气新,雪融鸳瓦土膏春。夜来梦到宣麻处,草没龙墀不见人。"又有《多虞》诗,云:"多虞难住人稀处,近耗全无战罢棋。向阙归山俱未得,且沽春酒且吟诗。"时朱全忠与李克用交兵,战事始终不断。

天复三年(903),郑谷五十五岁。

正月,诛韩全诲,昭宗返长安;朱全忠又杀宦官数百人。

僧虚中有《赠郑都官》诗,末云:"何当答群望,高蹑傅岩踪。"

招他从速退隐,似当写于此时。郑谷便于本年九月辞官归宜春,《舟行》诗云:"九派迢迢九月残,舟人相语且相宽。……季鹰可是思鲈鲶,引退知时自古难。"以西晋之乱,张翰归吴自比。《唐才子传》云:"退隐仰山书堂。"又《图书集成》引《江南通志》说他乾宁四年以都官郎中退居于仰山东庄之书堂,时间不确。

天祐元年(904),郑谷五十六岁。

正月,朱全忠迁昭宗于陕。四月,迁于洛阳。六月,李茂贞讨朱全忠。八月,朱全忠杀昭宗。本年初,杜荀鹤卒。

天祐二年(905),郑谷五十七岁。

六月,朱全忠杀裴枢等朝士三十余人于白马驿,沉尸于河。宰相裴赞赐死。八月,放礼部侍郎司空图归山。

天祐三年(906),郑谷五十八岁。

在宜春,写有《默然》诗,云:"搢绅奔避复沦亡,消息春来到水乡。屈指故人能几许,月明花好更悲凉"。深含亡国之痛。

梁开平元年(907),郑谷五十九岁。

本年僧齐己有《戊辰岁湘中寄郑谷郎中》诗。

梁开平三年(909),郑谷六十一岁。

本年齐已可能去江西。他的《庚午岁九日作》有句云:"云影半晴开梦泽,菊花微暖傍江潭。"表明他秋天在江陵。又有《题郑郎中谷仰山居》系秋末作;又有《赴郑谷郎中招游龙兴观题诗》云:"淹留仙境晚,回骑雪风吹。"是本年秋至冬与郑谷在袁州相会。《唐诗纪事》僧齐已条:"僧齐己,有诗名。《往襄州谒郑谷献诗》云'……自封修药院,别下着僧床。……'谷览之云:'请改一字,方可相见。'经数日再谒,称已改得诗云:'别扫着僧床'谷嘉赏,结为诗友。"襄州,似为袁州之误。

梁开平五年(911),郑谷六十三岁。

齐已有《哭郑谷郎中》诗,云:"新坟青嶂叠,寒食白云垂。长忆招吟夜,前年风雪时。"据此,则郑谷大约死于本年春清明前。《唐才子传》云:"卒于北岩别墅。"齐己又有《伤郑谷郎中》诗,云:"锺陵千首作,笔绝亦身终。……惆怅秋江月,曾招我看同。"是他的《宜阳集》已经在死前编就。《唐才子传》云:"(齐己)又与郑谷、黄损等共定用韵,为葫芦、辘轳、进退等格。"这都是诗人的最后贡献了。

郑谷生平大抵已如上述。《唐音癸签》言:"宋初家户习之。"而祖无择还为他作墓表,可见宋初对他的尊重。实际上值得尊重的是他是一位爱国诗人,而且继承了现实主义传统。他的诗存下的虽不多,但仍可称为咸通后僖、昭宗时代的诗史。至于风格,七言继承温、李、杜牧、张祜;五言近方干、李洞、李频、许棠、张乔。虽时代衰乱,气骨不足,但还自然,且亦稍有豪迈,非南宋四灵可比。他在《云台编自序》中说:"虽属对声律未畅,而不无旨讽。"确系的评。至于讲格式、讲对联、讲用韵,是受了当时科举和以诗为献赞风气的影响,他保留很多省试的作品,就是证明。这是他较大的欠缺。

《宫柳》诗和韩偓的生卒年

韩偓是唐王朝灭亡时期的诗人。他受到李商隐诗风的影响，特别是《有感》、《重有感》那类有政治意义的诗篇的影响，写了一些与宦官、军阀斗争，努力想挽救唐王朝灭亡的诗。诗的风格也较豪迈。就主要倾向讲，他的诗还是应该肯定的。

他生活在唐昭宗李晔时代。唐昭宗内受宦官刘季述、韩全诲之流的挟持，外受军阀李茂贞、朱全忠等人的胁迫，已很难有作为。但他有心图治，看中韩偓可以帮助他，便任韩偓做翰林学士。韩偓定策杀掉谋迫昭宗退位的宦官刘季述。昭宗想尽杀宦官，以清内患，但宰相崔胤却错误地引进朱全忠的兵来杀宦官，造成了朱全忠篡夺的机会。韩偓由于抵制朱全忠，被贬为濮州司马，后来看到朱全忠篡夺之势已成，便入闽依王审知，死于闽中。《宫柳》诗就是用比兴手法反映他当时的政治处境和他的迫切希望的诗。

这首诗写："莫道秋来芳意违，宫娃犹似嫉娥眉。幸当玉辇经过处，不怕金风浩荡时。草色长承垂地叶，日华先动映楼枝。涧松亦有凌云分，争似移根太液池。"

表面上咏宫苑柳树，实际是用柳树比喻朝中坚持对抗宦官军阀的人。诗第一联比喻他们在政治上受人嫉妒排击。第二联写有昭宗的支持，不怕金风浩荡。第三联写下有同情柳的芳草，上有日光照耀它的劲枝。第四联则希望涧松那样的在野人物，移根宫苑共救危亡。吴乔《围炉诗话》说："此诗以宫柳自比，而忧全忠之见妒，末则言草野尚有贤者，恨不能荐之于朝，以为己助也。"又说："晚唐诗惟偓足以嗣响义山。"从《宫柳》诗可以看出，韩偓诗从思想内容上应予适当肯定。他还有《安贫》一诗"谋身拙为安蛇足，报国危曾捋虎须"，是长时期流传的，前一句指责崔胤的失策，后一句写自己抵制朱全忠，颇具有反映晚唐历史的意义。

　　但他也写了一些香奁体诗，可能是受李商隐一些艳体诗影响，而又走得更远，这当然是糟粕。刘大杰《中国文学发展史》第二册以此而定韩偓为香奁体代表作家，认为是反现实主义文学潮流的代表，一概否定。这也不公允、不确切。

　　刘大杰定韩偓生于公元844年，死于923年。也是错误的。

　　韩偓是李商隐的外甥，许多文学史都提到李商隐赠韩冬郎的这首诗："十岁裁诗走马成，冷灰残烛动离情，桐花万里丹山凤，雏凤清于老凤声。"这是李商隐赞扬幼年的韩偓的诗才的，很多著述注意到这一点，但未注意到这首诗可以定韩偓的生年。

　　诗的原题是《韩冬郎即席为诗相送，一座尽惊，……句有老成之风，因成二绝寄酬，兼呈畏之（韩偓之父韩瞻）员外》。这是李商隐去柳仲郢东川节度使幕府前所作。李商隐去东川一般说法是在大中五年。但据李商隐《樊南乙集序》的自叙，大中四年七月李商隐应柳仲郢聘。但因他悼亡，所以迟到冬天才去。赠冬郎诗的第二首："剑栈风樯备苦辛，别时风雪到时春。"可能大中五年春才到梓州。李商隐又有《悼伤后赴东蜀辟至散关遇雪》诗，都可证明应柳仲郢聘是在大中四年秋，去东川则在冬季。那么韩瞻、韩冬郎送行无疑是在大中四年（公元850）冬，冬郎年十岁，生年就当在会昌元年（公元841）。

　　至于他的卒年，旧史只讲他依王审知而卒，刘大杰却直推到后梁之亡，王审知死前二年，时间估计得十分之长。但从韩偓《诗集》看，这个估计也是不确的。

韩偓从唐昭宗天复四年(公元904)之后，写诗就不记年号，只记甲子了，因为政权已落入朱全忠手中。统计他的诗纪年从甲子(公元904)起，到癸酉公元913年(后梁乾化三年)止，自此之后就没有诗了。又据刘克庄《跋韩致光帖》云："致光自癸亥去国，甲戌悼亡，十有二年，流落久矣。而乃心唐室，始终不衰，其自书(裴郡君祭文)首书甲戌岁。"则他的诗文记年届止于甲戌(公元914)，那么他的卒年不会距此很远，很可能就在此年或次年。癸酉年于南安县有《十月七日早起作时气疾初愈》诗，可见他当时已患有气喘重病。卒年可能在后梁乾化四年(914)或乾化五年(915)，约七十三或七十四虚岁。

李 商 隐 诗 杂 考

清张采田《玉溪生年谱会笺》是研究李商隐生平和诗文写作时代背景的重要参考书,岑仲勉先生很肯定它,说它"应有而有,弗蔓弗枝,诚不愧谱之正宗"(《玉溪生年谱会笺平质》)。今谨就《会笺》所未及的和有疑义的问题做一些研究考证,希望能对研究李商隐生平和诗有所帮助。

一、李商隐的《锦瑟》诗

李商隐的《锦瑟》诗,使用了比较隐晦的比兴手法,因而后人有各种不同的解释。有人说是恋歌,有人说是李商隐表达自己不得志的思想感情的,但大抵都是臆测。我认为这是他自叙生平的诗篇,句句都似虚实实,是完全可以理解的,并不是什么寄托。

《锦瑟》头两句说:"锦瑟无端五十弦,一弦一柱思华年。"这是他用锦瑟五十弦起兴,联想到自己已五十岁了。当他看到锦瑟的五十弦、柱,就暗暗回想自己五十年中不得志的仕宦经历。李商隐是很喜欢在诗中反映他某一段消逝了的年华的,如"世间荣落重逡巡,我独丘园坐四春"(《春日寄怀》)、"三年已制思乡泪,更入新年恐不禁"(《写意》)、"不拣花朝与雪朝,五年从事霍嫖姚"(《梓州罢吟寄同舍》)等句都是这样的回顾。他还特别惋惜那因不被重用而虚度的年华,如"年华无一事,只是自伤春"(《清河》)、"旧欢尘自积,新岁电犹奔"(《郓叔言别聊用书所见成篇》)、"自有仙才自不知,十年长梦采华芝"(《东还》),这些诗句写得都十分怅惘。《锦

· 199 ·

211

瑟》头两句与上述诗句写法十分相类,分明是他在回顾五十年来并没有获得立功立业机会而匆匆消逝了的年华。

中间两联,由于律诗的局限,他不是按顺序叙述他的经历,而是在时间先后上作了穿插。第二联他先写仕宦的最初经历和最后在四川的经历。第三联则分别写他中间的一段历史,即写他在岭南追随郑亚,和郑亚死后,他曾短暂地住在京师的生活。这四句诗虽不能包括他生平宦迹的全部,却都是有代表性的。总之,无论那一段生活他都不满意,无论他所依靠的是牛僧孺党人,还是李德裕党人,大抵都是以文人幕僚对待他。这两联就反映尽了他不得志的一生。

"庄生晓梦迷蝴蝶",这句概括他少年即早期(晓)依令狐楚的一段生活。令狐楚在敬宗长庆四年起任过宣武节度使,后来任天平节度使,李商隐都跟随他做巡官。他追随令狐楚达十年之久,但令狐楚只是喜欢他有文才,并没有重用他的意思。宣武辖区是在河南开封一带,正是李商隐的家乡。李商隐是河内即河南沁阳人,庄周则是河南蒙人,所以他喜欢用庄周梦蝴蝶来比自己暂时化蝶、虚无缥渺、仍归空幻的早年冷漠生涯。他有《秋日晚思》一诗就写道:"枕寒庄蝶去,窗冷胤(车胤)萤销,……平生有游旧,一一在烟霄。"眼看旧游都高升了,自己还守书窗,连进士也未中。又《偶成转韵七十二句赠四同舍》,写了一段太和九年岭南节度使王茂元入京,宠臣郑注命他作泾原节度使时的事。李商隐称王茂元为武威公,诗中说:"武威将军使中侠,少年箭道惊杨叶,战功高后数文章,怜我秋斋梦蝴蝶。诘旦九门传奏章,高车大马来煌煌,路逢邹、枚不暇揖,腊月大雪过大梁。"这就写出了他在令狐楚门下受到冷漠之后,王茂元却来和他结识;他对王茂元怀知己之感。这些都可证"庄生晓梦迷蝴蝶"是比喻依靠令狐楚时所过的冷漠十年。

"望帝春心托杜鹃"，是反映他最后依剑南东川节度使柳仲郢的一段经历。这句诗反映他在蜀时，几乎无日不思归。"三年已制思乡泪"一诗，就是写在巴蜀思乡的。

"沧海月明珠有泪"句，是写他在宣宗大中初不得已去桂州，依桂管观察使郑亚的事。郑亚是李德裕党，由于牛、李党争，李德裕被贬到崖州，郑亚在大中二年又远贬循州。桂州就算是南海边了，这就是诗中所说的"沧海"。郑亚虽然看得起他，但也不过以文士相待，而随着郑亚之贬，李商隐更感没有出路，所以才特别有沧海遗珠之叹。

"兰田日暖玉生烟"，则写他在郑亚死后，不得不重入长安，乞求令狐楚的儿子令狐绹的帮助，令狐绹没有用他，他便做了京兆尹卢弘止的府参军这一段生活。不久后，他随卢弘止到徐州，做卢弘止武宁节度使府的幕僚。他在《偶成转韵七十二句》中说："沛国（徐州）东风吹大泽，蒲青柳碧春一色，……征东同舍鸳与鸾，酒酣劝我悬征鞍（即留在徐州）。兰山（兰田山）宝肆不可入，玉中仍是青琅玕。"这是讲同僚们都劝李商隐，不要留恋长安，就留在徐州吧，兰田山是珠宝之肆，反而是不会重视宝玉的，你这种青琅玕的好玉不会有人识货肯收。这就正和"兰田日暖玉生烟"所写的思想感情完全一致。由此可证"兰田日暖"句写的正是来徐州前在长安的生活。

那么，这四句诗可以说基本上概括了李商隐五十年中仕宦生活的重要阶段（他依王茂元的时间极短，王茂元任河阳节度使后，很快就死去了）。

诗的结联说："此情可（用同岂）待成追忆，只是当时已惘然。"就是说这些生活情景用不着在成追忆时才使人伤痛，就是在彼时彼刻已使人无限怅惘不平。

这样一首七律，写出自己在政治上丝毫不能有所建树的痛苦的一生,艺术概括力是极高的。

以上对《锦瑟》诗的分析,曾经过多年思考,但未必一定妥当,仅写出来供参考。

二、李商隐的生卒年代问题

导致《锦瑟》诗异说纷纭的原因之一, 就是对李商隐的生卒年考证不确切的原故。《锦瑟》一诗既可确定为李商隐五十岁所作, 那么历来把李商隐的生卒年代定为四十五岁就是错了的。

现在的文学史基本上都是根据清人冯浩的《玉溪生年谱》定李商隐生于元和八年(813),死于大中十二年(858),死年四十五,但叙述他的事迹时往往矛盾百出。文学史上大都说他十七岁(实龄)做了令狐楚在宣武节度使任内的巡官,以后又做过令狐楚在天平节度使任内的巡官。开成二年(837)二十五岁中进士。按令狐楚在长庆四年(824)出任宣武节度使,在太和二年(828)才回到朝内,任天平节度使则在太和三年(829)。如果李商隐生于813年,那么他十七岁当在830年, 这就完全与作宣武巡官的事实不合了。李商隐在开成二年中进士(837)时, 曾有《上令狐相公启》说:"自依门馆,行将十年。" 按此推算, 则他任宣武巡官可能在827年,时年十七岁,中进士时便当为二十七岁,上推生年就当为纪元811年,而非813年。

又按生于811年推算, 他和王茂元女儿结婚是开成三年(838),则当为二十八岁。大中二年,他跟随郑亚,大中三年,郑亚死后,他回京曾任京兆尹卢弘止府参军。大中三年是公元849年,依生于811年推算,年三十九岁。他有一首《骄儿》诗,很可能就是写于此时。诗里写他的男孩子刚过了四岁,还有个阿姊,似约七、八岁;还很风趣地写他的男孩子拿他的笏板玩,扮演"弄参军"的戏,"弄参军"似乎就是李商隐作府参军的自我嘲弄。诗中

• 202 •

214

又写到自己"憔悴欲四十"，就是说自己憔悴半生，马上满四十岁了。这个年龄的自白，正与大中三年(849)三十九相合。从十七岁(827)追随令狐楚到考进士(837)，既正合十年之数，《骄儿诗》自记年龄又正和这样的推算一致，生年便可定为811年。

生年既需做上述改订，那么卒年如在大中十二年(858)，他也才活四十八岁。但死在大中十二年的说法其实并不确切。这原是由于《旧唐书》的错误而造成的误会。《旧唐书·李商隐传》说："柳仲郢镇东川，辟为推官检校工部郎中。大中末，仲郢坐专杀左迁，商隐废罢还郑州，未几病卒。"这简短的叙述里便有两点错误，一、柳仲郢于大中九年升迁为户部郎中转兵部，又兼盐铁转运使，而李商隐也还做过 盐 铁 推 官 (见裴庭裕《东观奏记》，但记为大中十年)。这与专杀的事不是一回事，不应混淆。二、柳仲郢专杀事件，并不在大中末而是在咸通初。《新唐书·柳仲郢传》说他在大中十二年以刑部尚书罢盐铁使，又转兵部尚书，出为山南西道节度使，南郑县令有罪，柳仲郢杖之致死，为此，柳贬雷州刺史，随后又以太子宾客分司东都。这段记载，虽把事说清楚了，但年代还混淆，因为作山南西道节度使和杖死人，已是咸通年代的事了。《旧唐书·柳仲郢传》则说："大中十二年，罢使守刑部尚书。咸通初，转兵部加金紫光禄大夫河东男。俄出为兴元尹山南西道节度使。……因决赃吏过当，以太子宾客分司东都。"这段记载就把事实和年代都分清楚了。又按柳仲郢决罪失当，罢其兴元尹山南西道节度使职务，当在咸通三年，因为《旧唐书·懿宗本纪》又记载："咸通三年九月，以户部侍郎李晦检校工部尚书兼兴元尹山南西道节度使。"根据当时职官任免的习惯，柳仲郢之罢当在咸通三年七、八月间，或即九月。那么李商隐"未几病死"，自然是在咸通三年末或四年初，这都可算是柳仲郢得罪之后不久，李商隐死去，和《旧唐书》本传说法相符合，只是本传把咸通年误记为大中末而已。

李商隐的《病中闻河东公乐营置酒口占寄上》一诗,就是约写于咸通二年或三年春天的,柳仲郢以兵部尚书节度使地位曾在乐营设置酒宴,李商隐因病未能参预。诗的头两句说"闻驻行春旆,中途赏物华",最后两句则哀叹自己"可怜漳浦卧,愁绪独如麻"了。从这一卧病的诗看,也能说明他死于咸通三年末或四年初。

至此,可以重订李商隐生卒年代为纪元811年到纪元863年,年五十二岁,似比现行说法较为妥当。

三、 "楚雨含情皆有托"

"楚雨含情皆有托"是李商隐《梓州罢吟寄同舍》一诗中的一句。刘大杰《中国文学发展史》中说,这句诗表明李商隐的《无题》诗都有政治思想寄托。这是一个断章取义、毫无根据的论证,应予澄清。

这首诗全文是:

> 不拣花朝与雪朝,五年从事霍嫖姚。君缘接座交珠履,我为分行近翠翘。楚雨含情皆有托,漳滨卧病竟无聊。长吟远下燕台去,惟有衣香染未销。

"梓州罢"是指大中九年剑南东川节度使柳仲郢已经罢免,升任户部侍郎的事,李商隐的从事职务自然也随之罢免。"吟寄同舍"即吟寄同僚。

柳仲郢大中九年回到朝中,《旧唐书》本传讲他在郡五年。所以李商隐诗中讲他为柳仲郢作了五年从事。当时节度使生活是很骄奢淫侈的,无事就常常大摆宴席,"不拣花朝与雪朝"。第二联是讲在宴会中同僚们因为座位相连的关系,常常靠近贵客(珠履用的是《史记·春申君传》"其上客皆蹑珠履"的典故),而我则因为分行列序地位较低的缘故，只接近歌女（唐朝宴会时歌女也是预宴的）。第三联寄托了自己的感慨，说就象楚雨含于云中一样，都情有所托，承"翠翘"句，暗寓这些歌女（巫山行雨的神女）有地方官僚做支柱（连唐代诗人白居易、杜牧等在刺史任时也都庇护过歌女），而我呢？却孤苦无依，回到故乡漳水之滨就无可依赖了。实际上，这一联表现诗人无限失意的哀伤和不平。分明是说雨以云为根基，比喻歌女也有依靠，比自己还强，怎能说"楚雨含情皆有托"是说"自己的诗都是有政治寄托的"呢？

最后一联，李商隐表示自己将长吟归去，慨叹这五年中一无所得，留下的痕迹只有宴会时由于坐位接近那些歌女而沾染在衣服上的余香。

这首诗表达了李商隐在当时朝政昏乱和党争的客观条件下，政治怀抱不得抒展的深沉不满，自然也还是一首较好的诗，怎能把"楚雨含情皆有托"一句单独抽出来，主观随意地做解释呢？我觉得今后我们研究和编写文学史的人，应该改变寻章摘句、断章取义的作风。

四、《戏题枢言草阁三十二韵》

朱鹤龄以为系在王茂元幕作。《会笺》云："此亦徐幕作，冯（浩）解甚精。'尚书'亦谓（卢）弘止，义山由周至尉而承徐辟，故曰：'我自仙游来'也，与茂元无涉。"

按诗云："君家在河北，我家在山西。百岁本无业，阴阴仙李枝。"可知枢言姓李与李商隐同出皇族，但无法证明他也是徐州节度使卢弘止的幕僚。诗又云："尚书文与武，战罢幕府开。君从渭南至，我自仙游来。"仙游，或指玉泉（即玉溪），一说是在太原附近，似与周至无关。按《樊南乙集序》中说："二月，府贬（指郑亚贬循州），选为周至尉，与班县令武功刘官人同见，尹即留假参军事,……。十月,尚书范阳公以徐戎凶悍,节度阙判官,奏入幕。"李商隐并没有去周至,就任京兆参军了,显然与"我自仙游来"不合。而且这次是卢弘止特请他任节度判官,在幕府中地位较高,与诗中所说与李枢言同时去幕府的情况也不合。卢弘止任徐州节度使是从郑滑调去,也没有"战罢幕府开"的事情,《会笺》从冯浩的说法是错误的。这是历来年谱都阙载的一件事,应予补正。

大约这是指李商隐曾应易定节度使柳公济聘的事。按太和元年(827),他十六(张谱)或十五(冯谱)时受知于令狐楚。令狐楚时任宣武节度使,他虽在幕府中可能未任职。这一年横海节度使李同捷反,发诸道兵讨之。太和二年十月,令狐楚调任户部尚书,李商隐自然离开了他。据《新唐书·文宗本纪》同年八月,王廷凑反,助李同捷,这时新任易、定(义武军)节度使柳公济和王廷凑战于新乐,击败了他;九月,又在博野击败王廷凑;十月,李商隐就往投柳公济。这正与"尚书文与武,战罢幕府开"相合。柳公济是由易州刺史升任的,李商隐也就随他去易州。所以诗里后来写:"夜归碣石馆,朝登黄金台。"所指地方当是易州,决非徐州。那么,柳公济是否可称尚书呢?唐节度使多带检校尚书职衔,柳公济自然不例外。《太平广记》卷一四四引《宣室志》云"柳公济尚书,唐太和中奉诏讨李同捷",正称柳公济为尚书。

又《通鉴·唐纪》说:"河南北诸军讨同捷,久未成功,每有小胜,则虚张首虏,以邀厚赏。"李商隐既在柳公济幕中,当然熟知这种情况,因而写有《随师东》一诗说:"东征日费万黄金,几竭中原买斗心,军令未闻诛马谡,捷书惟是报孙歆。……"旧说都不能解释随字,有人甚至改为隋,附会隋朝的事,实际就是不清楚李商隐曾到过柳公济幕府,这时他很年青,所以也未必获得官职。

据《旧唐书·文宗本纪》太和三年三月,柳公济死了。所以李商隐在柳公济幕,也就是太和二年十一月到太和三年三月。而令狐楚在三月作东都留守,东畿汝都防御使,李商隐于此时也就到了东都。十一月,令狐楚任天平节度使,李商隐也就正式任天平巡官。这一段历史既清楚又衔接,应是无疑问的。此后再没有什么可能入在北方的什么人幕府了。

李商隐入徐幕年已四十,而且是在他失意的时候,与此诗所反映的情景也不合。这首诗中夸张自己很年青,而且还不会喝酒:"年颜各少壮,发绿齿尚齐。我虽不能饮,君时醉如泥。"正是十七八岁光景,决非四十以后作品。当时李商隐还亲自弹琴:"欹冠弹玉琴,弹作《松风》哀。又弹《明君怨》,一去怨不回。"欹冠弹琴也是少年风度,弹《明君怨》更符合北地生活。弹琴之后,诗又写:"感激坐者泣,起视雁行低。翻忧龙山雪,却杂胡沙飞。"龙山、胡沙都是燕地景物,而不是徐州大泽和淮泗情景,而李商隐还有《关门柳》诗写"永定河边一行柳,依依长发故年春",似也在此时所作。就诗内容讲,李商隐一般在易、定是没有问题的。诗中又写到:"清河在门外,上与浮云齐。"李商隐还另有《清河》五律一诗"舟小回仍数,楼危凭亦频",写清河水较小,舟游不快,楼亦危败,也是反映当时北方不得治理的实际情况的,最后说"年华无一事,只是自伤春",惋惜自己青春年少,虚度年华。此诗大约是在大中三年二、三月柳公济死前所作。同前诗"歌声入青云,所痛无良媒,少年苦不久,顾慕良难哉",意境相同,都是希望趁青春年少,及时努力的。

所以据上述种种,我认为确应把李商隐曾在柳公济幕府内补入年谱,否则定为入徐幕时作,完全是错误的,这些诗篇所反映的内容都必然没有著落。

五、《哭刘司户》《哭刘司户蒉》

刘蒉是晚唐最有骨气和具政治远见的文人,太和二年(827)

参加贤良对策，文中攻击宦官藩镇，切中时弊，考官没有敢录取他，甚至录取他中进士的考官杨虞卿还受到宦官责问。

《旧唐书·王质传》："（太和）八年为宣州刺史宣歙团练观察使，在政三年，开成元年十二月暴卒。……在宣城辟崔珦、刘蕡、裴夷直、赵昕为从事，皆一代名流。"是刘蕡曾在王质幕府。《旧唐书·刘蕡传》说："令狐楚在兴元，牛僧孺镇襄阳，辟为从事，位终使府御史。"令狐楚开成元年四月为兴元尹、山南西道节度使，那么刘蕡就从王质那里转到令狐楚那里，李商隐可能在此时认识他。开成二年十一月令狐楚卒，开成四年八月牛僧孺为山南东道节度使，刘蕡又在此时入牛僧孺幕。会昌元年牛僧孺又入为太子少保。按《旧唐书》"位终使府御史"的话，则刘蕡还可能又到别人幕府中。但《新唐书》本传只记他从事令狐楚、牛僧孺幕府，授秘书郎，没有记他作到御史的事，却记载他受宦官诬陷，贬柳州司户参军卒。因此显然刘蕡有一段历史，史均失载。

《玉溪生年谱会笺》则依冯浩的虚拟说法说：李商隐在会昌四年移家关中听调，同时曾南游江乡，遇到刘蕡去贬所，第二年即会昌五年死去。但会昌四年去江乡说没有根据，岑仲勉力驳其非，则《赠刘司户》、《哭刘司户》、《哭刘司户蕡》等作品作于何时，就需重新考定了。

按李商隐《哭刘蕡》七律说："广陵别后春涛隔，湓浦书来秋雨翻。"是记载他和刘蕡在一个春天在广陵见过面，后来一个秋天刘蕡又在湓浦和他通过信。李商隐何时到过广陵不可考，但刘蕡一定在扬州和浔阳作过使府幕僚。据《唐书·杜悰传》杜悰在会昌初，大约在会昌二三年任淮南节度使，自然镇守过扬州，他又属于接近牛党的人，刘蕡自然很可能由牛幕转入扬州杜幕。会昌四年，杜悰入朝，而同时周墀任洪州刺史江西观察使。杜悰与李商隐也还有亲属关系，很可能刘蕡先依杜悰于广陵，后依周墀于浔阳。以诗与史互证似无问题。《哭刘司户》五律"溢浦应分派，荆江有别源"，也正切刘蕡在襄阳和浔阳作过从事，大中元年，周墀就改官义成节度使，郑滑观察使，刘蕡贬为柳州司户也当在此时。

李商隐既未在会昌四年到过湖南，则他到湖南就当在他随郑亚去桂管任观察使的时候，那也是在大中元年春天。

《哭刘司户蕡》五律结尾写"去年相送地，春雪满黄陵（洞庭湖边）"，不正是为大中元年春天吗？这和他《偶成转韵》一诗写大中元年入桂，"湘妃庙前春已尽"，路程时间也相合。《哭刘司户》第一首："离居星岁易，失望死生分。……江风吹雁急，山木带蝉曛。……"所写的风光也正是桂江之畔。如在会昌四年相逢，会昌五年李在长安，"江风"就不知所指了。所以这些哀悼刘蕡的诗都是大中二年在桂林所作。每一首都写到"江"。

更值得注意的是《哭刘司户蕡》首四句"路有论冤谪，言皆在中兴。空闻迁贾谊，不待相孙弘"，明明指出刘蕡遭贬是在宣宗即位的大中元年，所谓"中兴"，就是以周宣王的"中兴"，来比宣宗即位，李商隐愤怒控诉说路上有很受冤枉的贬谪人，这竟出现在中兴年代！而当时宣宗贬了刘蕡，却并没有立即很好的择相，反而李德裕被罢相去做东都留守，牛僧孺也仍守太子太师分司东都。所以这四句诗不但说明了刘蕡被贬的时间，也把宣宗即位后政治情况反映得很清楚，实际上是宦官势力更大了，而牛、李两党却两败俱伤，唐武宗死因不明，宣宗是宦官禁中定策所立，而刘蕡也恰于此时遭贬，这都不是偶然的。李商隐哭刘蕡的诗不但思想性很强而且可以佐证唐史，所以我们应该纠《会笺》和冯浩之谬，把写作时代背景考定正确。

六、《细雨成咏献尚书河东公》及《病中闻河东公乐营置酒口占寄上》

《细雨成咏献尚书河东公》和《病中闻河东公乐营置酒口占寄上》二诗，是李商隐死前所作，特别是后一首是可以据以重订李商隐的卒年的。

按李商隐曾在剑南东川节度使柳仲郢幕。大中九年柳仲郢被内征为吏部侍郎，未拜改兵部侍郎，大中十年以本官兼御史大夫，充诸道盐铁转运使，此时柳仲郢推荐李商隐为盐铁推官，李商隐并曾以盐铁推官名义游江东，《会笺》这些考证，可无疑义。《细雨成咏献尚书河东公》这一首的开头四句"洒砌听来响，卷帘看已迷，江间风暂定，云外日应西"，是写身在长江边听雨事；后面又写道"猿别方长啸，乌惊始独栖"，前一句暗指从柳仲郢自东川梓州返长安事，"猿别"指离川，后一句则暗指柳仲郢任御史大夫后，自己做了盐铁推官，远游江东，"乌惊"是御史府的典故。从这首诗就可以完全证明《会笺》的推断。但这首诗已称柳仲郢为"尚书河东公"，则柳仲郢时已官尚书。按《旧唐书·宣宗本纪》大中十二年二月，柳仲郢以兵部侍郎升为刑部尚书，而夏侯孜代为兵部侍郎盐铁转运使。这首诗就应是大中十二年二月后所作，似乎是要求从江东调回他的诗。由此可见，《会笺》把它附于大中九年，是不确的，而《会笺》又按旧说说李商隐死于大中十二年，则更是不确切的。因为他还没有从江南回长安。

《旧唐书·李商隐传》说："大中末，仲郢坐专杀，左迁，商隐废罢。"这里所写的大中末也是错了的，按《旧唐书·柳仲郢传》则说："咸通初，转兵部，俄出为兴元尹、山南西道节度使，因决赃吏过当，以太子宾客分司东都。"则柳仲郢专杀不是在大中末，实在咸通初。又《旧唐书·懿宗本纪》记载，"咸通三年九月，以户部侍郎李晦检校工部尚书兼兴元尹山南西道节度使"，依史笔惯例，可以说明柳仲郢是在这一年九月罢免的。那么李商隐废罢当在咸通三年九月之后了，那么李商隐死于大中十二年的传统说法是需要完全重定的。

而李商隐《病中闻河东公乐营置酒口占寄上》一诗就更可以说明在咸通初柳仲郢任兴元尹时他还活着。诗开头说"闻驻行春斾，中途赏物华"，也就是讲柳任兴元尹、山南节度使，高举行春之斾，来置酒赏春，这根本不是京官所可能有的举动，而是节度使的举动。诗中又有"风长应侧帽"一句，李商隐自己有原注说："独孤景公信，举止风流，常风吹帽侧，观者盈路。"我们了解一下独孤信的生平，就可以知道独孤信曾任陇右十一州都督、秦州刺史，李商隐用独孤信来比作兴元尹、山南西道节度使的柳仲郢，就再恰当没有了。

但李商隐此时已卧病住在郑州，所以诗最后说"刻烛当时忝，传杯此夕赊，可怜漳浦卧，愁绪乱如麻"了。《会笺》把上述两诗都放在大中九年柳仲郢任兵部侍郎这一年，是错误的，因为大中九年时柳仲郢未做尚书和兴元节度使，李商隐也未卧病在家。

柳仲郢乐营置酒有可能是在咸通三年春，李商隐已卧病，那么九月柳被罢免，李商隐之死，就当在这一年九月之后，或咸通四年春。我认为李商隐之死是在咸通四年春，这可以以他的友人崔珏的《哭李商隐》诗二首为证。第一首诗的首二联说"成纪星郎字义山，适归黄壤抱长叹。词林枝叶三春尽，学海波澜一夜乾"，就反映李商隐刚刚死去，而且是在春天。第二首诗说"鸟啼花落人何在，竹死桐枯凤不来。……九泉莫叹三光隔，又送文星入夜台"，也表明李商隐才死去，时间则正当鸟啼花落的暮春三月。这诗证是确凿无疑的，因此，不但李商隐的上述二诗可确定其年代和思想内容,而李商隐的卒年也应订正为咸通四年(863)春了。则李商隐生于元和六年公元811年,死于咸通四年公元863年,年五十二岁。如定生于元和七年(812)也当为五十一岁。

又《会笺》曾据《东观奏记》的说法,说裴庭裕说裴坦作了贬温庭筠为随县尉的制词,而李商隐则死于温被贬的前一年。《会笺》说裴坦于大中十三年尚以中书舍人权知贡举,则李商隐必然是死于大中十二年。这个说法也是不确切的。因为《东观奏记》说李商隐死在温被贬为随县尉的前一年,完全可能是温又被贬为方城尉的前一年之误。《旧唐书·温庭筠传》记载温先被贬为方城尉后又贬为随县尉,则是记述颠倒了的。《旧唐书》说温庭筠是在杨收为相时被贬为方城尉的,这点则是对的,依《旧唐书·懿宗本纪》,杨收是在咸通四年三月以兵部侍郎判度支同平章事,咸通五年时又以中书侍郎平章事改为门下侍郎。那么,贬温为方城尉在咸通五年,李商隐死在咸通四年,则与事实完全相合了。唐人记载温庭筠事有的只知道温贬为方城尉(《新唐书》又误为方山尉),有的只知道温贬为随县尉,而不知温曾前后两次遭贬,所以《东观奏记》的错误是不足为奇的。

七、《送阿龟归华》

《会笺》把这首诗放在不编年诗中,列冯浩说:"意境不似玉溪,今而知为香山诗也。……香山弟行简,行简子龟郎,史传中亦呼阿龟,而白公诗集尤详之。此必白公送侄归家之作,乃《香山集》漏收,而反入斯集,可怪己。"

按李商隐有不少不求仕宦进取的朋友,他们和商隐的思想也有相连系的一面,不能因诗中写到"求茯苓",就认为是白居易的作品,这是很错误的。

按阿龟是王龟,唐显宦王起之子。王起在唐宣宗朝擢山南西道节度使同中书门下平章事。《新唐书·王起传》后附《王龟传》说他："性高简,博知书传,无贵胄气。"所以李诗暱称之为阿龟,就不奇怪了。本传又说他"侍父至河中,庐中条山,朔望一归省,……未始以人事自婴。武宗……以左拾遗召,入谢自陈不任职,诏许终父丧,召为右补阙,再擢屯田员外郎,称疾去"。李商隐这首诗就是在武宗会昌中送王龟的。《旧唐书·王龟传》又说他曾"于龙门西谷构松斋栖息。"又说:"起镇兴元,(王龟)又于汉阳之龙山立隐舍,每浮舟而往。"那么华山也就可能同样有他的隐舍了。这首诗说:"草堂归意背烟萝,黄绶垂腰不奈何。因汝华阳求药物,碧松根下茯苓多。"黄绶或指曾授县尉官,"不奈何"即表示王龟不肯接受任命,这是和史实相合的。又姚合有《送王龟处士》诗,诗中说:"送客客为谁,朱门处士稀。惟修曾子行,不著老莱衣。古寺随僧饭,空林共鸟归。壶中驻年药,烧得献庭闱。"也可为李商隐诗的佐证。但王龟后来做了官,并在咸通十四年做到越州刺史、御史大夫、浙东团练观察使,这就是以后的事了。开成四年李商隐任弘农尉时,曾因活狱,得罪了陕虢观察使孙简,将被罢免,恰值姚合代孙简任陕虢观察使,便让他还官。所以王龟和姚合、李商隐都是友人,阿龟即王龟,似无疑义。这首诗表明李商隐对这样不以仕宦为意的清白的文人还是很钦佩的。

八、《子初全溪作》《子初郊墅》

《会笺》《子初全溪作》下云:"子初不详何人,后又有《子初郊墅》诗。此则子初和义山者,……因义山原诗佚去,独存此首,遂误为义山作耳。"《子初郊墅》下,引冯浩说:"笔趣殊异义山,结联情态亦不类。"《笺》云:"冯说甚是,此必他人和作而误入者,与《全溪》一首,皆可疑也。"

按:这些说法过于局泥于李商隐诗风,李商隐少年不事干谒,也颇有隐退思想,是不能一概而论的。

同这两首诗一样的诗题,李商隐集中也还有《子直晋昌李花》、《赠子直花下》等两首。子直是令狐绹的字,《新唐书》、《旧唐书》他的传都写到令狐绹字子直,而依此类推,子初正应当是令狐绪,令狐绪是令狐绹之兄。古人名字相因,绹训绳,直如绳,所以字子直。而"绪"字呢?《说文》:"绪,端绪也。"引伸就是"初"的意思,《两唐书》虽未记令狐绪的字,难道不可以推知令狐绪字子初吗?所以这两首诗实是写给令狐绪的。

象子直、子初这种亲热称呼,可能是在李商隐还依靠令狐楚时期,彼此还没有嫌猜时写的。以后李商隐入仕后赠令狐绹的诗,便改称令狐郎中、令狐舍人、令狐学士了。赠令狐绪的诗便不再见。

令狐绹和令狐绪性格是不同的,《通鉴·唐纪》宣宗大中元年问白敏中:"令狐楚有子乎?"意欲择相,白敏中回答说:"绪少病风痹,次子绹有才器。"宣宗就擢升令狐绹为考功郎中、知制诰。令狐绪虽是令狐楚长子,但由于少患风痹,所以令狐楚未死前,仅官国子博士,他自然会在郊墅养病了。后来他官汝州刺史时,郡人想给他立碑颂德,他却上书表请寝停。而令狐绹却是少年有才,喜欢干进的。因而李商隐赠子直的诗,带有嘲笑,而赠子初的诗,颇表尊敬,两者相较,很有不同。

子初的郊墅,大约就是全溪,全溪当在长安或洛阳郊外某地,似与宫苑的水相通,所以商隐《子初全溪作》诗讲:"汉苑生春水,昆池换劫灰。战蒲知雁唼,皱月觉鱼来。"最后写"清兴恭闻命,言诗未敢回",则表示尊敬和谦让说自己不敢写诗酬答。《子初郊墅》则写:"看山对酒君思我,听鼓离城我访君",表示和令狐绪关系很密切。诗最后还表示同令狐绪一样有隐退思想,因而写出:"亦拟村南买烟舍,子孙相约事耕耘。"但村南烟舍和子初郊墅"汉苑生春水","阴移竹柏浓还淡,歌杂渔樵断更闻",还是有高下之分、富贫之别的,诗在这里写得很有分寸。所以这两首诗是李商隐在令狐楚门下时,写赠令狐绪的,完全可以纠正《会笺》的臆说。

至于李商隐《子直晋昌李花》:"月里谁无姊。云中自有君。"似乎是写求偶的意思。和《令狐八拾遗见招送裴十四归华州》:"兰亭宴罢方回去,雪夜诗成道韫日。……嗟予久抱临邛渴,便欲因君向钓矶。"一诗很相似。《赠子直花下》诗则写:"官书推小吏,侍史从清郎,并马更吟去,寻思有底忙,"表现令狐绹的风流倜傥。

总之无论赠子初,还是子直,都是李商隐的少作,从中可以看到李商隐早年和他们的关系, 以及李商隐对他们的看法。

又李商隐在太和三年三月柳公济卒后,又来依令狐楚,令狐楚时任东都留守,令狐绪也曾在东都,和李商隐长时期相处过。太和六年令狐楚任太原尹时,令狐绪也到太原,李商隐《上令狐相公启》中说,"伏承博士七郎,自到彼州(指太原),顿瘥旧疾(风痹)。某顷在东都,久陪文会,尝叹美疢,滞此全材。"似可说明《子初郊墅》、《子初全溪作》为李商隐在东都时写赠令狐绪的。

九、《哭遂州萧侍郎二十四韵》

《会笺》卷一在此诗题下笺云:"萧(浣)与杨(虞卿)皆牛党,义山未婚王氏,在进士团中,受其知遇最深,故言之倍加沉痛也。"从牛李党争和个人恩遇角度去看这首诗。刘大杰《中国文学发展史》则讲李商隐"对朋党之争是很不满的,'初惊逐客议, 旋骇党人冤'(《哭逐州萧侍郎二十四韵》),这表现得多清楚。"(第二册397页)其实这种看法却是对此诗的误解。

李商隐自己确是很少有朋党观念的,但在朋党斗争中,他的仕宦道路,受到了严重影响,这是没有问题的。但这首诗并不涉及牛、李朋党事，而是针对宦官而发，由于牛、李党争而使宦官势力膨大，这倒是李商隐所最伤痛的事。

诗中的“党人”是用东汉党锢之祸，东汉王朝追捕和禁锢“党人”时所用的词，事情是：郑注、李训初被宠用时依俯王守澄、仇士良等宦官集团，来打击朝中官僚。太和九年，李训、郑注，贾餗等掌握了政权，首先贬李德裕为袁州长史，随后相继贬了李宗闵、杨虞卿和萧浣。《旧唐书·文宗本纪》：“太和九年九月癸卯朔，奸臣李训、郑注用事，不附己者即时贬黜，朝廷震悚，人不自安。是日下诏曰：‘……扫清朋附之徒，匡饬贞廉之俗。……应与宗闵、德裕或亲或故及门生旧吏等，除今日已前放黜之外，一切不问。’”可见牛、李两党均在贬逐之例。文宗固然是想改变朝中朋党风气，但也是被郑注、李训和宦官所利用，当郑注、李训转而把矛头指向宦官时，又被宦官势力所压倒，宰相王涯、舒元舆、贾餗等多家被族诛，自此唐朝的衰落命运无法挽回。《哭虔州杨侍郎》诗中有“甘心亲垤蚁，旋踵戮城狐”句，就是针对郑注、李训而言，但不敢明指宦官。《哭遂州萧侍郎》诗也指责“虎威狐更假，隼击鸟踰喧”，就说明郑注之流助长了鹰隼、老虎的威风。“登舟惭郭泰，解榻愧陈蕃”，都是以党锢之祸时的党人比萧浣，随后深入一步讲：“暂能诛倏忽，谁与问乾坤。”是说虽然暂时把不可靠的郑注、李训杀掉，但是宦官势大，乾坤已不可问了。结语云“始知同泰讲，徼福是虚言”，反映唐文宗信佛，也是无济于事的。这两首诗篇都应该看做是反对宦官的政治诗，而不该看做仅仅是写个人受知遇的感情的，也不是表示在牛李党争中同情那一方的。

十、从《酬令狐郎中见寄》到《九日》诗

从会昌五年令狐绹作湖州刺史后，到大中二年、三年令狐绹被宣宗召入在长安时，李商隐颇与令狐绹以诗酬唱往来。

令狐綯做湖州刺史是先有诗给李商隐的，时在大中元年李商隐随桂管观察使郑亚在桂管。李商隐有《酬令狐郎中见寄》一诗回答他。结尾四句说"补羸贪紫桂，负气托青萍。万里悬离抱，危于讼阁铃"，表白自己是为了贫穷而往，负气而去，但对令狐绹所寄希望是万里高悬。

大中二年二月令狐绹就被宣宗看中而内调了，拜考功郎中知制诏，四月二日又拜翰林学士。同年二月李商隐的府主郑亚却贬循州，李商隐被调为周至尉回长安，回来时当在秋冬，就写有《寄令狐学士》、《梦令狐学士》两诗。前诗写道"钧天虽许人间听，闾阖门多梦自迷"，分明是希望令狐绹开门待士的，而不是"倚阊阖而望予"（《离骚》）。后一诗写想象令狐绹的光采，"右银台路雪三尺，凤诏裁成当直归"，都对令狐绹寄予希望。

李商隐到长安后，被京兆尹留为录事参军。大中三年二月令狐绹又迁中书舍人，李商隐有《令狐舍人说昨夜西掖玩月因戏赠》诗，尾句写："几时绵竹颂，拟荐子虚名。"不但关系较密切而且明白写出希望他推荐。

五月令狐绹迁御史中丞，九月又充翰林承旨，权知兵部侍郎知制诰，从此飞黄腾达。

《九日》一诗大约就写在这年九月。《会笺》认为是作于与《寄令狐学士》、《梦令狐学士》同时，是不确切的，这一首诗与前列各诗都不同，对令狐绹采取了谴责态度。

《九日》写道："曾共山翁把酒时，霜天白菊绕阶墀。十年泉下无人问，九日樽前有所思。不学汉臣栽苜蓿，空教楚客咏江篱。郎君官贵施行马，东阁无因再得窥。"

显然是自五月之后，令狐绹官高了，李商隐已经不能见到令狐绹的面，门施行马（鹿角义），不允许地位低的人入内。所以在重阳日做了这首回忆令狐楚的诗。有人怀疑这首诗不是李商隐所作，也是未深入研究所致。

令狐楚喜欢培菊，特别是白菊，喜欢过重阳节。刘禹锡就有《和令狐相公九日对黄白二菊花见怀》、《和令狐相公玩白菊》等诗。所以这首诗第一联就径直写出和令狐楚赏菊的事。第二联写令狐楚死已过十年，但令狐绹不怀念他，也没有九日纪念之举，实际就是指责他不念旧情，忘记了李商隐。第三联却是说出了心里的话，怪罪令狐楚当年不培养他推荐他。"不学汉臣栽苜蓿"，也就是指责令狐楚兼指令狐绹不提拔培养有用人才的意思，怪他们不能把他移根上苑。令狐楚使用李商隐近十年，但是从没有荐举过他，他为人谨慎，又因屡次外调，特别是元和十五年因亲吏贪污，从中书侍郎、同中书门下平章事贬外，对他打击极大，所以很少推举人。"空教楚客詠江蓠"是用《惜诵》"播江蓠与滋菊兮，愿春日以为糗粮"这一典故的，表明自己虽希望令狐楚播江蓠滋菊，为国家之用，但终归失望。这是说自己并没有有意依托别人门户，关键问题还在于令狐楚、令狐绹肯不肯移栽苜蓿，播种江蓠滋菊，这是全诗的主题。最后二句表示对令狐绹失望，但还留有余地。李商隐在这首诗中以江蓠自比，而不同意那些把自己当作依附李党的人，同时并借回忆令狐楚为名而暗讽令狐绹希望他摆脱党派关系，提拔人才，却是很有意义的一首诗。而过去的注解家泛泛认为是乞怜或恼怒令狐绹的诗，那就见识太浅了。所以《会笺》把这首诗写作年代放在大中二年在归途中未见到令狐绹的时候，就是对这首诗的思想内容没有很好理解的缘故。

不久，李商隐应武宁节度使卢弘止的招聘到徐州，又写了《青陵台》一诗。诗是说，如果按照今天朋党的观点，那么就"莫许韩凭为蛱蝶，等闲飞上别枝花"，那么韩凭化为蝴蝶，飞上别的花枝上也是错误的！就不该允许。诗中十分愤慨那些专以朋党关系为用人标准的人，杜塞了有才力的人为朝廷尽力的门路。

但当时朋党风气严重，杜牧与牛党关系很深而他的兄弟杜颛则受李德裕知遇，牛僧孺召聘他做幕僚，他就坚决拒绝，连兄弟也无法改变这种朋党情况。自然李商隐纵然是"江篱滋菊"也只能在官僚党人无意义的纷争中，漠漠地了此一生。

十一、《无题》

李商隐《无题四首》，《会笺》指为是为致意令狐绹而作。又认为"相见时难"一首也是寄意令狐绹的作品。

从前述李商隐《寄令狐学士》、《梦令狐学士》和《九日》等诗看来，他和令狐绹的关系已表现得很明白。大中四年十一月，令狐绹任兵部侍郎同平章事，但大中五年李商隐从徐州幕府回长安，还曾写有《上兵部相公启》是为代柳仲郢写令狐楚的诗而上启的，启中说："况惟陋质，早预生徒。仰夫子之文章，曾无具体；辱郎君之谦下，尚遗濡毫。"表示自己很高兴同时也是很客气的。于是他在当时得补太学博士。从这些诗文看，他们的关系是如此坦率公开，似乎没有《无题》诗中所表现的那种一见互倾诚心、相思无已的爱慕关系，也没有那种隐晦表达的必要。他们中间的隔阂是牛、李党人之争，这是一种社会风气，也不以令狐绹个人意志能转移。所以《会笺》所说的都是致意令狐绹，是很难令人信服的。

他所作《无题》诗很多，这里难于都一一弄清楚，但根据他自己的话，上述各诗可能推测其大概。

他在东川时有《上河东公启》，原因是柳仲郢曾打算以一个歌女赠他，他表示不受，启中曾说："至于南国妖姬，丛台妙妓，虽有涉于篇什，曾不接于风流。"从这些话来看，他的《无题》诗肯定有些是写妖姬、妙妓的。

中唐以来，《传奇》出现了《李娃传》、《霍小玉传》，都以未得意的书生和歌妓恋爱为主题。白居易《琵琶行》也和琵琶妓人互表同情，甚至说："同是天涯沦落人，相逢何必曾相识。"诗人韩翃的爱妓一时曾被武人沙咤利所夺，便写有《章台柳》诗。当时的文人地位卑下是很容易和处在卑贱地位的妖姬、妙妓互相同情的。当时官僚宴会风气又很盛，妖姬、歌女杂错列坐，自然会对坐中名士、文人有所慕恋。《旧唐书·穆宗纪》引丁公著的话："秉大权者优杂倡肆于公吏之间，曾无愧耻!"可以证明这时的风气。由此可以认为李商隐有些《无题》诗也正是发抒"同是天涯沦落人"那样的感慨的。象"昨夜星辰昨夜风，画楼西畔桂堂东。身无彩凤双飞翼，心有灵犀一点通。隔座送钩春酒暖，分曹射覆蜡灯红。嗟余听鼓应官去，走马兰台类转蓬。"这首《无题》诗写的内容十分具体，完全不是一般抽象寄托的作品，它反映当时夜宴的情况很逼真，分明是描写有歌女、妖姬在坐的欢宴，而有个歌女对他很有意，这是不足奇怪的，但他却不以为自己具备和她比翼双飞的条件，这是和《古诗十九首》"愿为双黄鹄，奋翅起高飞"相似的表示同情的写法。"心有灵犀"是默认这一个歌女倒是知己。最后点明自己宦途失意，不过是一个兰台的校书郎，一听鼓声就要冒晨寒走马应官。这正是写卑贱的歌女倒是自己知心人，而在宦途中却寻不到知己，还得做随风漂泊、无所依托的飞蓬。这首诗思想内容很明确，那有什么寄托可言呢?

李商隐又有一首五绝《妓席》诗，诗云："乐府闻桃叶，人前道得无，劝君书小字，慎莫唤官奴。"这是侧重写歌妓也不甘心自己的卑贱地位，而要坐中文人以平等的态度对她，不要称她为"官奴"。这首诗也正是李商隐的自身难言之隐的反映。象另一首《无题》"神女生涯原是梦，小姑居处本无郎"，也是描写地位卑贱无所依托的妓女，反映她们是和自己同病相怜的，"风波不信菱枝弱，月露谁教桂叶香。"菱枝不胜风波，桂叶长伤月露，这里也含藏着自己的飘零凄苦生活的写照。《献河东公启》中说："契阔湖岭,凄凉路歧,罕遇心知,多逢皮相。"这些话总结了他自己的一生遭遇,这就迫使他只能在《无题》诗里描写和卑微歌女"心有灵犀一点通"了。这些诗批判的是整个官场。

上述的《无题》诗是一种类型, 另外一些《无题》诗又是一种类型。《无题四首》放在一起,用一个题目,不是没有意思的。那就是它们有个共同主题,就是知音难遇,希望总归成空。

"溧阳公主年十四"那一首,是写贵公主很快就可以有了驸马的,而东家老女,却是"嫁不售",实际所反映的是比曹植《美女篇》所写的还悲惨的"士不遇"的命运。

"含情春晼晚,暂见夜阑干,……多羞钗上燕,真愧镜中鸾。归去横塘晓,华星送宝鞍"一首,通首是侧面描写贵家妇女的,反映的是一种可望而不可及、可见而无法结识的情绪,也是写贵人和贫贱之士的无法缩短的距离的。

"来是空言去绝踪"一首,则全写梦境。来是空言即未曾来,去绝踪即去也是杳无形迹,这正是梦境。"月斜楼上五更钟"是梦醒时刻。"梦为远别啼难唤,书被催成墨未浓。"是梦中所见,梦中先梦远别,是失意飘零,书信是为远别才写,感情在匆匆中难以表达。后四句"蜡照半笼金翡翠,麝熏微度绣芙蓉",是醒后卧在衾被之中。"刘郎已恨蓬山远,更隔蓬山一万重",是说求与知己相会比仙境距离还远。通首表现了"美人""才士"难遇的哀伤。这首诗只能是李商隐浪漫主义的幻想,所以用梦境写,因为现实给予他的只是:"罕遇知音,多逢皮相!"

"飒飒东风细雨来"一首,又是一种写法,略近于"含情春晼晚"一首。前四句是写堂中美人:"飒飒东风细雨来,芙蓉塘外有轻雷。金蟾啮锁烧香入,玉虎牵丝汲井回。"真是仿佛有人,呼之欲出。但这个美人却是深藏堂内的贵妇,而不是古时爱才的美人。所以后四句急转说,"贾氏窥帘韩掾少,宓妃留枕魏王才",

意思是说这是历史上的事了，爱年少有才的时代一去不复返了。现在你越痴心希望，则所得到的结果更悲哀，最后只落得"春心莫共花争发，一寸相思一寸灰。"这首诗的知音难遇之感更突出，是否定了还有什么"美人"可望！是对时代政治和上层掌权人物的强烈讽刺。

这些诗李商隐确是"借美人以喻君子"（《谢河东公和诗启》），但当代的"君子"，不是古之君子，而是些白白寄希望于他们、不肯播江篱与滋菊的君子。总之，四首都可以以此生难遇来概括。

"相见时难别亦难"一首，也反映自己希望得到一个知己，尽管一时了解有困难，了解之后就永不相弃。这是作者用形象思维表达社会上的"交道"。即使遇到"东风无力百花残"的处境，也要学春蚕的吐丝、红蜡的垂泪，绸缪至死，晓则关心云鬓之改，夕则关心夜吟之寒。最后写"蓬山此去无多路，青鸟殷勤为探看"，仍然写出这是诗人的幻想境界。

总之，这些诗都是对社会的讽刺，而不是乞怜于令狐绹等人。这些诗正是和"罕遇心知，多逢皮相"的人情世态相对立的。《无题》确有再分析的必要，否则谬说流传，影响对李商隐的评价不小。特别是"四人帮"妄图把这些诗说成是希望君臣遇合，盼得个好皇帝的知遇。这完全是一种篡党夺权的阴谋，而不是什么正当的分析评价，李商隐不过是小小六品幕僚官，对皇帝他是没有条件寄托什么希望的。

十二、《街西池馆》

这一首诗，旧说认为写的是泾原节度使王茂元（李商隐的妻父）或陈许节度使李执方的第宅，李商隐在这里寄居过，受过厚遇，因而在再过此宅时写诗表示他的感激之情的。但仔细考察诗的内容，却很难做出这样的结论。

诗的全文是：

　　白阁他年别，朱门此夜过。疏帘留月魄，珍簟接烟波。太守三刀梦，将军一箭歌。园租容客旅，香熟玉山禾。

这首诗分明是反映当时达官贵人生活的一个侧面的。"街西池馆"和"街东池馆"是长安达官贵人园林宅第集中的地方。官位一高，就要在长安建立第宅园林，这是德宗贞元、宪宗元和以来的风尚。白居易还为此写过《伤宅》一诗。但由于政治上各种矛盾斗争，特别是党争，使官僚们升沉不定，调徙无常，于是池馆虚设，徒有豪华的声名，只供过客的游览凭吊。李商隐就是寄概于这种现象的。

《旧唐书·马璘传》说："及安史大乱之后，法度隳弛，内臣戎帅，竞务奢豪，亭馆第舍，力穷乃止。"冯浩《街西池馆》诗笺说："唐时长安街东、街西各坊第宅、池馆，大略载宋敏求《长安志》，若街西池馆，兴化坊有晋国公裴度池亭，宣化坊有司徒李逢吉园林之类。"以上记述，可以约略说明当时建筑池馆情况。但是达官贵人他们是住不长久的，马璘的园林池馆后来归官，裴度长期在外，也没有能享受他的园林之乐，大多数的池馆都是任其荒废。

温庭筠《题城南杜邠公林亭》诗："卓氏垆前金线柳，隋家堤畔锦帆风。贪为两地分霖雨，不见池莲照水红。"就是写驸马杜惊先后外任西川、淮南节度使，长期不能回长安，而一任池馆的红荷自开自谢的。

唐传奇《李娃传》说郑生去寻觅李娃的姨家，但门中出来的人却说："此崔尚书宅。昨日有一人税此院，……未暮去矣。"贵官池馆，任人租赁，更足为李商隐诗作证。

那么全诗根据这样的社会背景去分析，便可迎刃而解。

"白阁他年别"，白阁是终南山的一峰，同紫阁齐名，是达官贵人游览之地，杜甫《偶题》诗："故山迷白阁，秋水忆黄陂。"这里

・223・

235

用白阁代表长安,说他们在若干年前离开了长安自己的池馆。

"朱门此夜过",是讲李商隐这一夜寄宿在这里。

"疏帘留月魄,珍簟接烟波"二句是抒写池馆的幽静清美。玲珑珠帘和弦月相映,水纹冰簟仿佛与湖水相连。留月魄、接烟波,已隐约点出主人不在。

"太守三刀梦,将军一箭歌"两句是由杨巨源诗:"三刀梦益州,一箭取辽(当作聊)城"脱化出来的。三刀梦,用的是王浚作益州刺史的故事;一箭取聊城,用的是田单攻聊城,用一箭射入鲁仲连的劝降书,因而取得聊城的故事。聊误作辽,所以后来注解家不知出处。这两句是说池馆主人有的做远州刺史了,有的转战山东,都长期不归了。这是当时拥有池馆的达官贵人的真实情况。

于是最后写:"国租容客旅,香熟玉山禾。"国租,指所食封邑的租税。这两句是说:"他们用租俸来经营池馆,只是用来接纳客旅,给旅人炊熟了那难得的香稻。"李商隐笔下的街西池馆,恰象《李娃传》里的崔尚书宅一样,是租给旅人住宿的。

池馆成了逆旅,主人自然是官场上的匆匆过客,这不仅是池馆的遭遇,也正反映政治上的翻云覆雨,动荡不安,于是诗人感慨系之。

又杜牧也有《街西长句》七律一首,起联云"碧池新涨浴娇鸦,深锁长安富贵家",也同样是写主人不在的长安池馆的。中述游人的游赏,最后一联云:"一曲将军何处笛,连云芳树日初斜。"这首诗感慨达官贵人苦心经营的池馆,不过供人游赏凭吊而已,和李商隐诗的思想情调基本上一致。所以李商隐这首《街西池馆》,无论从题目看,从内容看,都是凭吊池馆的荒置,哀伤唐王朝政治的腐朽和不安定的,决不应附会于王茂元、李执方等个人身上。我们只有了解当时社会生活情况,参证以同时诗人类似的诗篇，才可能做出较确切的解释。

十三、《药转》

李商隐的《药转》一诗，前人认为是写"如厕"或"堕胎"的诗，这种荒谬的解释，出于望文生义，不肯深思。弄清这首诗对评价李商隐是必要的。诗是七律，兹录于下：

> 郁金堂北画楼东，换骨神方上药通。
> 露气暗连青桂苑，风声偏猎紫兰丛。
> 长筹未必输孙皓，香枣何劳问石崇。
> 忆事怀人兼得句，翠衾归卧绣帘中。

李商隐这首诗实际上是写大官僚们的闲适生活的。它形象地反映出达官贵人服丹药、求长生，以及骄奢淫佚、附庸风雅的生活情状。

诗的第一联，是讲秘服丹药。《神仙传》说金液之药为上药，显然这是讲服用汞炼的金丹。服丹药可以长生，道士们叫做换骨，《通鉴·唐纪》六十四讲唐武宗服丹药得病，道士们便说这是"换骨"。刘禹锡也有《和乐天烧药不成，命酒独醉》诗，可见服丹药是当时官僚们的风气，有如晋代的服"散"。那么为什么写"郁金堂北画楼东"呢？这是因为方士故作神秘，服药也要求有一定祭祷仪式，并在夜间进行。

诗的第二联就是写仙坛地点的。青桂苑是用《洞冥记》"西王母驾玄鸾之舆至坛所，四面列软条青桂"的典故，是说仙坛就设于青桂树旁，当时贵人宅院多植桂树，刘禹锡有《酬令狐相公使宅别斋初栽桂树见怀之作》诗。唐人院中也多植紫兰，令狐楚《省中直夜对雪》诗，便有"先集紫兰摧"之句。紫兰丛也指所设的坛所。李商隐《送李郢之苏州》诗有"苏小小坟今在否，紫兰香径与招魂"句，更可证紫兰丛同样是指祈神的地点。

第三联是写达官贵人的享受的。孙皓厕中用长箸，石崇厕中放香枣，这些故事都反映了他们生活的奢侈享受。"未必输"和"何劳问"，只是表示生活享受不减于孙皓、石崇，逻辑很清楚，丝毫不关什么"如厕""堕胎"的事。

最后一联则是写这位达官贵人在服丹药讲享受的同时，却附庸风雅，垂绣帘，拥翠衾，卧在枕席上，写些忆事怀人的诗篇，欣赏自己的构思、得句。

这首诗似乎就是讽刺令狐楚之流的，李商隐久随令狐楚，自然熟悉他的生活方式。令狐楚是很迷信道士的，我们从刘禹锡的诗里就可以知道一些情况，如：

《和令狐相公送赵炼师与中贵人同拜岳及天台》："元君伏奏归中禁，武帝亲斋礼上清。"

《和令狐相公见寄》："何时得把浮邱袖，白日得升第九天。"

《酬令狐相公雪中游玄都观见忆》："好雪动高情，心期在玉京。"

《酬令狐相公季冬南郊宿斋见寄》："斋心祠上帝，高步领公卿。"

这些诗句都说明令狐楚沉溺于信道士、求长生的迷信中。

而另一方面，令狐楚又喜欢写忆事怀人的闲适诗篇。刘禹锡《彭阳唱和集引》写令狐楚"及贵为元老，以篇咏佐琴壶，取适乎闲宴"。"其会面必抒怀，其离居必寄兴。"这些话也与"忆事怀人兼得句"的情况相合。从刘禹锡集中的和诗中看令狐楚诗的原题，如《春日寻花有怀白阁老》、《杏园下饮有怀》等，也正是所谓忆事怀人的作品，则这首诗意在讽刺令狐楚之流的大官僚当无疑义。诗虽不必是专指令狐楚，但主要素材可能取之于令狐楚。所以这首诗非但不是一首咏"如厕"、"堕胎"的恶诗，反而是一首讽刺唐代官僚腐朽生活的好诗。

十四、《韩翃舍人即事》

《韩翃舍人即事》是李商隐又一首政治讽刺诗，手法略近于《药转》，通过优美的景物描写，反映唐王朝的腐朽现实，可惜旧注把这一首诗一直放在存疑之列，认为难以索解，这是应该纠正的。

这是一首学韩翃即事体的诗，韩翃《寒食即事》"春城无处不飞花，寒食东风御柳斜。日暮汉宫传蜡烛，轻烟散入五侯家"一诗，就是以汉代宫庭生活来讽刺唐代王公贵戚的。

诗是以长安宫苑省寺为背景写的：

> 萱草含丹粉，荷花抱绿房。鸟应悲蜀帝，蝉是怨齐王。通内藏珠府，应官解玉坊。桥南荀令过，十里送衣香。

第一联写萱草花已含丹粉，荷花已经抱莲，是深夏初秋光景的长安。

第二联写宫苑间绿树丛中，杜鹃在啼血，秋蝉在哀嘶。于是诗人这里就赋予杜鹃、蝉以历史的联想了。杜鹃是蜀帝的化身，声声自悲。这是让人连想到中唐不少皇帝不幸死于宦官之手，如宪宗、敬宗、武宗都是，有的还是不明不白的死去的。蝉呢，是齐后所化，哀嘶是怨恨使她身化为蝉的齐王。这是用《中华古今注》"齐后愤而死，尸变为蝉，登庭树嘒唳而鸣，王悔恨，故世名蝉为齐女焉"的故事的。当时武宗的王才人因武宗死而自杀，又武宗即位时也曾杀掉杨贤妃和安王溶，宣宗即位后，郭太后被迫暴死。这些都是当时后妃不幸死亡的事。武宗、宣宗又都是宦官所立，所以引起了宫廷间的斗争。所以这一联是说走到宫苑间听到鹃啼蝉叫，是不能不连想到这些宫廷不幸事情的。

第三联，是写省寺。但最突出最热闹的却是交通宫内的藏珠之府，是忙于应付官府需要的解玉的作坊。这分明反映了宫廷和官僚贵族的奢华，与韩翃的"日暮汉宫传蜡烛，轻烟散入五侯家"异曲同工。

第四联"桥南荀令过，十里送衣香"，反映宰相们尸位素餐，卖弄风流，招摇过市。荀令习惯用于指宰相，刘禹锡《和令狐相公郡斋对紫薇花》"香闻荀令过，艳入孝王家"，就是以荀令比宰相令狐楚。又刘禹锡《和令狐相公春早朝盐铁使院中作》云"柳动御沟清，威迟堤上行。……鹭避传呼起，花临府署明"，也是写宰相朝回，和李商隐这一联相似。令狐楚的卖弄风流，无所事事，是有代表性的，是当时宰相们的实际表现。

李商隐这一诗的托讽，把唐王朝的表面繁荣，内部逐渐腐朽了的情况，都在笔端反映出来了。

十五、《谢往桂林至彤庭窃咏》

此诗为李商隐在大中元年二月跟随桂管观察使郑亚去桂林前所作。他曾到过宫廷，见到当时宫廷情况，于是写下了他的见闻。这首诗反映了唐宣宗即位后的政治变化，是讽刺唐宣宗的。但旧注家没有能给以解释，今特试为疏解。

辰象森罗正，勾陈翊卫宽。

辰象，指宫廷，天子宫殿法辰象。此言宫廷整齐，气象肃穆。勾陈，指宫中环卫，此言保卫森严。宣宗是宦官矫诏所立，所以即位时，戒备严密。《旧唐书·宣宗纪》云："大中元年春正月戊戌朔，宫苑使奏皇帝致斋行事，内诸宫苑门共九十四所，并令锁闭，钥匙并进内，候车驾还宫，则请领。"足见戒备之严。

鱼龙排百戏，剑珮俨千官。

是写宣宗即位后，在武宗才死不久后的举国哀悼期间，却大排鱼龙百戏，同时集会千官。鱼龙百戏事，史无明载，但大中元年正月宣宗临丹凤门大赦，大赦时往往演出百戏。"千官"暗指宣宗即位后罢免李德裕的宰相职,调为东都留守,任用白敏中等一大批新人。

城禁将开晓,宫深欲曙难。

是写宣宗夜间宫中行乐,不能早起。

月轮移枍诣,仙路下栏杆。

枍诣,汉殿名。这是写宣宗夜宴夜游。

共贺高禖应,将陈寿酒欢。

高禖,掌生子的神,是写宫中庆贺皇帝生子,按宣宗即位封了四个儿子,第五子大中二年封,可能即生于此时。后一句写即将举行大宴为宣宗祝寿。按杜牧《樊川文集》卷十五有《内宴请上寿酒表》,文中说:"伏惟圣敬文思和武光孝皇帝(即宣宗)陛下,……四海波静,三春物华,故于彤庭,大开锡宴,窃以三事大僚,百司庶府,愿持玉卮,上千万寿。"宣宗加称号是大中二年二月,上寿酒也是那时举行,所以诗中说上寿酒已在准备之中,是完全符合史实的。

又杜牧《宴毕殿前谢辞》中写寿宴情景说:"迟日正丽,广场洞开,张仙乐者三千余人,列正羞者二十六豆。酒倾瑶瓮,食置雕盘。列圭组(千官)以成行,酌金罍以为劳。"这一场面描写,也很类似李诗所说:"鱼龙排百戏,剑佩俨千官。"可见宣宗即位后,就极力铺张庆祝自己的"中兴"。心目中毫无武宗。

金星压芒角,银汉转波澜。

金星芒角动摇,是用兵的征兆。上句是说宣宗对待少数民族奴隶主的干扰,采取了与武宗相反的姑息政策。下句写银汉波澜不静,象征天下并未安定。

王母来空阔,羲和上屈盘。

空阔指天,屈盘指山,是说西王母自云中下降,羲和之神也降于名山。这反映宣宗仍迷信道教,祭西王母于宫中,又有聘衡山道士刘玄静来长安等事。

　　凤皇传诏旨,獬豸冠朝端。

　　这二句是极尖锐的讽刺。凤皇传诏,指诏旨仍出于宫中宦官之手。獬豸,指御史中丞、御史等官。是说宣宗即位后,立即依靠御史台攻击李德裕党人,御史势力压于朝端,宣宗还任命马植为刑部侍郎,覆推吴湘一案,李德裕贬崖州、郑亚贬循州。

　　造化中台座,威风上将坛。

　　中台,指宰相。上句指任命白敏中为同平章事,二月又以房元式为门下侍郎,韦琮为中书侍郎,并同平章事,排斥李党。下句指以母舅郑光为金吾大将军, 宣宗对郑光是十分骄纵的。

　　甘泉犹望幸,早晚冠呼韩。

　　最后二句写宣宗以汉宣帝自比,想学汉宣帝的行幸甘泉宫,为匈奴呼韩邪单于行冠带礼。这是讲宣宗还想召少数民族奴隶主入朝,树立威信。纪昀说"结寓伤时之意,亦不露骨",也就是说李商隐伤宣宗举措不当,国力衰弱,这种幻想是难以实现的。

　　以上分析,本于唐代史料,可见本诗句句可考,并非不可解,而且还不失为一首好诗。

十六、《张恶子庙》

　　《张恶子庙》诗是李商隐入东川柳仲郢幕时所作,旧注对这首诗未做阐释,其实这首诗是批判唐王朝纵容藩镇的。

　　诗只四句:

　　　　下马捧椒浆,迎神白玉堂,如何铁如意,独自与姚苌。

　　诗写:以椒浆祭神,在白玉堂里迎神。神既做人间的主宰,但是为什么把铁如意私授姚苌,令他割据一方呢?

　　张恶子是传说中的梓潼帝君,据说他转生于人世间第七十二代时是西河谢艾,和姚苌是好朋友,于是在梓州凤山把一柄**铁**

如意送给姚苌。这柄铁如意一挥,面前就能出现上万兵马,于是姚苌得以割据称雄。

这首诗斥责张恶子神,实际上就是斥责唐王朝听任藩镇把军权私相授受。穆宗长庆元年幽州军乱,就私立朱滔的儿子朱洄为留后,朱洄又立了他的儿子朱克融为留后,这类事例,愈演愈烈,镇州军乱,拥立王庭凑为节度使,王庭凑死后,又私授给他的儿子王元逵。对这些事情李商隐不能不痛心,于是借斥张恶子这种神,来反映对藩镇私相授受合法化的不满。

十七、《潭州》

《潭州》一诗,说者或认为是大中二年五月李商隐回桂林返长安途中,在此逗留时所作,时李回任湖南观察使,作者曾短时间在李回幕中(《李商隐诗选》持此说)。按此说不确,《潭州》诗所写"潭州官舍暮楼空,今古无端入望中。湘泪浅深滋竹色,楚歌重叠怨兰丛。陶公战舰空滩雨,贾傅承尘破庙风"等句,都是初过潭州,眺望潭州景象怀古伤今而写的。如果是写于从桂林返长安重经潭州时,似乎不会写这样初过潭州的印象。又结句云:"目断故园人不至,松醪一醉与谁同。"如系重返故园时所写,也就不应有"目断故园"之句,而且题也当作《重过潭州》。

此诗当作于大中元年二月随郑亚去桂林路经潭州时。《全唐文》卷七七四李商隐文有《为荥阳公上史馆白相公状》云:"某行役以今月二十八日达潭州讫。"又《为荥阳公上门下李相公状》云:"某行李今月二十八日已达潭州讫。"白是白敏中,李即李回。《通鉴·唐纪》:"大中元年秋八月,丙申,以门下侍郎、同平章事李回充西川节度使。"则李商隐随郑亚过潭州当在大中元年八月前。认为李商隐随郑亚过潭州,登楼眺望,感伤今古,怀念故园,恨寂寞无友,因而作此诗,这应是符合实际的,如果主观判断它是大中二年秋再到潭州时所写，不但没有可靠根据，象"目断故园"之句也讲不通。又李商隐随郑亚过潭州，当在七月二十八日，也正是秋天，因为他《为荥阳公与魏中丞状》中说："某以九月九日到任讫。"是九月九日到桂林，可以推想到潭州是秋天，"今月二十八"的"今月"是七月。这件事虽小，但对诗歌的解释还是很有关系的，所以把它写出，提供注家参考。

十八、《韦蟾》

李商隐《韦蟾》诗：

> 谢家离别正凄凉，少傅临歧赌佩囊。却忆短亭回首处，夜来烟雨满池塘。

纪昀评："题有脱字，诗遂难解。"其实这首诗就是《送韦蟾》，题上脱一送字，内容也不难解。诗笔很委婉，不但得对友人规劝之体，而又充满诗情画意，还是可诵的一首好诗。

第一句是说韦蟾初次离家，引起家人惜别。

第二句是说韦蟾的叔父临别时给韦蟾以委婉的劝戒。按少傅指谢安，这里用的是谢玄的故事。《晋书·谢玄传》："玄少好佩紫罗香囊，叔父安患之，而不欲伤其意，因戏赌取而焚之，于此遂止。"谢玄好紫罗香囊是一种风流自赏，举动轻浮的表现，所以谢安以赌取香囊焚掉的办法表示劝戒。韦蟾是文宗时户部侍郎韦表微之子，大中七年中进士，出应幕府的聘请，当时韦表微已经死去，想他叔父送别时曾对他的作风有所针砭，所以李商隐才有这样的诗句。

三、四句是说你会记得五里短亭你回首望乡的地方，夜来烟雨使池塘都涨满了。描写了一幅烟雨小景，让韦蟾留在记忆中，实际上就是让韦蟾记忆他叔父临别时的叮咛。

按韦蟾风流自赏，不拘小节的作风，唐人笔记中是有记载的，足以帮助了解此诗。如韦蟾在懿宗咸通中官尚书左丞，《唐摭言》说："韦蟾左丞至长乐驿，见李玚给事题名，走笔书其侧曰：'渭水秦山照眼明，希仁何事寡诗情。只因学得虞姬婿，书字才能记姓名。'"这则故事就很能反映韦蟾的自逞才华，轻浮尖刻。又《太平广记》卷二七三引《抒情诗》记韦蟾官鄂州按察使时说："韦蟾廉问鄂州，及罢任，宾僚盛陈祖席。蟾遂书《文选》句云：'悲莫悲兮生别离，登山临水送将归。'请续其句。"一女妓应声续了"武昌无限新栽柳，不见杨花扑面飞"二句，还用《折杨柳》曲唱了全诗。韦蟾便赠以数十缣，纳她为妾，"翌日共载而发"。这一故事也能说明韦蟾为人风流浪漫。"少傅临歧赌佩囊"之句，实切中韦蟾的毛病。

十九、《一片》

李商隐的《一片》诗：

一片琼英价动天，连城十二昔虚传。良工巧费真为累，楛叶成来不值钱。

这首诗，旧注家多不加解释，何焯说："本自连城无价，况又良工雕琢，乃偏不值钱，岂能无慨于中耶？"这完全是曲说。按《列子·说符篇》："宋人有为其君以玉为楛叶者，三年而成，……列子问之曰：'使天地三年而成一叶，则物之有叶者寡矣。'故圣人恃道化而不恃智巧。"是李商隐诗所本，则"楛叶"实为贬义。

这首诗实是反映李商隐的创作观点的，李商隐的诗虽尚对偶、用典，他却主张以自然的基础，他是说一片完整的美玉，胜过连城玉璧，如果枉费心力去雕琢，制成支离破碎的楛叶，就破坏了玉的完美。

李商隐论创作是主张发抒"性灵"的，《佛祖通记》引李商隐赠智玄禅师的一首诗说："十四沙弥解讲经，似师年纪只携瓶。沙弥说法沙门听,不在年高在性灵。"而在《献相国京兆公启》中也说:"人禀五行之气,备七情之动,必有咏叹,以通性灵。故阴惨阳舒,其途不一,安乐哀思,厥源数千。……"则更明确地阐述了创作应该发抒自己性灵的观点。这段话同《文心雕龙·明诗篇》所说:"人禀七情,应物斯感,感物吟志,莫非自然"的观点,基本上是一致的。《一片》诗就是要创作保持性灵的完美。

他在《漫成五章》中批评沈、宋、王、杨"当日自谓宗师妙,今日唯观属对能",也是讲他们的诗不出自性灵,缺乏真实感情的。但李商隐同时主张"咽喉于任(昉)、范(云)、徐(陵)、庾(信)之间","时得好对切事、声势、物景,哀上浮壮,能感动人。"(《樊南甲集序》)这并非自相抵触,而是他主张艺术技巧与性灵的统一,好对切事、声势物景在于更好地表现真实完美的思想感情,要求雕琢不损害性灵的完美。这一要求,他基本上是做到了的,他的多数诗篇所以能感动人,不因用典而隔一层,原因正在于此。因此,《一片》诗是李商隐自述创作观点,也是为他的创作作说明的,表明他的创作道路绝不是三年刻一楮叶。我们应该体会他要"一片"而不要"楮叶"的创作精神,这正是他的诗能感动人的原故。

当时对义山诗或有错误评论,所以他才写了这一首诗表白自己的创作观点。

二十、"此礼恐无时"

李商隐有一首《寿安公主出降》诗:

> 沩水闻贞媛,常山索锐师。昔忧迷帝力,今分送王姬。事等和强虏,恩殊睦本枝。四郊多垒在,此礼恐无时。

是反对朝廷以绛王女寿安公主嫁给成德军节度使王元逵的。纪昀评这首诗"立言无体",是很错误的。但"四郊多垒在,此礼恐无时",这一联如解释不确,对全诗理解便有影响。人民文学

· 234 ·

246

出版社出版的《李商隐诗选》解释这两句说:"两句谓当前各地都有割据的藩镇,如果都采取下嫁的办法笼络他们.那么这种'屈辱'的礼,恐怕就没有完结的时候了。"此说似不符合李商隐诗用典的原意,"无时"解做"无时停止"也是增字为训。

全诗的意思是:从前帝舜有德,尧才嫁给他以二女,今日王元逵在常山却以割据力量要索朝廷嫁女。从前怕藩镇不顾朝廷恩义,猖狂跋扈,现在竟甘心使公主下嫁,助长邪风。这事情实在和"和亲"政策的屈辱一样,又和亲睦王家宗支的恩情根本不同,完全是屈服于藩镇。那么藩镇现在还四处割据,王姬下嫁这种礼,恐怕不是可以做的时候,这事情既很影响朝廷威信,就应该不做。

按"此礼恐无时"语本《礼记·檀弓》,《檀弓》上说:"有其礼,无其财,君子弗行也。有其礼,有其财,无其时,君子弗行也。"无其时,即无时,就是指时代情况不适当,不允许。又《宋书·郑鲜之传》上也说:"夫圣人立教,犹云'有礼无时,君子不行',政以事有变通,不可守一故尔。"郑鲜之的话,更与李商隐诗的用语相同。李商隐是说虽有王姬下嫁的礼,但和尧降二女于舜不同,没有相适应的时代环境,在这种藩镇割据时期,只能丧失中央王室威信,是可以不做的。

李商隐诗的结句用《檀弓》的话,很是得体,但何焯不知。而《李商隐诗选》解"无时"为无时停止,自不确切,揆之实际,也不大能讲得通。李商隐诗善于用典,我们应该追本索源,才可以避免有误。